公事宿事件書留帳

# 千本雨傘

澤田ふじ子

幻冬舎

# 千本雨傘

## 公事宿事件書留帳

装幀・装画　蓬田やすひろ

目次

主な登場人物

田村菊太郎《たむらきくたろう》　京都東町奉行所同心組頭の家の長男に生まれながら、妾腹のため腹違いの弟に家督を譲ろうと出奔《しゅっぽん》した過去をもつ。公事宿《くじやど》（現在でいう弁護士事務所兼宿泊施設）「鯉屋《こいや》」に居候《いそうろう》をしながら、数々の事件を解決する。

お信《のぶ》　菊太郎の恋人。夫に蒸発され、料理茶屋「重阿弥《じゅうあみ》」で仲居をしていたが、団子屋「美濃屋《みのや》」を開き、ひとり娘のお清《きよ》を育てている。

鯉屋源十郎《こいやげんじゅうろう》　公事宿「鯉屋」の主《あるじ》。居候の菊太郎を信頼し、共に事件を解決する。菊太郎の良き相談相手。

田村銕蔵《てつぞう》　京都東町奉行所同心組頭。菊太郎の腹違いの弟。妻の奈々《なな》がいる。

# 千本雨傘

# 一

露地に据えられた灯籠《とうろう》が、庭を美しく見せている。

泉水のせせらぎが耳に快くひびいていた。

川魚料理屋「なかう」の客室から、年取った二人連れの男の声がきこえてきた。

「朝晩、いきなり寒うなりましたなあ」

「ほんまどすわ。今年の夏は陽照《ひで》りつづきで、暑うて暑うて閉口しました。その分、この冬は反対に寒うおすのやろか。なんや天候が定まりまへんなあ。大きな地震でもなければええのどすけど、どうどっしゃろ」

「そんなもん、一つひとつ案じてたら切りがおまへんえ。おまえさまやうちみたいに人間、五十六十まで生きてたら、一生に一度ぐらい地震や火事、大きな野分《のわき》（台風）など、なんかとんでもない目に遭いますわいな。ひどい病気や泥棒に入られる災難もそんな一つ。何事もなく一生、平穏無事にすごせるお人は、稀《ま》れなんとちゃいますか——」

「そういわれたら事の大小はともかく、あれこれあるもんどすさかいなあ。隣の松の古木が、この間の大風で吹き倒され、うちの離れの屋根を潰《つぶ》してしもうたのも、それかもしれまへん」

「それくらいですんで幸いどしたがな。うちとこなんか、一つのごたごたがまあ決着したかと思うと、すぐにまたしょうもない厄介事が起き、気の休まるときがおまへん。人間はその中で年を取っていき、やれやれなにも相談事が持ち込まれんようになったと安堵《あんど》したら、それは老い耄《ぼ》れた証拠。もう棺に片足を入れてて役に立たへんと、相談の相手にもしてもらえへんいうことどすわ」

「人間は勝手で気儘《きまま》、どないにもならへんもんどすさかいなあ」

「うちの息子なんかなにかあると、平気でお父はんは黙っておくれやす、わたしに委《まか》せておかはったらよろしといいますねん。ほんまに腹が立ちますえ。誰に大きくしてもらい、あれだけの店を譲られたのか、わかってますのやろか。年寄りの知恵いうもんを、軽んじすぎてます」

「それはうちかて同じどすわ。若い者に商いを委せたつもりでも、端《はた》から見てて、つい口を出す場合もございますわなあ。それをばしっといい叩かれると、ふん、いっそ家出でもしてやろうかいなと思いまっせ」

「店の若い者に不満を持つ年寄りたちが、示し合わせて家を出る。そうでもしてやったら、面白おすやろなあ」

「それぞれ臍繰《へそく》り金を洗いざらい持ち合い、但馬《たじま》の城崎《きのさき》か、越前の山中温泉にでも出かける。しばらく連絡もせんとのんびりすごし、若い者たちをあわてさせてやりまひょか」

「ええ相談どすわ。年寄りを蔑《ないがし》ろにしたらあかんと、若い奴らにお灸《きゅう》を据えたる。そら、楽しそうどすがな」

「この間もうちが、年寄りの経験や知恵を少しはききなはれと、息子にいうたんどす。そしたら息子の奴は、そないな経験や知恵を積むまでに、失うた物も随分あるのと違いますかと、しらっといい返すんどっせ。そのいいぐさに腹が立って腹が立って、まだ胸の怒りがおさまらしまへん。おまえさまもうちも若いときから苦労し、少しは身代《しんだい》らしいものを拵《こしら》えてきました。そやのにいまの二代目や三代目は、商いでも政《まつりごと》でも大きな顔をしてやってます。うちらみたいに裸一貫から身を起こした者は少のうて、多くが親の七光で高い立場に就き、偉そうにしてますわ。ほんまにでかい態度でよういうもんどす。自分だけの力どしたら、おそらくなにもできしまへんやろ」

「世の中は全く不公平にできてます。知恵があっても生まれが悪ければ、ほとんどの者が世間に浮び上がってこられしまへん。一方、生まれさえよければ、それなりに偉くなれるんどすさかい、こんなんはろくでもない世の中どすわ」

「お釈迦《しゃか》さまは末法《まっぽう》（思想）をいわはり、自分が入滅したあと、五百年または千年は正法《しょうぼう》の時代、次の五百年または千年間は像法《ぞうぼう》の時代で、それから一万年が末法の時代やと説いてはります。仏の教えがすたれ、修行するものも悟りを得られず、教法だけが残るといわはってます。それでいまが、その末法の時代と違いますやろか。大きな声ではなんどすけど、お寺のお坊さまにしたところで、銭金のことばかりを考え、まっとうなお人は少のうおす。強欲そうな面構《つら》えで、やくざ者のほうが、よっぽど大人《おとな》しそうに見えますやないか――」

「まあ、悪口や愚痴《ぐち》もそのぐらいにして、酒も運ばれてきたことどすさかい、ぼつぼつやりまひょか」

田村菊太郎《たむらきくたろう》と異腹弟の銕蔵《てつぞう》は、座敷に通されるなり、隣の部屋から襖《ふすま》越しにとどいてくるこんな話をいきなりきかされ、思わず互いの顔を見合わせて苦笑した。

二人はこの半年、東町奉行所に吟味役同心組頭として出仕する銕蔵が御用繁多《はんた》のため、ろくに話をする機会もなかった。

わずかに暇ができたため、東洞院蛸薬師《ひがしのとういんたこやくし》の川魚料理屋なかうで、久しぶりに川魚料理を食べながら、ゆっくり酒を飲もうとしていたのであった。

「父上どのと義母上《ははうえ》さまは息災でおいでになるか。奈々《なな》どのもじゃ」

「はい、わたくしもふくめ、みな息災にいたしております」

「小太郎《こたろう》も大きくなったであろうなあ」

「日に日に成長いたし、母上さまはわたくしにではなく、菊太郎の兄上どのに似てきたと仰せでございます」

「わしに似ては行く末が案じられる。義母上さまは皮肉を仰せられているのではあるまいな」

「兄上どのはなにをもうされまする。これは母上さまの褒《ほ》め言葉。そうなればよいと、お思いなのでございますよ」

「わしのような者に似てなんといたす。冗談もほどほどにしていただかねばならぬわい」

座敷に仲居が料理を次々に運んでくる。

それに箸を付けながら、隣からきこえてくる話に、二人は尤《もっと》もなことだと小さくうなずき合った。

東西両町奉行所の役職は世襲。よほどの失態がないかぎり、罷免《ひめん》されることはなかったからである。

当初、座敷に案内してきたのは中年すぎの仲居。菊太郎は心付けとして、小銭を懐紙に包んで渡した。

こうした客からの心付けは一つにまとめられ、板場や店で働くすべての奉公人に、公平に分配されるのであった。

そのあと若い二人の仲居が、料理と酒を順に運んできたが、いずれも心付けに対する礼をのべていた。

若い仲居の一人が、両手をついて礼をいったとき、なぜか銕蔵の顔をじっと見つめていた。

だが銕蔵も菊太郎も、それにはさして気を留《と》めなかった。

くつろいで川魚料理を食べ、二人は銚子を十本ほど空けた。

隣室で愚痴を言い合っていた年寄りの客は、いつの間にやら引き上げていた。

「ああ、わしらもよく飲み食いしたわい。夜も更けはじめたゆえ、今夜はこれくらいにして戻るといたそうか」

「はい、兄上どの――」

勘定の釣り銭といっしょに、当初、座敷に案内してくれた仲居が、折り詰めを二つ合わせて持ってきてくれた。

「これはなんじゃ――」

「銕蔵、それはわしからの土産。義母上さまと奈々どのにお好きな鰻《う》巻き、父上どのには蒲焼きじゃ。持ち帰ってもらいたい」

「お気遣い恐れ入ります。みながよろこびましょう。ところで兄上どのは、祇園《ぎおん》・新橋のお信《のぶ》さまの許《もと》へまいられまするか」

銕蔵が立ち上がってきいた。

「いや、今夜は公事宿《くじやど》の『鯉屋《こいや》』に戻ろうと思うている。そなたは東町奉行所の組屋敷。途中まで一緒にまいろうぞよ」

「ならばいっそ、組屋敷のわが家へおいでになり、父上さまともどもに飲み直しませぬか――」

銕蔵は声を弾ませてかれを誘った。

「いやいや、それはご免こうむりたい。組屋敷に戻って飲み直したら、義母上さまはともかく、父上どのの愚痴を、夜明けまできかされねばなるまい。やれお信にいつまでも団子屋をさせておらずにきちんと世帯《しょたい》を持てだの、町奉行所のお召しに従い出仕いたせだの、父上どのの酒はしつこいわい。いずれは死ぬ隠居の花道としてもらいたいとでも、手をついて頼まれたら、わしとて返事に窮するのでなあ。父上の世話で公事宿をはじめた武市《ぶいち》の店、いや息子の源十郎《げんじゅうろう》の店で、気儘に居候をしているのが、わしにはなによりの暮らし。町奉行所で堅い役職に就かされ、心ならずも罪を犯した者たちと、面《つら》を突き合わせるのは真っ平ご免じゃわい。わが身がこうなっていたかもしれぬと思うと、つい憐憫《れんびん》の情がわき、町奉行所のお役に立ちそうにもないのでなあ」

「兄上どのにはなにをもうされまする。町奉行所は兄上どののご活躍やお知恵をいただき、随分、多くの事件を解決してまいりました。何年目かごとにお替わりになる東西町奉行さまも、それは重々ご承知。それゆえその者を出仕いたさせよと、仰せられるのでございまする」

「銕蔵、先ほど隣座敷のお年寄りたちがもうしていた言葉を思い出せ。裸一貫から身を起こして町奉行にまでなった人物ならともかく、領民が汗水垂らして作った米をたらふく食い、ぬくぬくと育ってきた小大名ごとき男の指図に、わしは従いたくないのよ。わが身一つの才覚で食っていけるのは、まことにありがたいことじゃぞ。乞食《こつじき》を一度やったら止《や》められぬともうすが、まさにそれじゃ。尤もわしは、独りだけで生きているとは思うておらぬがなあ。父上や義母上、そなたや奈々どの、また奈々どののお父上やお信、鯉屋源十郎や店の奉公人、そのほか多くのお人たちの世話になり、こうして気儘に生きておられるのだと、感謝しているわい」

菊太郎にこういわれると、銕蔵はもうあとの言葉がつづけられなかった。

二人はなかうの仲居や女将《おかみ》たちに見送られ、東洞院蛸薬師の店から夜の町に出た。

「なかうの料理、評判はきいていたが、味付けも盛りの工夫もなかなかのものじゃな」

「兄上どのにはお気に召されましたか」

「ああ、気に入った。お信か源十郎とでも、またこようと思うている」

「わたくしが席を用意いたしながら、かように支払いから土産まで兄上どのに出し抜かれてしまい、迂闊《うかつ》でございました」

「埒《らち》もないことをもうすな――」

銕蔵が折り詰めを持ち上げて詫《わ》びるのに対し、菊太郎は苦笑した。

二人の足は東に向かい、やがて西洞院通りをすぎた。

このあと小川通り、油小路通りをへて、堀川通りの土手道を北にたどり、二人は鯉屋や東町奉行所の組屋敷に戻るつもりだった。

五つ（午後八時）を廻ったせいか、蛸薬師通りに人の往来は絶えていた。

前方に伊勢津三十二万三千石・藤堂和泉守の大きな京屋敷が、闇の中に見えてきた。

手前の小川通りの左手に、空也堂《くうやどう》が建っている。灯籠の火明かりが、ぼんやり辺りを照らしていた。

「ああ、今夜は久しぶりに良い酒じゃった。冷たい夜風も頬《ほお》に心地よいのう」

「兄上どのにさようよろこんでいただくと、またどこかにお誘いいたしたくなりまする」

「わしをあまり甘えさせるではないぞよ。今度は島原の悪所へ、誘えともうすかもしれぬでなあ」

「それならそれで、またよいではございませぬか」

「役人風を吹かせ、ただ遊びをいたすつもりか――」

「滅相もございませぬ。悪所にまいるともうしても、女子《おなご》を侍《はべ》らせ、旨《うま》いものを食べて酒を飲むだけ。あのような場所には、意外に旨いものを食わせる店がございまする。国侍を装い、店の女子たちから丹後《たんご》や丹波《たんば》など生国《しょうごく》の話をきくのも、興がありまする」

「それはそうだろうな――」

菊太郎が微醺《びくん》をおび、空也堂の灯籠に近づいたときだった。

その陰からかれの左手を歩いていた銕蔵の身体《からだ》に、鋭い物が灯籠の火にきらめき、どっとぶち当ってきた。

「何者――」

銕蔵は短く誰何《すいか》したが、手にしていた折り詰めをばさっと足許に取り落した。

「覚悟、覚悟してもらいます」

かれに突きかかってきたのは出刃包丁を握った女であった。

どこを刺されたのか、銕蔵がうめきながら路上にすぐ崩れ込んでいった。

「女、なんの怨《うら》みがあってかは知らぬが、許さぬぞよ」

腰の刀に手をそえ、菊太郎が叫んだ。

「いいえ、うちがこのお人を刺すのは当然。それだけの理由がございます」

女は出刃包丁を構えたまま、両目を釣り上げ、菊太郎にいい返した。

「この男はわしの異腹弟。人に怨まれるほどのことをいたす度胸など、持ち合わせておらぬ奴じゃわい」

「そないなこと、うちは知りまへん。とにかくうちの怨みを、少しでも晴らしたいだけどす」

女は再び憎々しげな形相で叫んだ。

菊太郎が相手をうかがうと、どこか見覚えのある女だった。

「そ、そなたは先ほどわしらが酒を飲んでいたなかうの仲居の一人——」

「そうどす。うちはここで斬《き》られたかて、もうかましまへん」

「まだこの男かわしを、刺すつもりなのじゃな」

「へえ、こうなったらそうせな仕方ありまへんやろ」

「厄介なことをもうす女子じゃ。少し大人しくしていてもらうぞよ」

菊太郎は彼女に向かい、腰の刀を一閃《いっせん》させた。もちろん峰打ちであった。

女が短いうめきとともに、手から出刃包丁を落し、地面に崩れ込んでいった。

「銕蔵、銕蔵、大丈夫か。怪我はいかがじゃ」

かれを抱き上げた菊太郎の手に、銕蔵の脇腹から噴き出す血がべっとりと付いた。

「藤堂藩の御門番どの、お手をお貸しくだされい。急いでお願いもうす——」

菊太郎の大声が闇の中にひびいた。

空也堂の木立から梟《ふくろう》が短い声で鳴き、どこかに飛び立っていった。

## 二

「これは宗安《そうあん》さま——」

店の表から町医を迎える声がきこえてきた。

「疵口《きずぐち》の薬を取り替えさせていただくために、まいりましたのじゃ」

中年をすぎた男の声が、鯉屋の座敷牢に入れられているおきたの耳にとどいた。

——ここはどこの座敷牢だろう。うちはどうされるのだ。

おきたは不安そうに、狭い六畳余りの部屋を眺め渡した。

頑丈な木格子。潜《くぐ》り戸には鍵ががっしりと掛けられている。

だがそこにはふかふかの布団が敷かれ、今朝、若い男と丁稚《でっち》の手で運ばれたお膳とお櫃《ひつ》が、そのまま置かれていた。

彼女はそれらにまだ手を付けていなかった。

お膳には焼き魚と味噌汁、野菜のおひたしと漬物がのせられ、扱いは悪くない。運んできた二人は、おきたにそれを慇懃《いんぎん》に勧め、また鍵をしっかり掛けて退去していった。

おきたはここがどこなのかたずねようとしたが、堅い顔をしたかれらにきくのは、やはり躊躇《ためら》われた。

自分は怨みの積る相手とやっと出会い、町奉行所の同心組頭を刺したのだ。

こんな場合、連れの武士に一刀の許に斬り殺されるのが普通だろう。ところが峰打ちをくらわされたうえ、同心組頭とともに、二つの町駕籠《まちかご》でここまで運ばれ、座敷牢に入れられたのであった。

町駕籠に乗せられていたおきたは、駕籠のゆれでふと意識を取りもどした。

猿轡《さるぐつわ》を嚙《か》まされ、両手足を固く縛られていた。

だがきものの裾をきちんと合わせ、裾前がはだけないように縛られているのに気付き、彼女は自分を峰打ちにした男の微妙な気遣いを感じたほどだった。

「おい、開けてくれ。急いでじゃ——」

しばらく駕籠にゆられたあと、目的地に着いたらしく、男が大声を上げ、大店《おおだな》の表戸をどんどんと叩いていた。

「これは菊太郎の若旦那さま、どないしはったんどす」

あわただしく戸が開けられ、店の中からばらばらと人が飛び出してきた。

「駕籠の中に、脇腹を刺された銕蔵が横たわっておる。すぐわしの部屋に運び、町医にきてもらうのじゃ。されどおそらく命に別状はあるまいゆえ、騒がずともよい。もう一つの駕籠には、銕蔵を刺した女子を縛って乗せてある。こちらは気絶しているだけ。みんなで抱えて運び、座敷牢に閉じ込めておいてくれ」

峰打ちをくらわせた男は、小気味よいほどてきぱきとした口調でみんなに指図していた。

「菊太郎の若旦那さま、これはひどい出血どすがな」

「ああ、承知しておる。銕蔵が女子に刺されたとわかったら、ただではすまぬ。さまざま面倒になるわい。組屋敷の家にはもちろん、町奉行所にも配下の者にも、知らせるではないぞよ。駕籠は血で汚れているはず。駕籠屋に償《つぐな》いの金子《きんす》を十分にあたえ、口止めを頼んでおくのじゃ」

「若旦那、それは委せておいてくんなはれ」

「源十郎、頼むぞよ――」

源十郎と呼ばれた男が、店の主《あるじ》らしかった。

気絶しているのを装い、暗闇の中で薄目を開けているにすぎないだけに、おきたにはここがどこなのか、さっぱり見当が付かなかった。

なるほど、町奉行所に届けたり組屋敷の家族に知らせたら、この一件は大騒ぎに発展する。菊太郎の若旦那さまと呼ばれる男の処置は、ひどく冷静なものだった。

おきたは三人に抱えられて広い土間を通り、座敷牢にすぐさま運び込まれた。

「お多佳《たか》、その女子はんの猿轡と手足を縛っている縄を、解《ほど》いてさし上げるんじゃ。見れば濃いめの化粧をしてはるけどお素人衆。なんでこんな大それたことを、銕蔵の若旦那に仕掛けはったんやろ。これは人違いと違うやろか。いや、きっとそうに決ってます」

「かわいそうに、こないに固《かと》う手足を縛られはってからに。人違いやったら、ほんまによろしゅうおすのになあ」

「お多佳、おまえは今夜、その女子はんに付き添い、夜を明かすんどす。気持を動転させてはるやろさかい、首を吊られたり舌でも噛み切られたら、えらいこっちゃ」

主が妻女らしい女に命じていた。

「はい、今夜はうちが付き添わせてもらいます」

男からお多佳と呼ばれた中年の女は、おきたの猿轡の結び目を解きながら答えた。

この頃になり、おきたはようやく我に返ったように装った。

「町医の宗安さまが、すぐ駆け付けてくれはったそうや。わたしは菊太郎の若旦那の部屋へ行ってくるさかい。銕蔵さまの怪我、たいしたことないとええのやけど。おまえは一人で心配どしたら、喜六《きろく》にでも鶴太《つるた》にでも座敷牢にいてもらったらよろし。その女子はん、大事を起こしてきっと喉《のど》を渇かせてはりまっしゃろ。枕許に土瓶と湯呑みを、運ばせておきなはれ」

幾分、興奮気味にこういい、男は座敷牢の前から立ち去っていった。

自分の裾前がはだけないように、きものの裾をきちんと合わせて両足を縛ったのもそうだが、ここに運ばれてからおきたが耳にする声には、どれにも温かさが感じられた。

——うちはもしかしたら、間違って別の男を刺したんやないやろか。いや、そんなことはあらへん。あの男に決ってる。

おきたは両手足の縄がお多佳の手で解かれると、薄目を開けたまま、よろっと布団に横たわった。

「座敷牢に入れられたからといい、心配することはありまへんえ。きっとなにかの間違いどす。ここは姉小路《あねやこうじ》の大宮、公事宿の鯉屋どす。うちは女主のお多佳いいますねん。先ほどここから立ち去らはったのは、旦那の源十郎さま。おまえさまがお刺しやしたお武家さまに付いてはったお人は、田村菊太郎さまといわはります。この鯉屋に相談役として居着いてはるお侍さまで、それは気の優しいええお方どす。間違《まちご》うたとはっきりわかったら、心から謝ったらそれでええのどす。なにか深い事情があってに違いありまへん。物事を気短に考えんと、相談したいことがあったら、なんでもうちに話しておくれやす。ともかく、これを一口飲みなはれ」

お多佳は、女子衆《おなごし》のお与根《よね》が運んできた土瓶から湯呑みに水を注ぎ、彼女に勧めた。

庭を隔てた向こうの部屋では、人の動きがあわただしげであった。

その夜、おきたはまんじりともしなかった。

ときどき高枕から頭をもたげてそばを見ると、お店《たな》さまのお多佳が自分に背を向け、すやすやと眠っていた。

　こんな状況でも平然と眠れるその肝の太さや落ち着きに、おきたはなにか後ろめたさを覚えないわけにはいかなかった。

　翌朝、ついうつらうつらと微睡《まどろ》んだとき、町医の宗安が疵口の薬を取り替えにきたとの声をきいたのであった。

　座敷牢の向こうは廊下。昨夜は閉じられていた雨戸が繰《く》られ、白い障子戸にされている。その障子戸がわずかな隙間《すきま》を見せ、開いていた。

　自分が刺した東町奉行所・吟味役同心組頭の田村銕蔵は、この公事宿に寄宿する男の部屋に、寝かされているのは確かであった。

　障子戸の隙間から、人々の動きが見える。座敷牢に朝食を運んできた男や丁稚、店の者たちに愁色《しゅうしょく》が漂っているのが、なんとなくうかがわれた。

　銕蔵の枕許や布団の周りには、この店の主や下代《げだい》、あの女主のお多佳やほかの奉公人たちが、心配そうな顔で詰めているのだろう。

　そんな中、おきたは自分の許に運ばれてきた四脚膳に、手を付ける気にはならなかった。耳を澄ませ、庭の向こうの部屋の物音や声に、全神経を集中させた。

「宗安どの、いかがでございましょう」

　疵口を覆った布を取りのぞき、患部に目を凝らす町医の宗安に、源十郎がたずねた。

「刃は腰骨で阻《はば》まれ、肉をえぐりましたが、幸い大事な臓器をそれて刺されておりまする。さほど案じるには及びますまい」

「肉はえぐられているが、大事ないともうされまするか」

「はい、臓器が痛められていないのが、まことに幸い。このまま十日ほどじっとしておられれば、疵口も自ずとふさがりましょう。ご心配はご無用かと思われまする」

「命に別状はないともうされるのじゃな」

「縫合した疵口から出血がつづいておりまするが、それも数日で止まるはず。熱もいくらか出ましょうが、お若いお人ゆえ、大事ないと存じまする。あとは身動きせず、疵口がふさがるのをお待ちになるだけ。喉の渇きは湿らすほどにしていただき、腹が空《す》いたともうされても、今日明日は重湯《おもゆ》程度にしていただかねばなりませぬ」

宗安は薬を塗り付けた白い布を、新たに疵口に貼りながら答えた。

「兄上どの、なにかともうしわけございませぬ――」

「詫びる必要はないぞ。されど武士たる者、いくら酩酊《めいてい》していたとて、女子ごときに出刃包丁で突きかかられて疵を負うとは、人には漏らせぬ失態じゃ。これから鍛え直さねばなるまいな。いまのままでは、役儀にもさしつかえるぞよ」

菊太郎は異腹弟の銕蔵を、苦々しげな顔で叱咤《しった》した。

「兄上どのらしゅうございまするが、できるだけ患者に、余分な口を利かさぬようにしていただけませぬか。口を利き、身動きいたせば、それだけ疵の治りが悪うなりますれば——」

「悪くなろうとも、少しは身のほどを、痛みや空腹で苦しんで知ればよいのじゃ。銕蔵、それくらいわかっておろうな。この際、己の技量をよく考えねばなるまい。組屋敷の奈々どのや父上どのたちには、昨夜、わしと暴飲暴食をいたし、なにかに食中《あた》りしたらしいゆえ、しばらく鯉屋で臥《ふ》せっていると伝えておいてもらう。されど配下の主たる人物には、この旨を知らせておかねばなるまいな」

「主たる人物とは、誰を指していわはるんどす」

菊太郎にきいたのは源十郎だった。

「思慮深い岡田仁兵衛《おかだにへえ》どのと、腕利きの曲垣染九郎《まがきそめくろう》どののお二人じゃ。ほかの福田林太郎《ふくだりんたろう》、小島左馬之介《こじまさまのすけ》の二人には、ご両親さまや奈々どのと同様、腹をこわして鯉屋で臥せっていることにいたす。本当のところは、奉行所にも伏せておいてもらうがよかろう。岡田どのと曲垣どのに使いを出し、すぐにでも鯉屋にきていただくのじゃ」

菊太郎は厳しい表情で、源十郎たちにいい渡した。

町医の宗安が軽く辞儀をして退き、下代の吉左衛門《きちざえもん》が見送りのため、つづいて立ち上がっていった。

「これからわしには、いたさねばならぬことがある」

「それはなんどす若旦那——」

「源十郎、銕蔵の奴が、人からいわれのない怨みを抱かれ、殺されかけるほどのことをされるはずがあるまい。座敷牢のあの女子が、なぜ銕蔵を刺したのかを、じっくりたずねてみるのじゃ。銕蔵とて人間。神や仏ではなし、この件についてはおそらく、お取り調べに過ちや行きすぎがあったと考えるべきだろうよ。それを怨んでの凶行なら、その過ちを相手が納得するように詫び、場合によっては、町奉行所にもうし立てねばならぬ。銕蔵を刺した女の身になれば、一命を賭けての犯行。なおざりにしてはなるまい。ここが公事宿で、まことに幸いであった。あの若い女、凶行に及んだ経緯《いきさつ》を礼をもってたずねれば、わしらにその真意を明かしてくれるに違いない」

「菊太郎の若旦那、もし人違いどしたら、どないにされます」

真面目な顔で源十郎がたずねた。

「人違いや思い違いなら、それはそれでよいではないか。銕蔵が料理屋で働くきれいな仲居にいい寄られ、あっさり袖にしたゆえ、怨まれて不埒に遭《お》うた。さよういたせば、たとえ怪我の噂が流れたとて、色っぽい話として笑ってすまされよう」

「若旦那さま、そらあきまへんわ。奈々さまがそないな話、きき流さはらしまへんやろ。それに奈々さまだけではなく、世間は女子が男を殺そうとするほどのきっとなにかあったのやと、あれこれ邪推しまっせ」

異議を挟んできたのはお多佳だった。

「面倒臭いことになってきたわい。さればこうしたらどうじゃ。その女子がわしと銕蔵の奴を間違え、うっかり銕蔵を刺してしまった。それでいかがじゃ。わしならさまざま評判が悪く、女子についての行状もよかろうはずがないと、みんなに思われていよう。それがよい。そういたそうではないか」

「若旦那さま、そしたら今度は、お信さまが腹を立てられまっせ。ええんどすか」

「お信ならその心配は無用。条理をつくしてわけを話せば、納得してくれるわい。今度の異変は、女子がわしと銕蔵を間違えて起こした事件。兄たるわしが、銕蔵を思いがけない災難に遭わしてしまったのじゃ。場合によればさようにいたそう。なあ、店のみんなもそのつもりでいてもらいたい」

菊太郎はその場にいた者たちに、頭を下げて頼んだ。

手代の喜六も手代見習いの佐之助《さのすけ》たちも、憮然《ぶぜん》とした顔だった。

「さて、そこでじゃがお多佳どの、あの女子は座敷牢でいかがしておりまする」

「寝床から起きたものの、お膳に手も付けず、じっとうなだれてはりました」

「それはあきませぬな。自ら死ぬ気はないとしても、女子の気持を楽にしてやらねば、口を開きますまい。どうすればよいやら――」

菊太郎はいささか困惑した表情を見せ、眉《まゆ》をひそめた。

「あ、兄上どの、こうしてくだされ。あの女子を罪人扱いではなく、鯉屋の客として御飯を一緒に食べ、くつろいでもらいまする。それからぼつぼつ、わたくしを刺した事情をたずねてくださりませ」

寝床から痛みに耐えて顔を上げ、銕蔵が菊太郎や源十郎たちに頼んだ。

「医者が口を利かせてはならぬともうしていったが、まあこれは仕方がないとするか」

「菊太郎の若旦那さま、銕蔵さまのご意向はこれでわかりましたさかい、あとはもう口を利かせんようにしとくれやす。銕蔵さまのお世話には、鶴太と正太《しょうた》を交代で当らせます。そしたら菊太郎さまは、客座敷のほうに移っとくれやすか」

「ああ、されば客座敷であの女子と向き合い、朝飯でも食べるといたすか。銕蔵を刺したほどの女子、おそらく勝気に決っておろう。銕蔵はあの女子を罪人扱いではなく、客としてともうした。その言葉を率直に伝えてやったら、なにゆえの不埒なのか、意外にありのままを語ってくれるやもしれぬ。ここはそういたすべきじゃ」

「若旦那さま、それがよろしゅうおすわ。座敷牢のあの女子はん、やったことはやったこととして、うなだれて悲しそうにしてはります。けどそれなりに、覚悟は決めてはるようどすさかい」

「お多佳、おまえがそう見るのなら、それに違いありまへん。あの女子も若旦那を襲うについては、それだけの深い理由があるはず。高飛車に出んと、こちらが胸を開いてたずねたら、あっさりなにもかも打ち明けてくれるかもわかりまへん。早速、そうしまひょ」

こうして相談がまとめられ、鯉屋の台所はにわかに忙しくなった。

冷めた味噌汁が温められる。

若狭鰈《わかさがれい》を焼く匂いも台所に漂った。

お多佳は座敷牢から彼女を外に連れ出すと、まず厠《かわや》を使わせ、井戸端で顔を洗わせた。

自分の居間にともない、鏡の前に坐らせ、化粧道具を貸しあたえた。

「うちがどうしてこないに接しているのか、おまえさまはきっと不審に思うておいやすやろ。おまえさまが刺さはった田村銕蔵さまが、うちらに頼まはったからどす。あの女子を罪人扱いではなく、客としてほしい。わしのどこが悪かったのか、兄上の菊太郎の若旦那さまにきいてもらいたいと、いわはったんどすわ。か弱い女子が出刃包丁で人を襲うからには、そうするだけのわけがあるはずどす。またどんな人間も、思い違いや間違いを犯します。町奉行所に仕えておいやす田村銕蔵さまは、清廉潔白《せいれんけっぱく》なお人。けどそんなお人でも、絶対に間違いはせえへんとは断言できしまへん。だからこそ、それをおまえさまにききたいというてはるんどす」

鏡の前に坐らせた女の髪を、後ろから整えてやりながら、お多佳は彼女に穏やかに話しかけた。

座敷牢から連れ出したときより、女はいくらか落ち着いているようすだった。

「うちがおききするのもなんどすけど、お怪我はどんな工合どす」

彼女が口籠《くちごも》りながらたずねた。

「たいしたことはございまへん。肉を少しえぐったようどすけど、十日もじっと寝てて、疵口がふさがったらもう大丈夫。しばらくあとにはお役目に戻れまっしゃろと、町医の宗安さまがいうてはりました」

お多佳が彼女の襟足の髪を櫛《くし》で掻《か》き上げながら伝えると、鏡に映る彼女の顔が悲しそうに歪《ゆが》んだ。

「あまり心配せんときなはれ。それよりおまえさまの名前は、なんといわはるんどす」

お多佳はあくまで柔らかい口調でたずねた。

「はい、おきた、おきたともうします」

「年はいくつにならはるんどす」

「二十六になってしまいました」

「それやったら、まだ若《わこ》うおすがな。うちなんかもう四十近くになりますのえ。これからええお人に巡り合《お》うて、どんな幸せにもなれまっしゃろ」

お多佳がいうと、おきたはまた悲しそうな顔をして目を潤ませた。

それからお多佳は彼女をうながし、店表の客間にと案内してきた。

そこには四脚膳が三つ、向かい合うように並べられていた。

菊太郎とおきた、それに源十郎の分だった。

すでに菊太郎と源十郎は座についていた。

「さあ、坐ってくれ。昨夜は座敷牢に入れられ、おそらく眠れなかったであろう。正午《ひる》にはまだ少し早いが、朝食を兼ねた昼飯といたそうではないか。ここは公事宿の鯉屋。改めて名乗るが、わしはここの居候で、田村菊太郎ともうす。昨夜、そなたが刺した東町奉行所・吟味役同心組頭田村銕蔵の兄じゃ。その銕蔵が、そなたを下手人扱いにいたさず、どんな理由があって自分を刺したのかを、たずねてほしいと頼んでいる。それゆえこうして一食をともにしようとしているのじゃ。そなたほどきれいな女子、なにゆえ町奉行所の組頭を刺したのじゃ。それをわしらにきかせてくれまいか——」

菊太郎は自分で銚子を傾けながら、おきたの顔をうかがった。

「はい、昨夜のことはほんまにもうしわけございまへん。組頭の田村銕蔵さまを刺したのは、あのお人がうちと夫婦《めおと》約束をしていた小間物問屋『堺屋』で手代をしていた右兵衛《うへえ》はんを、二年前、隠岐島《おきのしま》へ十年の遠島にしてしまわはったからどす。店のお嬢さまのお徳《とく》さまに、悪戯《いたずら》を働いてたとして捕えてどす。右兵衛はんは、そんな不埒をするお人では決してございまへん。堺屋のお徳さまには、お好きなお人がいてはりました。そこへ同業のお人との縁談が持ち込まれ、断り切れんと、右兵衛はんに悪戯をされてたといい出さはった。そないな大芝居を打たはったのではないかと、うちは思うてます」

彼女は菊太郎に名前を名乗り、思いがけないことを一気にいってのけた。

口に猪口《ちょこ》（盃）を運びかけていたかれの手が、これをきいてふと止まった。

客間の外には、鋏蔵配下の岡田仁兵衛と曲垣染九郎の二人が、硬い表情でひかえていた。

「な、なんじゃと、そんな事件があったのか――」

意外な経緯《いきさつ》をきかされ、菊太郎の表情がにわかに曇った。

これは源十郎もお多佳も同じだった。

# 三

おきたがお多佳に導かれ、客間から去っていった。

摂《と》った食事は少量。事情がわかったからには、おきたを座敷牢に戻すわけにもいかず、遠くから公事訴訟にやってくる客を泊める二階の部屋に、ひとまず移らせることにした。

彼女の姿が客間から消えると、鋏蔵配下の岡田仁兵衛と曲垣染九郎が、あわただしく部屋に入ってきた。

「菊太郎の兄上どの、思いがけないことでございますなあ」

「あの女子の話はまことでございましょうか――」

二人は取りすがらんほどの勢いで、菊太郎と源十郎に迫った。

「あのおきたとやらの話に偽りはなさそうで、なんとも難儀なことじゃわい」

菊太郎は苦々しげな口調でつぶやき、仁兵衛と染九郎の顔をじろりと一瞥《いちべつ》した。

そなたたちが銕蔵に付いておりながらと、一喝《いっかつ》せんばかりの顔付きだった。

「岡田さまに曲垣さま、いま襖の外できいてはったような事件が、二年ほど前に確かにあったんどすな」

源十郎はさすがに平静であった。

「いかにも、あの女子がもうした通りの事件がございました。その小間物問屋に奉公していた右兵衛は、主家の娘に悪戯をなしていたのは不埒極まるとして、十年の遠島を命じられ、隠岐島に送られましてございまする。その折、当のお徳ともうす娘と主の太郎左衛門《たろうざえもん》から、手代の右兵衛は商売熱心で店には忠節をつくしてきた男、なにとぞと減刑の嘆願が出されておりましたが――」

「調べに当りながら、そなたたちはその事件になにも不審を感じなかったのか――」

菊太郎が憤りを抑えた声で二人にたずねた。

「この事件は、およその調べが終えられたあと、調書《ちょうしょ》を添えて組頭さまの許に廻されてきたもの。組頭さまは調書を、ざっとお目通しされたにすぎませぬ。いたしかたないのうとつぶやかれ、堺屋の手代右兵衛に、遠島のお沙汰《さた》をもうし渡されたのでございまする」

「なんじゃと、廻されてきた調書に目を通しただけで、右兵衛に遠島のお沙汰をもうし渡したのだと――」

「はい、結果的にはさようでございました」

仁兵衛につづき、染九郎が答えた。

「ではたずねるが、どうして一件の調書が鋳蔵の許に廻されてきて、下手人とされる右兵衛に、鋳蔵がお沙汰をいい渡さねばならなんだのじゃ」

菊太郎の顔付きが、苦渋から困惑の色にと転じていた。

「一件はもともと、組頭さまとご同役の会田助三郎《あいだすけさぶろう》さまの扱いでございました。されどご承知の通り、会田さまが手代右兵衛へもうし渡しをいたされる前に、にわかに死なれたからでございます」

「なんと、会田助三郎どのが突如、亡くなられたことが原因か。されど総与力どのから調書が鋳蔵の許に廻されてきたとて、それを鵜呑《うの》みにしてもうし渡しをいたすとは、なんたる迂闊じゃ。調書が廻されてきたなら、どうして再度、自分たちで調べ直そうとしなかったのじゃ。調書には右兵衛の言い分も、奴と夫婦約束していたおきたの言い分も記されていたはず。それらをよく吟味して読めば、不審なところが浮んできたであろうに――」

「その通りでございまする。しかしながら、先ほどおきたがもうしておりました堺屋の娘お徳に、好きな男がいたとの言葉など、われらは初めてききましてございます」

「それは右兵衛が隠岐島に送られたあと、おきたが不審を覚え、堺屋の縁談やお徳の周りを、独りで調べてわかったことであろう」

「組頭さまとそれがしは、手代の右兵衛が高瀬船に乗せられ、伏見を経て大坂に送られるとき、角倉会所《すみのくらかいしょ》の船着場まで見送りにまいりました」

「それがどうしたというのじゃ。おきたはその折、銕蔵の顔を脳裏に焼き付けたのであろう。情けもときには仇《あだ》となる。なんとしたことじゃ」

菊太郎はきものの膝《ひざ》を摑《つか》んでつぶやいた。

それでも銕蔵に落度があったにせよ、全くの当事者でないのに、菊太郎はいくらか安堵していた。

急逝した会田助三郎は、銕蔵よりはるか年上の吟味役同心組頭。年長のかれの調べを重んじた銕蔵が、事件の深い詮索《せんさく》をひかえたと考えれば、気持も少し楽になってきた。

「菊太郎の兄上どの、ところで組頭さまのご容体はいかがでございます」

銕蔵の配下たちは、組頭に倣《なら》って多くが菊太郎を、菊太郎の兄上どのと呼んでいた。

いままで主として菊太郎とやり取りをしていた染九郎がたずねた。

「染九郎どの、銕蔵の容体をいまたずねている場合ではござるまい。吟味にたずさわる者が、最も避けねばならぬのは、冤罪者《えんざいしゃ》を出すことじゃ。この一件には明らかに冤罪の恐れがある。これから寒くなる隠岐島で、二度目か三度目の冬を迎える右兵衛の身こそ、まず案じてつかわさねばなるまい。銕蔵は大事ない。十日も寝ておれば、元通りに治るわい。それより源十郎、小間物問屋の堺屋は、どこにあるのじゃ。手代の喜六に早速、調べさせたであろうが——」

かれは染九郎たちの心配を無視した。

銚子を摑み取り、一気に酒を喉に流し込んで源十郎にたずねた。

「堺屋は六角の富小路。店はまあまあ繁盛してるそうどす」

「先ほど迂闊にもおきたにたずねなかったが、あの女子はどこに住んでいるのだろうなあ」

「お多佳がきき出しておいてくれたそうどす。いまは料理屋のなかうに住み込んでますけど、右兵衛が罪に落されるまでは、御池《おいけ》車屋町の長屋に、お袋さまと一緒に住んでいたといいます。右兵衛が島送りにされたあと、二人の祝言《しゅうげん》を楽しみにしていたお袋さまが、世をはかなんだのか、ぽっくり死んでしまったとか。右兵衛とおきたは、子どもの頃からともに車屋町の長屋に住む幼馴染《おさななじ》み。行く末を固く誓い合っておりましたそうな。それだけにおきたは、町奉行所の仕置きに不満を抱き、銕蔵の若旦那さまを殺し、自分も死ぬ気でいたんどっしゃろ」

源十郎は沈痛な表情で答えた。

「町奉行所の役人に傷害に及べば、疵を負わせただけで死罪。おきたはそれだけの覚悟をつけ、銕蔵を襲うたのじゃな。一口に十年ともうすが、若い者に十年の遠島はいかにも長い。死ねといわれたのも同然じゃ。おきたは右兵衛が島から戻ってくるのに、望みをつないでいたのだろうが、お袋さまに死なれ、その望みの灯がふっつり見えなくなってしまったのであろう」

「それに相違ございまへん。それにしてもこのたびの一件、料理屋のなかうでは、住み込み働きのあの女子が行方不明になり、いずれは町番屋にでも届け出ると考えられます。放っておいたら、あきまへんやろ」

源十郎がそれを配慮していった。

「ああ、それじゃそれじゃ。つい手代の右兵衛や銕蔵の怪我に気を奪われ、おきたの身についてなおざりにしていた。住み込み働きの仲居が、忽然《こつぜん》と姿を消したとなれば、なかうでは案じているに違いない。大騒ぎになりかねぬわ。強《し》いてもうせば、それがこれからの調べに、どんな厄介を招かぬともかぎるまい。ここは下代の吉左衛門を、なかうに使いにまいらせてくれ。昨夜、おきたがどこかで差し込みを起こしたため、公事宿鯉屋のお店さまの指図を受け、店にお預かりしていると、伝えさせておくのじゃ」

「公事宿と伝えて、不審に思われしまへんやろか——」

「わけありの女子を雇っているとはもうせ、そこまで勘繰らぬだろう。万一を考え、お多佳どのを引き合いに出したのじゃ。もし主か店の者が、見舞いに寄せていただくともうしたら、こさせればよい。その折、おきたには病人らしく装ってもらうのじゃな。引き取りをもうし出たら、しばらくこのままのほうがよいのではございませぬかと、お多佳どのに断らせるのじゃ」

「なるほど、そうさせていただきまひょ」

「無辜《むこ》と見てもよい男を一人、隠岐島から助け出そうとしているのじゃ。隠された事情を慎重に探り、しっかりした証拠や証言を摑んでから、奉行所に掛け合わねばなるまい。お上《かみ》は一旦、罪人と決め込んで罪をいい渡した者について、それを翻《ひるがえ》して解き放つことは、まずほとんどせぬのでなあ。これに銕蔵が一枚かんでいるため、わしは動かねばならぬが、ほかの者が仕出かした事件なら、わしとてご免じゃわい」

菊太郎は憮然とした表情でつぶやいた。

「菊太郎の若旦那さま、そんなことはありまへんわ。もし銕蔵の若旦那が、お裁きをいい渡されたんやのうても、菊太郎さまがこの一件をお知りやしたら、黙ってはらしまへんやろ。誰もが人の難儀を、見て見ぬふりをしてやりすごしてしまう今の世の中。それをよう見逃さんと、要《い》らんお節介をやくのが、菊太郎の若旦那さまのええところどす。わたしやお多佳だけではなしに、鯉屋の奉公人のみんなが、好きなのもそこどすわ。この世の中、僻事《ひがごと》はまかり通っても、道理はなかなか通用しまへん。その僻事も道理もなんのその、自分の思わはったように闇雲に突き進んでいかはる若旦那が、わたしは大好きなんどす」

「いつも苦情ばかりもうしているそなたが、妙にわしを持ち上げるのじゃな。今日は雨にでもなるのではあるまいか」

「なにをいうといやすのや。わたしが若旦那に道理に合わん苦情など、一遍もいうてしまへんやろ。これからのこともあり、その点はよう考えていただかなあきまへん。そうどっしゃろ」

「まあ、そなたがもうす通りじゃ。そうまでわしに入れ込んでくれてありがたい」

「とんでもございまへん。菊太郎の若旦那がここに居てくれはり、鯉屋はどれだけ助けられているか計り知れまへんわ。堂々と町奉行所に文句をいうていかはるのも、菊太郎の若旦那ぐらいなもの。それだけできるお人は、公事宿が軒を連ねるこの界隈《かいわい》にも、ほかにいてはらしまへん。だいたい町奉行所に出仕をうながされたら、ほとんどの者が大喜びで行きまっせ。いきなり与力か総与力にでも取り立てられたら、鬼の首を取ったようなもんどすがな。やがては取次、用人にでも出世しはるかもしれまへんやろ。それだけのお人が、この鯉屋の客分、自分では居候というてはりますけど、ともかくほかの公事宿からは、なにかにつけて羨《うらや》ましがられてます。ほんまに鯉屋は冥加《みょうが》につきるといわななりまへん」

源十郎と菊太郎のやり取りは、仁兵衛と染九郎をいささか苛立《いらだ》たせていた。

怪我を負った自分たちの組頭が、奥の部屋で臥せっている。それを見舞うため、すぐに立ち上がれないのが歯痒《はがゆ》かった。

「さて仁兵衛どのに染九郎どの、これからどういたせばよいやら、ご意見をおうかがいいたしたいものじゃ」

菊太郎が源十郎との話を打ち切り、ようやく二人に事件の解決策をたずねかけた。

「はい、それでございまするが、それがしどもは今回、おきたがもうす線で当りたいと存じまする。小間物問屋の娘お徳がどこに嫁ぎ、いまどのように暮らしているかを、徹底して調べまする」

「もたらされた同業者との縁組。好きな男がいるため、その縁談をなんとかうまく避けようと、ひねり出した秘策。小娘一人で思い付いたとは、とても考えられませぬ。あるいはお徳の背後に、それを取り仕切った悪知恵の働く輩《やから》が、いたのかもしれませぬ」

仁兵衛についで、染九郎が膝を乗り出した。

「まあそのお徳が、いまどうしているかを調べるのが最初じゃが、染九郎どのがもうされた悪知恵の働く輩、わしはおそらく誰もいなかったのではないかと思うているわい。そなたは小娘一人で思い付いたとは考えられぬともうすが、人間、いざとなれば、どれだけでも悪知恵を働かせられるものじゃでなあ。小娘が好きでたまらぬ男と世帯を持つためなら、どんな悪知恵でもめぐらせるだろうよ。店の奉公人の一人ぐらい、罪に陥《おとしい》れたとて、さして痛痒《つうよう》も感じまい。男女の違い事とは妙なもので、女が男に悪戯をされたただの犯されただのともうし立てたら、それをきいた大方の者が、女の言葉を鵜呑みにする。名指しされた男を、下手人と決め込んでしまうのじゃ。尤も、女子に胡乱《うろん》を仕掛ける者が、それだけ多いということじゃが――」

菊太郎は銚子の酒を飲みながら、仁兵衛と染九郎に説いた。

「確かに菊太郎の兄上どのがもうされる通りでございまするが、われわれはあらゆる場合を考え、探索に当るつもりでおりまする」

染九郎が緊張気味に答えた。

「それは当然じゃが、この探索は絶対に人に覚《さと》られてはならぬのだぞ。すべてを二人で行い、他に漏らしてはくださるまい。一つは鋲蔵のもうし渡し、いやお上に誤りがあったことを知られぬため。また一つには、鋲蔵を殺傷しようとしたおきたに罪を着せぬためじゃ。さらには、自分に持ち込まれた縁談を避け、おそらくいまは惚《ほ》れた男と世帯を持っているはずの堺屋の娘にも、幾許《いくばく》かの心遣いをしてやらねばならぬからよ」

菊太郎は盃を膝許においてつづけた。

「落度はこちら側にもある。わしは真相がおきたのもうす通りだとしても、できればすべてを穏便にすませたいのじゃ。銕蔵をかばうつもりもあるが、お上がかように大きな過ちを犯していたと、人にはあまり知られたくないのでなあ。それではお上の権威に瑕《きず》が付いてしまう。お上とはさほどのものではないが、あって無きがごとき神仏より、信じられるとわしはやはり思うているわい。ゆえに総与力はもちろん、ほかの者たちにはこれを知らせず、二人でそっと探索に当ってもらいたい。すべての責任は、歴代の町奉行から出仕を乞《こ》われているこの田村菊太郎が、一切取ってつかわす」

腹にぐっと力を込め、菊太郎は断言した。

「なれば奥で臥せっておいでの組頭さまに、ちょっとご挨拶をお許しくださりませ」

仁兵衛が菊太郎と源十郎に、ここぞとばかりに頼んだ。

「仁兵衛どの、それはなりませぬわい。厄介な話は疵の障《さわ》りになりますのでなあ」

「菊太郎の兄上どの、さては組頭さまは深傷《ふかで》を負われ、すでに落命されているのではございませぬか——」

染九郎がいきなり片膝立ちになってたずねた。

言葉の勢いのあまり、右手が刀の柄《つか》を摑んでいた。

「やい染九郎、いうに事欠き、落命とはなんたる言い草じゃ。わしを斬っても落命した銕蔵を見たいのなら、相手になってやらぬでもないぞよ」

　菊太郎はさっと後ろに退き、身構えた。

「お二人ともなにをしておいやすのどす。こんなところで、子どもみたいな真似をしている場合ではおまへんやろ。大概にしておきやすな。曲垣さま、銕蔵の若旦那さまはほんまに十日余りじっとお休みになってたら、ようならはります。組屋敷の大旦那さまや奈々さまたちに、銕蔵さまは町奉行所から急なご用を仰せ付けられて旅立たれたと、お伝えしておかれたらいかがどす。目的地は若狭でも伊勢でも結構どすさかい——」

　源十郎が顔をしかめて制したため、二人はようやく姿勢を改めて席に戻った。

「染九郎はともかく、菊太郎の兄上どのも、意外に血の気が多いのでございますなあ」

　思慮深い人物だけに、仁兵衛が二人を見くらべて小さく笑った。

「仁兵衛どの、なんとでももうされよ。されば今度の一件を銕蔵には漏らさぬということで、奴の顔をのぞいてやってくだされ。あ奴のことじゃ、本当のところを知ったら、必ず動き出そうといたしますのでなあ」

　菊太郎は染九郎に微笑してうなずいた。

　一瞬の隔意《かくい》がこれで氷解した。

# 四

「出かけてまいる――」

菊太郎は銕蔵が疵を治している部屋をのぞき、中暖簾《なかのれん》を分けて店の表に出てきた。

帳場に坐る下代の吉左衛門と、そのそばで帳簿を改めている手代の喜六に声をかけ、土間に下りた。

着流し姿の手に塗り笠を持っていた。

かれの外出は一昨日からつづいており、秋の陽射しは相当に強いのである。

「へえ、行っておいでやす」

吉左衛門と喜六は異口同音にいったが、吉左衛門は床に両膝をつき、喜六は表暖簾を分けて外に出て、それぞれかれを見送った。

「あの日から今日で四日。銕蔵の若旦那さまは熱も出んようにならはり、もう大丈夫どすわ。それにしても、おきたはんのことはどうなってますのやろ。菊太郎の若旦那さまは店にお戻りになると、旦那さまやお店さまになにやらささやかはるだけ。わたしらには、お調べの工合を少しも話してくれはらしまへん。ほんまにどないになってますのやいな」

菊太郎を表で見送った喜六が、帳場に戻りながら、不満そうな顔で愚痴った。

「喜六、これはいささか質《たち》の悪い八百屋お七どすわいな。銕蔵さまの一件には、岡田仁兵衛さまと曲垣染九郎さまのお二人が、しっかり当ってはります。わたしら店の者が下手《へた》に調べ廻ったりしたら、すぐ外に漏れてしまいまっしゃろ。おまえも丁稚の正太も、どちらかといえば喋《しゃべ》りどすさかいなあ。旦那さまかて佐之助を連れて町奉行所の詰番に出かけはっても、この一件は誰にも話してはらしまへん」

下代の吉左衛門はしらっとした顔でいった。

「わたしらが喋り、それは確かにそうかもしれまへん。けど黙っておれといわれたら、決して喋らしまへんがな。ところでいささか質の悪い八百屋お七とは、どういう意味どす」

喜六の不満顔はいっそうふくらんでいた。

「八百屋お七の話は、浮世草子や浄瑠璃、歌舞伎にもなって有名どっしゃろ。好きな男に会いたいあまり、十七歳の八百屋のお七が、放火の罪で火刑にされましたやろな。そんな有名な話も知らんと、おまえはよう公事宿にご奉公してますのやなあ」

「八百屋お七の事件なら、わたしかて知ってますわいな」

「それなら、恋に落ちた若い女子が、なにをするかわからへんぐらい、理解できまっしゃろ。二階にいてはるおきたはんが、世帯を持とうとしてはった手代の右兵衛はんは、そんな若い女子はんの恋のとばっちりを受け、罪を着せられてしまわはったんと違いますか——」

吉左衛門はあっさりいってのけた。

お七は本郷・森川宿の八百屋市左衛門の末娘。十六歳の暮れに家が類焼し、家族とともに正仙院という寺に身を寄せた。ここに生田庄之助という名の住持寵愛《ちょうあい》の美少年がおり、お七はこの庄之助と恋仲になり、契《ちぎ》りを交わした。

正月二十五日、お七は新築の家に帰ったが、二人の恋は激しく、お互い手段をつくして会っていた。あげくお七は、再び家が焼けたら正仙院に住めると考え、浅はかにも自宅に放火した。これが大火となり、燃え広がったのである。

お七は十七歳に達していたため、町内引き廻しのうえ、火刑に処せられた。

井原西鶴はこの事件をきき、浮世草子『好色五人女』の巻四「恋草からげし八百屋物語」で、お七の事件を小説化した。町娘の一途《いちず》な恋と可憐な娘心を描き、その死を讃美した。

実際のお七は、千住小塚原で処刑されたといい、西鶴の作品ではそれが鈴ヶ森とされている。

この事件はその後もさまざまに潤色されて伝えられてきた。

さらには芝居で派手な振袖を着たお七が、櫓《やぐら》に登って半鐘を打つ場面がくわえられ、お七伝説には華麗な振袖が欠かせないものとされたのであった。

そのため、お七の起こした火事は、明暦《めいれき》大火の俗称である「振袖火事」と、一部で混同を生じた。

こちらの振袖火事は、寺に奉納された若い娘の振袖に、ろうそくの火が倒れて火災となり、それが風に吹き飛ばされ、市中に大きく燃え広がったとも伝えられている。

「吉左衛門はんにいわれたら、今度の一件は周囲の迷惑を考えへん恋やという点で、八百屋お七の火事とよう似てますなあ。小間物問屋堺屋のお徳は、まだ十七、八の小娘やったときいてます。分別の付かん小娘ほど、なにを考えてくれるかわからしまへん。それだけは確かどすわ」

喜六は不満を拭《ぬぐ》い去った顔で、また元の場所に坐った。

鯉屋を後にした菊太郎は、小間物問屋堺屋が店を構える六角・富小路のほうに歩いていた。すぐ近くのそば屋で、仁兵衛と染九郎の二人に会う約束がしてあったのだ。

白地に紺で鶴喜そば――と書かれた暖簾を分けて入ると、二人はすでに道に沿った飯台に腰を下ろし、番茶を啜《すす》っていた。

「おいでやす」

店の主の客を迎える声で、二人は一斉に長床几《ながしょうぎ》から立ち上がり、菊太郎に低頭した。

「待たせたかな――」

「いいえ、それがしたちもいまきたところでございます」

染九郎が答え、そば屋の主が注文をきくため、飯台に寄ってきた。

「なににさせていただきまひょ」

「そうだな、笊《ざる》そば三枚に銚子を三本付けてもらいたい」

「笊そば三枚にお銚子を三本でございますな」

「ああ、そうじゃ。まずはそれでよかろう」

菊太郎は脱いだ塗り笠を脇に置き、店の主が奥に去るのを目で追い、さてと二人につぶやいた。

仁兵衛と染九郎の顔が緊張した。

「堺屋について、調べはしっかり付いたのかな。いかがでござった」

「はい、一昨日から今日にかけ、町役たちに口止めをして店内《みせうち》の事情をただしたほか、出入りの者たちにも、それとなくあれこれききましてございます」

「手代右兵衛の事件が起きたとき、一人娘のお徳は十八歳。堺屋太郎左衛門には、店を手伝わせている二十五歳になる総領息子の太一郎《たいちろう》がおりました。右兵衛は御池車屋町の生まれ。十二のときから堺屋に奉公し、事件の折は二十四歳。働きぶりは至極真面目で謹厳。いずれは暖簾分けをしてやらねばなるまいと、主と番頭の正蔵が話していたのを、町年寄の一人がきいておりました」

「堺屋のお徳に縁談を持ち込んできたのは、千本下立売《しもだちうり》の紅花問屋の『桝富屋《ますとみや》』。商いの関わりからでございます」

仁兵衛と染九郎が、代わるがわる菊太郎に伝えた。

紅花は日本では東北地方、最上川の流域で主に栽培されている。これが京都に運ばれ、京紅や紅花染めの染料とされるのであった。

京都は手工業生産の町。原材料の供給をすべて地方に仰ぎ、「京」の名をかぶせることで、現在でいうブランドの域にまで達する製品を作ってきた。

これらはいずれも洗練された京都の重層的文化を基にして作られ、他国の品とは、やはり一味も二味も違っていた。小間物などには、特にこれが著しいといえよう。

「桝富屋が持ち込んできた縁談先は、六角・骨屋町の同業者だったそうで、その折、主の太郎左衛門も兄の太一郎も、これはよいお話だとよろこんでいたといいます。ところが当のお徳は、なぜかあまり乗り気ではないようす。しかしこれは生娘《きむすめ》がいきなり縁談を持ち込まれ、戸惑っているのだろうと、太郎左衛門も兄の太一郎も思っていたと、後になってもうしたそうでございます」

「お徳の母親はどうだったのじゃ」

「母親はお徳が十一のときに亡くなり、あとは乳母育ち。お徳の真意を誰もわかりかねておりました。そこに突如としてお徳が、長年にわたり手代の右兵衛に悪戯をされていたと、いい出したのでございます。そのためこの縁談は壊れ、怒った兄の太一郎が町奉行所に訴え出た次第。召し捕られた右兵衛は、当初、さような覚えは全くございませぬと、強くもうし開きをしておりました。されど拷問《ごうもん》を受けて問われたせいか、ついには自らの悪業を白状いたしましてございます。そのあと右兵衛は、扱いがわれらの手に移りましても、弁解がましい言葉は一切述べず、島送りにされていったのでございます」

そのとき、仁兵衛がさっと手を上げ、店の主に銚子の追加を勝手に頼んだ。

「お徳のほうはその後、いかがしていたか、それについてはどうじゃ」

「右兵衛が島送りになるまでは外出をひかえ、部屋に籠りがちでございましたが、そのあとにわかに元気になり、ほどなく堀川に近い西竹屋町で、小さな傘屋を営む平吉《へいきち》ともうす男の許に、嫁いでいったそうでございまする。その折、父親の太郎左衛門は、疵物《きずもの》の娘を承知で貰《もら》ってくれる男がいるのはありがたいともうし、婚礼は身内だけの地味なものであったとか。なれども相当額の持参金を、お徳に持たせたとの噂がございました。いまになれば、傘屋の平吉とお徳は、すでに理無《わりな》い仲だったと考えられまする。それで紅花問屋の桝富屋が持ち込んできた縁談を避けるため、絶対、押し通さねばならぬ秘策を、考え出したのに違いございませぬ」

染九郎が運ばれてきた笊そばに箸も付けず、いまいましげな口調でいった。

「その秘策をひねり出したのが、十八のお徳といたせば、お徳はなかなかの小娘じゃわい。傘屋の平吉が思案し、お徳にそれを強いたとも考えにくいのでなあ」

「菊太郎の兄上どののお言葉通りでございましょう。傘屋の屋号は『八幡屋《やわたや》』ともうし、平吉はいたって小心者。町内では律義で正直な傘屋として、まかり通っておりまする」

「すると仁兵衛どのは、右兵衛を罪に陥れたのは、すべてお徳の意志によるものだともうすのじゃな」

「いかにも、買い物を装い、お徳に直接当りを付けました。お徳は勝気で利発、店を一人で切り盛りしているようすでございました。あのお徳なら好きな男と添うため、自家の奉公人に罪を着せるぐらいいたしましょう。それでも自分の悪事に、やはり気が咎《とが》めるとみえまする。店の小僧に固く口止めをいたし、御池車屋町の長屋でひっそり暮らす右兵衛の両親に、今までに四度、十両に近い金を届けさせたそうでございますわい」

仁兵衛のかたわらには、こんな探索では酒でも飲まねばやり切れぬといいたいのか、すでに六本の銚子が運ばれていた。

それにくらべ、染九郎は笊そばを少し啜っただけで、酒は一滴も口にしていなかった。

「ここで改めてお伝えいたしまするが、お亡くなりになった会田助三郎さまが、右兵衛をお取り調べの最中、おきたと名乗る女が吟味役さまにお会いしたいと、たびたび奉行所にまいっていたそうでございます。ところが門番が剣呑《けんのん》な女と見て、その都度《つど》追い払ってしまいましたそうな」

染九郎が苦渋をにじませた顔で告げた。

「どうやらそのようじゃな。いずれの話もわしが調べたものとみな合致しておる」

「なんと、菊太郎の兄上どのは、これだけの調べをご自身お独りでなされましたか――」

「ばかな、さようなことなどできはせぬわい。祇園・新橋のお信の許で、いつも団子を焼いている右衛門《えも》七《しち》を使い、調べ上げたのじゃ。その右衛門七、昔はなかなかの遊び人でなあ。それだけに、人を見る目は確かじゃ。町奉行所の門番に剣呑として追い払われた女子はおきた。あの女子の一生懸命な姿だったに相違あるまい。おきたには不運なことだったのう。さて、これだけの事実がわかったからには、どうするかじゃが――」

菊太郎は、好きな男と添いたいと切実に考えたお徳の一途さにも、憐憫を覚えていた。

「菊太郎どのにはいかがいたされます」

仁兵衛の口調が、挑むようにがらっと変わっていた。

「仁兵衛どの、もっと飲まれませぬか――」

「ああ、いただきます。かように理不尽な話、調べていても反吐《へど》が出そうでござる」

「それにしても、お徳はどこで傘屋の平吉を見初《みそ》めたのでございましょうなあ」

染九郎が目を宙に浮かせてつぶやいた。

「お徳は西竹屋町の近くへ、茶湯《ちゃのゆ》を習いに行っていたそうじゃ。そこへ独りで出かけた折、にわか雨にでも降られ、傘屋の平吉から傘を求めたのではあるまいか」

「にわか雨如きのために、右兵衛は思いもかけず難癖を付けられる結果となり、島送りとなったのでござるか」

また仁兵衛が毒舌を吐いた。

「風が吹けば桶屋《おけや》が儲かるの道理じゃなあ。世の中はなにがどうなり、どう動くやらわかったものではないわい。お徳はいま懐妊しており、来年の初めには稚児《ややこ》を産むそうじゃ。仁兵衛どの、わしもそばを肴《さかな》に痛飲いたしますぞよ」

「なんでございますと――」

仁兵衛が驚き、銚子を急いで摑み取った。

一瞬、固く食い縛った口許をすぐゆるめた。

「染九郎、あとの始末は菊太郎の兄上どのがお付けくださる。そなたも飲むがよいわさ。存分に飲まねば、やりきれぬ話じゃ。わしならお徳の奴を一刀の許に斬ってくれるが、兄上どのはそうはいたされまい。尤もそれでわしも安堵いたすが――」

銚子の滴《しずく》を猪口に振り落しながら、仁兵衛がつぶやいた。

翌々日の正午すぎ、菊太郎は西竹屋町の傘屋八幡屋を訪れた。

「おいでやす――」

かれを出迎えたのはお徳であった。

腹が大きくせり出している。

外は秋晴れ。明るい陽射しが、店の中にもさんさんと降り注いでいた。

それだけにお徳は、不思議そうな顔で菊太郎を眺めた。

「わしは客ではない。田村菊太郎ともうす者じゃ。いま隠岐島にいる右兵衛の名代《みようだい》できたのよ。そなた、明日にでも月番の東町奉行所に自首いたし、総与力どのに自分がなした悪事を、ありのまま告白いたすがよかろう。町奉行にはわしが一切の話をうまく付け、お叱りを受けるだけですむように手配してある。すべてが純な娘心がいたさせたものだともうしてなあ。あれから二年余り、いまならまだ取り返しがつく。罪を憎んで人を憎まぬのが法の定めじゃ。腹の子を丈夫に産み、いい子に育てねばなるまい。町奉行所でお叱りを受けたあと、姉小路大宮の公事宿鯉屋を訪ねるがよい。わしはそこの居候じゃが、そこにそなたに引き合わせたい女子がいる。右兵衛と世帯を持とうとしていたおきたともうす女子じゃ。その女子に、這《は》いつくばってでも必死に詫びるのじゃ。わしが必ず取りなしてつかわす。必ずじゃぞ」

呆然《ぼうぜん》と菊太郎を見つめていたお徳は、へたへたと土間にへたり込んだ。

彼女の後ろで人の好《よ》さそうな主の平吉が、あんぐり口を開け、この話をきいていた。

「お、お侍さま、お徳が大それたことを仕出かしたようどすけど、わたしはどないしたらええのでございましょう」

平吉が震える声でたずねた。

「すぎた過ちはもはや取り戻せぬ。そなたのあずかり知らぬ事件だが、それでもそなたは深く関わっておる。まあ、罪滅ぼしのつもりで千本の雨傘でも拵え、雨降りのとき貧しい人々を見かけたら、ただでくれてやるのじゃな。それくらいの金はあろうが。町奉行は急使を隠岐島につかわし、右兵衛の冤罪を明らかにするそうじゃ。右兵衛が島から帰ってきたら、身の立つように図ってやってくれと、わしの口からお徳の父親太郎左衛門や息子の太一郎に、頼んでおいてつかわす。そなたもお徳ともども、右兵衛の今後の力になってやるのじゃ。主の平吉、そなたにぞっこん惚れ込んだ女房の大事。そなたもしっかりいたさねばならぬぞ」

　菊太郎は驚いた顔の平吉を、軽く叱り付けた。

　かれは町奉行に対していずれは出仕するといい、お徳の犯した罪を許してやっていただきたいと頼んできたのであった。

　そんなかれの足許を、お百《ひゃく》に似た飼い猫がすっと通りすぎていった。

# 千代の松酒

# 一

「元ちゃんがまたうちに悪戯《いたずら》しはった――」

田村菊太郎はお信の営む団子屋「美濃屋」に行くため、大宮・姉小路の「鯉屋」を後にした。堀川を渡ってから、大きく回り道をして北に向かい、烏丸《からすま》通りをへて西夷川町《にしえびすがわちょう》までやってきた。

すると路地の奥から、五、六歳の女の子が大きな叫び声を上げ、飛び出してきたのである。

つづいて後ろから、同じ年頃の子どもたちがばらばらと走って現れた。

「わし、そんなんしてへんわい」

膝切りを着た腕白そうな男の子が、彼女に声を高めて抗弁した。

「元ちゃん、嘘いうてからに。うちに悪戯を仕かけはったんはほんまえ」

幼い彼女は、周りの子どもたちに念を入れて叫んだ。

師走《しわす》に入っているにも拘《かかわ》らず、どの子も膝切り姿。それでも子どもだけに寒さなど平気なのか、両頬を赤くさせ、元気そのものだった。

だが中には青洟《あおばな》を垂らし、洟をすすり上げている子どもや、さまざま継《つ》ぎの当ったきものの袖で、それを拭っている子もいた。

幾度も青洟を拭われたきものの袖は、黒くてかてかに光り、ひどく汚れていた。

後から遅ればせに走り出てきた年嵩《としかさ》の子どもたち数人も、似たようなものだった。

「わし嘘なんかついてへんわい。お和可ちゃんこそ嘘つきや――」

町内の遊び仲間から元ちゃんと呼ばれている元吉は、目を怒らせ、再び怒鳴り返した。

「嘘つきは元ちゃんのほうやわ。うちにすっと近づいてきて、きものの裾をさっと捲《まく》らはったやないか。おいど（お尻）が急に冷え、うち、風邪を引きそうになってしもうたわ」

「お和可ちゃんはきものなんか着てへんがな。わしらと同じ膝切りなのに、恰好のええことをいいおってからに。おいどが急に冷えたさかいというて、わしに膝切りを捲られたなどと、妙な疑いをかけんといてんか」

「うち元ちゃんに、妙な疑いなんかかけてへん。元ちゃんはいつも女の子のきものの裾を捲ってるがな。ど助平。うちらが膝切りを着てたかて、それはきものやわいさ。うちのお母ちゃんがそういうてはったえ」

お和可も負けてはいなかった。小さな顔を顰《しか》め、元吉に再びいい返した。

尤《もっと》もど助平の意味も、深くは知らないに決っていた。

「わしがいつも女の子のきものの裾を捲ってるんやて。人ぎきの悪いことをいうてほしないわ。知らん人がきいたら、ほんまやと思うてしまわはるがな」

元吉は、近くに笑顔で黙って立っている菊太郎を意識してか、ばつの悪そうな表情でいい立てた。

「ほんまやさかいいうてるのが、どうして悪いのえ。ここに居てる女の子やったら、一度や二度、元ちゃんにきものの裾を捲られ、おいどを見られてるわ」

お和可はいい終えると、赤い舌をべろっと出し、かれを憎々しげな目で睨《にら》みつけた。

おいどとは臀部《でんぶ》。京都では一般的な呼称だった。

「お和可ちゃん、それはいいすぎなんとちゃうか。そら一度や二度は誰かにしたかもしれん。けどわしは女の子みんなになんか、決してしてへんで。それにここに居てる男の子やったら、誰でも女の子のきものの裾ぐらい捲ってるはずやわ」

「自分のした悪戯は、みんなもしてるはずやというて、誤魔化すんかいな。嘘つきのうえに卑《ひ》怯《きょう》やわ。元ちゃんはそれが恥かしいことやとは思わへんのん。嘘つきは泥棒のはじまりやと、うちのお母ちゃんがいうてはったえ」

「悪戯のうえに嘘つきだの卑怯だのと、人ぎきの悪いことばっかしいい立てよる。そのうちわしを、盗人《ぬすつと》呼ばわりするのかいな。そらあんまりやわ――」

「あんまりもなにもあらへん。うちほんまのことをいうてるだけや。嘘つきは泥棒のはじまりやさかい、盗人と呼ばれてもおかしゅうないのとちゃうか」

お和可の毒舌はますますひどくなっていた。

「おい元ちゃん、ここに居てる男の子やったら、誰でも女の子のきものの裾ぐらい捲ってるはずやとは、おまえこそいいすぎなんとちゃうか。ほんまにおまえがお和可ちゃんに悪戯を仕かけたんかどうか、それはわからへん。そやけどわしらを引き合いに出して難を免れようとするのは、お和可ちゃんのいう通り卑怯やわ」

後から現れた年嵩の数人の中から、こんな非難の声が上がった。

「そ、そやけど、そんないい方せんでもええやろ。男のくせにわしに味方せんと、女の子の肩を持つのは、男らしゅうないがな。わしを雪隠《せっちん》(便所)詰めにせんとけや」

元吉は顔を赤らめさせ、今度は男の子どもたちに息まいた。

雪隠詰めとは、将棋で王将を、十六六指《じゅうろくむさし》で親石を、盤の隅に追い込んで詰めるのをいう。

これに似た言葉に都詰《みやこづ》めがある。

こちらもやはり将棋で、盤の中央で追い詰める逃げ道のない追及をいう。娼妓や借金漬けになった人が、ついに逃げ道を失ったときなどを指したりする。

「わしらはおまえを雪隠詰めになんかしてへんわい」

年嵩の少年だけに、かれは自分たちの小さな諍《いさか》いを見ている菊太郎を、元吉と同じく少し意識し、かれに文句をつけた。

子どもたちが男女入り混じって遊んでいる場合、男の子が女の子のきものの裾を捲るのは、ときどきあることだった。

それは相手を異性として意識しはじめた証拠。だが小さなおいどを見てどうということはなく、前を捲って見ても、自分の身体との違いを、ちらっと確認するにすぎなかった。

そうした行為をされたとき、年増ならやらしい行儀の悪いことはお止めやすとでもいい、相手の手をぱちんと叩いたりする。若い娘ではきゃあと大声を上げ、場合によれば大事《おおごと》に発展するため、滅多にされなかった。

その代わり、お尻をきものの上からすっと触られるぐらい、ときにはされていた。

菊太郎もかつてそんな行為をした覚えがないではなかった。

その点でこれは、いわば女として生まれたため、男によってなされる通過儀礼。決して褒められるものではないが、子どもには一種の遊びにも似た動物的行為であった。

当時は性に関しては一面、いまよりも牧歌的でおおらかだったのである。

「安助ちゃん、おまえはわしより一つ年上やけど、そないないいかたはないやろ。おまえかてわしがいまお和可ちゃんに疑われていることを、した覚えがあるやろな。わしは一遍もしてへんとはいわせへんでえ。そんなおまえに、わしを非難する資格はあらへんわ」

「おまえ、今度はわしにいちゃもん（文句）を付けるのかいな」

「わしはいちゃもんなんか付けてへん。ただ道理をいうてるだけのこっちゃ」

「へん、そんな道理はあらへんわい。それはなあ、屁理屈《へりくつ》いうもんじゃ」

お和可は自分と元吉の諍いが、かれと安助の諍いに発展したのを見て気が抜けたのか、ぽかんとした顔をしていた。

「わしのが屁理屈やったら、おまえのは小理屈。どうにもならんお人が、人からいわれるこっちゃ」

「な、なんやと――」

「小理屈いわれて腹が立ち、けんかを仕かけてくるのかいな。する気やったらやったるで。わし身体は小さいけど、おまえになんか負けへんさかい――」

元吉の父親は馬車曳《ひ》きをしていた。

それだけに、かれも気性が荒かった。

かれと安助は互いにぱっと後ろに退《の》き、取っ組み合いのけんかになりそうな工合だった。

そのとき、二人に仲裁の声がかけられた。

「二人ともお和可ちゃんのきものの裾を捲った捲らなんだいうぐらいで、なにを始めようとしてるねん。元ちゃんも捲ってしもうたら、ご免と謝ったらすむやないか。お和可ちゃんもばかやなあ。元ちゃんはお和可ちゃんが好きやさかい、ちょっかいをかけてんのやわ。そんなん、自分が可愛いさかいと考えたらどうやねん。人間は思いようで、どうにでも考えられるもんや。わしんとこのお祖父《じい》ちゃんがそういうてはったわ。今度、そないなときには、きゃあとでも叫んだったらええのやがな。こんなことで元ちゃんと安助ちゃんが喧嘩《けんか》をしたら、隣町の奴らに笑われてしまう。仕様もないいい合いは止めときいな。お和可ちゃんも冷たい風の神さんが、ぱっと風を吹かせ、おいどを覗《のぞ》こうとしはったのやと思うたら、すむのとちゃうか――」

落ち着いた声が、三人を柔らかく叱り付けた。

「宗助ちゃんは喧嘩は止めときというのかいな」

気勢を削《そ》がれた元吉が、気の抜けた声でたずねた。

「ああ、そうやわ」

「元ちゃん、宗助ちゃんがそないにいうのやったら、わし喧嘩を止めてもええねんで。どづか（撲ら）れたら痛ぃさかいなあ」

「そら、どづかれたり蹴られたりしたら、痛いわいさ。後味も決してようないぐらい、お互いにわかってるやろ」

「宗助ちゃんにいわれると、確かにそうやなあ。そしたら安助ちゃん、喧嘩は止めとこか」

「ああ、ばかばかしいさかい、止めとこ――」

元吉が安助にこういったとき、宗助がぱちぱちと拍手をした。

それにつられ、お和可も小さな両手を叩いた。ついで子どもたちが一斉に笑い、わあっと歓声を発して飛び上がった。

――これで一幕の終りか。それにしてもあの宗助ともうす坊主、幾つになるか知らぬが、子どもながらなかなかの知恵者じゃ。お祖父の話や風の神まで引き合いに出し、喧嘩の芽を摘《つ》んでしまうとはなあ。あれなら行く末は公事宿の主にでもなれるわい。

菊太郎は胸でつぶやき、また西夷川町を東にと歩きはじめた。

この二年余り、かれが回り道をしてでもここを歩くのは、ひそかに特別な用があるからだった。

それはさしたることではなかった。

西夷川町の隣の東夷川町の表通りに、侘《わ》びた一軒家が構えられていた。その家の表庭に植えられる小振りだが、枝振りの佳《よ》い赤松を見るためであった。
六、七十年経たと思われる赤松の下枝が、生け垣から道に低く張り出している。
かれはここを通るたび、すっと腕をのばし、その松葉を摘み取っていたのであった。

菊太郎はそれで松葉酒を作っていたのだ。

『本草綱目《ほんぞうこうもく》』によれば、松葉酒は胃の調子の悪い人や脚弱、冷え性、不眠症、食欲不振、心臓病、気管支喘息、低血圧症、疲労回復、動脈硬化——など万病に効いた。

歩行不能の人が、これを半年ほど飲んでいたところ、ある日、いきなり歩き出せたとまでいわれている。

赤松の葉から薬効を抽出《ちゅうしゅつ》するには、よく水洗いした新しい葉を、四つほどに短く切り、首細の水瓶《みずがめ》に入れた八分目ほどの砂糖水に漬け込む。このとき水と砂糖の分量が少なければ、松の味が濃く、飲みづらくなる。

そして割り箸を適当な長さに折り、束にして水瓶の栓として塞《ふさ》ぐ。密閉したら発酵して爆発するからだった。

こうしたあと、日中、水瓶は陽当りのいい場所に置き、夜は温い屋内に取り入れる。発酵は夏なら十日余り。こうして二冬すごさせる。

するとやがて松葉は黒褐色に変じ、浮き上がってくる。これを布で漉《こ》し、他の水瓶に入れ替えてもいい。そのまままさらに時を経させれば、芳醇《ほうじゅん》な香を放ちはじめる。

酒や焼酎でも作れるが、あくまで水瓶や壺に入れる量は、ガスの発生にそなえ、七、八分がよいとされている。

こうして出来上がった松葉酒は決して腐敗しないと、『東医宝鑑』や民間療法の書物にも記されている。

松は救荒植物としても有用なものであった。

江戸時代、天保の飢饉は飢饉の中でも特に悲惨だった。

同四年（一八三三）から同七年にかけ、関東では夏でも袷《あわせ》のきものを着るほど冷え、東北地方ではさらに寒さが厳しく、粟《あわ》や稗《ひえ》さえ収穫できなかった。

そのため飢えた人々は、松の皮まで剝《は》いで食べたと、その惨状がさまざまに述べられているが、これは一面、正確とはいえない。赤松にかぎらずどんな松の皮や葉も、もともと救荒植物でもあったからだ。

松葉は摘み取って搗《つ》き、汁が出て塊《かたまり》になったそれを、日向《ひなた》に干して乾燥させる。乾いたあと再度搗いて粉末とし、米粉をくわえて団子状にするか、粥にして食べるのである。

皮の場合は叩いて粉末にし、他の穀物に混ぜて食べる。

当然、これらには薬効があり、痰《たん》や胸の痛み、下痢にも効果を発揮する。

これを天賦食《てんぷしょく》といい、『飢食松皮製法』という古写本には、「松の粉は高貴の御身も御賞味あるよし。（中略）松の皮のあくぬきをせざるとも宜《よ》し。右常に服用すれば、身をかろくして寿を延ぶること、松膏《まつやに》の効能になずらえ知るべし」と書かれている。

松は日本人には瑞祥《ずいしょう》の樹木。神木と仰がれ、常緑のため節操の正しいものとして愛され、長寿延命の象徴とされてきた。これにはやはりそれだけの根拠があったのだ。

菊太郎は東夷川町の一軒家に生える赤松を初めて見たとき、二丈余りの高さにすっとのびた姿や、枝振りの佳さに魅せられた。その松葉で松葉酒を作ることをすぐ思いついた。

地味が肥えているらしく、赤松の皮は厚く赤らみ、針状の葉も太かった。

幾つもの備前の壺に松葉酒を作り、人にやればよろこばれるに違いないと考え、すぐさま実行に移したのであった。

その家の主は、どうやら商家の隠居らしかったが、つい先頃、人から買い受けたようすがうかがわれた。

松葉酒を作ろうと決めてから、かれはすでに四升余り入る備前の壺三つにそれを作った。

飲みはじめる時期を待っていたのだが、今年の初夏、赤松の植えられた家の前を通りかかり、おやっと眉をひそめた。

年寄りの植木屋が梯子《はしご》をかけ、松の剪定《せんてい》をしているのを見たからだった。

六十半ばをすぎたと思われる植木屋は、素人に近いとみえ、枝の払いようも悪く、松の葉を無益に取り摘んでいたのだ。

道にはかれが摘み取った松葉が、たくさん散っていた。

勿論、菊太郎は近くの布団屋で急いで布を買い、植木屋に断り、松葉をもらい受けてきた。

翌日も気がかりでそこに出かけ、植木屋の仕事振りを仰いで見た。

植木屋は松の枝をさらに短く剪《き》り、葉をなお摘み取っていた。

松の木を庭に植えるのは、なにかと費用がかかる。松が別名を金食い木——ともいわれるのは、この木が年に二度は剪定を必要とするからだった。

一度では姿の佳い松に育たない。無理な枝剪りや葉摘みをすれば、枯れる恐れもあった。

——おい植木屋、それだけ枝葉を少なくして大丈夫なのか。それぐらいで止めたらどうじゃ。

菊太郎は植木屋の姿を仰ぎ、そういってやりたかった。

三日目にそれを見るため通りかかると、枝はさらに短く剪られ、葉はほんの少しとなり、松の木は裸同然にされてしまっていた。

「これはいかん。枯れねばよいのじゃが——」

菊太郎は声に出してつぶやいたほどだった。

それから思い付くたび、かれは赤松のようすを見に、東夷川町に出かけた。

例年にない長い暑い夏がつづいていた。

枝葉をあまりに多く取り除かれた松の勢いは、やはり良くなかった。

夏がすぎかけたとき、菊太郎は松の頂《いただき》の葉が、茶色に変わっているのを発見した。

そして日を追うにつれ、どの枝の松葉にも枯れが生じてきた。

——ああ、これではもはやどうしようもないわい。この家の主は手間賃を惜しみ、素人に近い植木屋を雇うたのじゃな。ばかなことをしたものじゃ。

かれは腹が立ってならなかった。

今日もかれが子どもたちの小さな諍いを見たあと、東夷川町に向かったのは、赤松の工合を確かめるためであった。

——どうぞ、もとの勢いにもどってくれ。何卒《なにとぞ》、何卒じゃ。

かれはすでに半分余り葉を枯らした松の木を眺め、心で懸命に励ました。

「笹竹、笹竹は要りまへんかあ——」

年末の大掃除をひかえ、笹竹売りが菊太郎の近くを、大声を張り上げ通りすぎていった。

## 二

「若旦那、いかがどした——」

菊太郎が祇園・新橋の美濃屋にくると、団子を串に刺していた右衛門七《えもしち》が、手を止めてかれにたずねた。

「うむ、枯れが進んでおり、やはり駄目のようじゃ」

菊太郎は眉をひそめ、暗い顔で首を横に振った。

「勢いを失った松には、地面に酒を撒《ま》いてやるとええといいまっせ。それを家の主に伝えてやったらどうどっしゃろ」

右衛門七は顔を上げてそう勧めた。

かれは元料理人。御池・車屋町の長屋に住んでいたが、馴染みはじめた女と出会茶屋で泊っていたところ、長屋が火事に遭い、女房のお絹と二人の子どもを死なせてしまった。

まだ煙がかすかに立ち昇る焼け跡で、かれは呆然と立ちつくし、黙って涙を流しつづけていた。あげくかれは、京の町から忽然と姿を晦《くら》ました。

八年余りあと、ひょいと元吉町に近い居酒屋の「よろず屋」に現れ、お信と出会った。

お信と右衛門七の焼死した女房お絹は、木屋町筋の料理屋「重阿弥《じゅうあみ》」で、仲良く働いていた仲居仲間だったのだ。

右衛門七がまだ居所を決めていないとき、お信は美濃屋に連れてきて、菊太郎に引き合わせた。

右衛門七は、賽《さい》の目を読む勘が鋭いうえに腕っぷしが強く、静かな物腰のうちにも凄いものを秘める初老の男。菊太郎は会うなり、相当な修羅場をくぐってきた男に相違ないと見て取った。お信と話し合い、用心棒を兼ねた店の爺《じい》として、美濃屋に居付いてもらったのである。

「酒を撒くことなら、わしとて存じておるが、東夷川町の家を隠居所として買い取った男、わしはまだ顔も見ていないのでなあ」

「そうどすか。それでは相手の気心がわからしまへん。もし傲慢《ごうまん》な偏屈者で、そんなん知ってます、余計な口出しをせんといておくれやすなとでもいわれたら、腹が立ちますわなあ」

「うむ、そこなのじゃ。それにしてもあの松に親しみ、松葉酒を備前の壺に三つも拵《こしら》えてきたわしには、あの木が惜しまれてならぬ。枯れさせるのはなんとも残念じゃわい」

「そのお気持、わしにもようわかります。わしかて、松葉酒を作るお手伝いをさせてもろうてきましたさかい」

「そうだろうな。ところで右衛門七の親っさん——」

菊太郎は、差し料を右手で帯から鞘《さや》ごと抜きながらいいかけた。

備前の壺はどうした理由でかは不明だが、長く水を入れていてもその水が腐らず、新鮮さを保つといわれている。

料理人として生きてきた右衛門七によれば、それは事実であった。

「右衛門七のおじさん、どなたはんがきてはりますのん——」

このとき奥の中暖簾を撥《は》ね上げ、お信がかれに声をかけて現れた。

「へえ、菊太郎の若旦那さまがお越しどす」

「ひゃあ、菊太郎さま——」

お信の顔がぱっと輝いた。

「今夜はここに泊るつもりで、鯉屋から出てまいった」

菊太郎は素《そ》っ気《け》ない口調でお信にいい、また右衛門七に向き直った。

「どうだ右衛門七、松葉酒を拵えはじめてから、早いものはすでに二年余りになる。今日は自《や》棄糞《けくそ》な気分、その松葉酒を二人で飲んでみようではないか——」

団子の焼き場に近い床下にちらっと目を走らせ、菊太郎が提案した。

「賛成どす。そろそろ飲んでもええ時期になってきてまっしゃろ」

右衛門七はうれしそうな顔で答えた。

この松葉酒を作ってみようといい出したのは菊太郎だが、事実上、すべてを行ったのは右衛門七だった。

「備前の壺に、束ねた割り箸を紐《ひも》でくくって蓋《ふた》にしておくのは、色気がないのと違いますか」

「ではどういたせばよいのじゃ」

「本草綱目たらいう本には、そない書かれているかもしれまへんけど、いっそまっ直《す》ぐな松の小枝をきっちり束ね、それを短くして差し込んだらどうどす。若旦那、発酵するにしても、それがよろしゅうおっせ。松の小枝ぐらい、わしがどっかで都合してきまっさ——」

「ああ、風流な工夫じゃ。さればそういたそう」

こうして大きな備前の壺に、松葉酒が三つ作られたのであった。

それがいま団子の焼き場に近い床下で、熟成しかけている。

「右衛門七、店を開けている時刻じゃが、早速、飲んでみようではないか。酔うほどではなく、薬用酒としてほんの一口味わってみるだけじゃ。お信とて咎めはいたすまい。松葉酒のほかに、松葉粥ともうすものもあってなあ。これは松葉を小さく刻み、粥に炊き込むのじゃ。精力増進薬となり、肺臓を潤し、大腸をととのえるときいている。仙人の食べ物は松葉粥と松葉酒。松葉をただ嚙《か》んでいるだけでも、長命の効能があるそうじゃ。最初は苦《にが》く感じるが、そのうちに馴《な》れ、厭《いと》わぬようになるというわい」

「そんなんで万病に効くんどしたら、松は医者要らずというわけどすな」

右衛門七は客がないのを幸いとし、床下から備前の壺を一つ抱え出してきた。

その壺も当代のものではなく、鎌倉から室町時代にかけての吟味された重厚な備前だった。青い釉薬《ゆうやく》が陶体《とうたい》にたっぷりかかっていた。

「客座敷に運び、松の小枝の蓋を抜き取ってくれ。おういお信、猪口（盃）を二つ持ってきてもらいたい」

猪口は普通のガラス・コップの底半分ほどの大きさの伊万里やきの磁器をいい、盃といえば、多くがこの猪口を指した。

「いまからお酒を飲まはるんどすか——」

奥からお信の声がとどいてきた。

「いや、酒ではない。松葉酒を飲んでみるのじゃ」

菊太郎は大声で叫び返した。

「そしたら猪口は三つどすがな」

お信の声がにわかに弾んでいた。

「右衛門七、お信までがあのようにもうしているぞよ」

白川沿いの客部屋に、備前の壺を運ぶ右衛門七に、菊太郎は笑いかけた。

お信が盆に猪口を三つのせて現れ、右衛門七が松の小枝を束ねた壺の蓋を、引き抜いて開けた。

芳醇な香が、先程から部屋に漂っていた。

菊太郎と右衛門七が、三つの壺で醸造した松葉酒は、一つが真水、あとの二つは酒と焼酎であった。

右衛門七が運び出してきたのは焼酎の壺。まっ黒になって浮き出した松葉は、今年の初め、金網で漉《こ》されていた。

「若旦那、いい匂いどすなあ」

「ああ、いかにもじゃ。お信が気を利かせ、小柄杓《こびしゃく》を持ってきてくれたわい」

菊太郎は茶湯《ちゃのゆ》に用いる柄杓で、壺から松葉酒を掬《すく》い出した。

それを盆に並べられた猪口に、等分に注《つ》ぎ入れた。

「どんな味がいたしまっしゃろ」

右衛門七は黒褐色をした松葉酒をのぞき込み、ついで菊太郎の顔を眺めた。

「まあ、飲めばわかるわさ」

かれは無造作にいい、それを一口にぐっと飲み干した。

「酒は酒だが、まろやかで甘い味がする。これはまさしく薬用酒。多くは飲めまい」

「蝮《まむし》酒や風邪を引いたときの卵酒みたいなもんどすなあ」

菊太郎につづいて松葉酒を一気に飲んだ右衛門七は、さして興のない顔でいったが、なにがそうさせるのか、ぶるっと身体を震わせた。

「わしはなにやら、身の芯が冷えてきましたわいな」

お信は松葉酒をやはり一口で飲んだあと、目を閉じてじっとしていた。

「右衛門七、わしの親父《おやじ》どののずっと先輩じゃが、町奉行所に神沢貞幹《かんざわさだみき》さまともうすお人がおいでになった。その貞幹さまは役職から退かれたあと、杜口《とこう》と名乗られ、暇があるため毎日、五里から七里もお歩きになっていた。ご自分が見聞きされた世の中のあれこれを書き連ね、『翁草《おきなぐさ》』と題する書物にまとめられたのじゃ」

菊太郎は松葉酒をわずかに飲んだだけで、かれには珍しく陶然とした顔付きになり、右衛門七に向かって急に話をはじめた。

「隠居したあと、一日に五里から七里もどすか。わしにはとてもできしまへん」

「わしはその神沢杜口さまが、長い距離を歩いていたことをもうしているわけではないのじゃ。杜口さまは、翁草の巻百四十六条の中で、売家の松と題し、ある松について書いておられるのよ」

お信は菊太郎がなにを話し出すのかと興味深げな顔で、かれを注視した。

「この京に、尼崎某《なにがし》という男がいたそうじゃ。もとは裕福に暮らしていた商人の子だったらしいが、世過ぎの知恵にとぼしく、ついには立派な屋敷を売る羽目になってしまったというわい。この屋敷には、代々の主が愛《め》でてきた松の老樹が聳《そび》えていた。屋敷を明け渡して去るとき、男は一首の和歌を短冊に書き付けたともうす」

「それはどんな一首どす——」

お信が早くききたそうにたずねた。

「まず、千々《ちぢ》の思ひを後《のち》のあるじに告げて去りぬ。こう一行したためたそうな。そのあと、〈馴て見し軒端の松よ　けふ（今日）よりは後の主の千代をともなへ〉との歌を残していったのよ。ところがこの屋敷を手に入れた男は、人の情や風雅を解する人物ではなかった。某がしつらえた雅室を悉《ことごと》く破却したばかりか、長屋を建てるのに老松が邪魔だとして、前の持ち主が歌まで添えて残した老松を、無残にも伐《き》り倒してしまったというのじゃ」

菊太郎はゆっくり腕を組み、ふうっと吐息をついてつづけた。

「新しい主には、主の考えがあろう。あほらし、なにが後の主の千代じゃ。風流とやらいうてからに、甘ったれた歌を詠《よ》んで暮らしているさかい、こない立派な屋敷を売らなあかんようになってしまうのや。そんな貧乏神に、わしの千代なんぞ願ってもらわんでもええわい。その老松、伐って薪《まき》にして売ったら、長屋の木戸門を作る銭ぐらいにはなるやろと、憎々しげにもうしたそうな。この話どうじゃ。この松葉酒を作った松の木は、家ごと新しい持ち主に渡り、素人くさい植木屋の手にかかったために、いままさに枯れなんとしている。二つの松はまことに哀れじゃわい」

「馴て見し軒端の松よ　けふよりは後の主の千代をともなへ——どすか。思いの籠ったええ歌どすなあ」

お信はしみじみとした声で一首をなぞり、菊太郎の顔を見つめた。

「若旦那、折角、前の持ち主が後の主の千代をともなへと詠《よ》んでいった老松を、あっさり伐らせてしまうとは、どんなど畜生どっしゃろ。長年、見馴れた松に名残りをおしみ、屋敷の新しい持ち主の千代を願うなんぞ、なかなか容易にできしまへん」

「杜口どのは翁草で、新しい持ち主について、むくつけに無下なる挙動と見る人にくみぬと書いておいでになる」

「ほんまにその男、腹の立つ奴どすなあ。一方、親が譲ってくれた財を風流に使い果し、こっちの奴にも腹が立ちますけど、そんな和歌が詠めるほど風流でいてたら、親からの財かて、そら食い潰してしまいまっしゃろ。風流いうのは、とにかく金のかかるもんどすさかい。軒端の松よと歌を詠んだお人は、どっかの長屋で窮死したかもしれまへん。そやけど、老松を伐って長屋を建てたそっちの男も、どれだけ金持になったかて、晩年はおそらく不幸。人に憎まれたりして、余裕のない自分の生き方の誤りを、しみじみ後悔したに違いありまへんわ」

「右衛門七のおじさん、そんな程度やのうて、店に盗賊にでも入られ、殺されたかもわかりまへんえ。うち、なんとのうそう思いますなあ」

お信がいきなり物騒な想像を口にした。

「お互い松葉酒を飲んだせいか、思いがけない話をいたすものじゃ。ついでにもうせば、仙人の食い物は松葉粥と書かれているが、仙人はいつも松葉を生かじりにしていたのかもしれぬぞ」

「そういえば、いま思い出しましたけど、熱が出たとき雌松《めまつ》の葉を煎《せん》じて飲むと、すぐ熱が下がるとききましたなあ。昔の人は松がそれほど効用を持っているさかい、神木として崇《あが》めてましたんやろか——」

「そうかもしれぬなあ。松がただ常緑というだけでは、縁起のよい植物とされる理由が、十分に説明できぬ。松が瑞祥の表れだの神木だのといわれるのは、人の大敵である病を、癒やす効をそなえているからではあるまいか。松の夢は大利ありともうす」

菊太郎はまだ陶然とした顔のままだった。

「若旦那、この松葉酒を拵えた東夷川町の赤松、なんとか枯れさせへん方法はありまへんやろか」

「あれだけ枝を飛ばされ、葉を枯れかけさせていると、もはやどうにもならぬわい」

枝を飛ばすとは、枝を剪る意の業界の用語。庭に石を置くのを打つという。

「若旦那がいわはるんどしたら、そうどっしゃろなあ。それにしても、その松の手入れをしていたのは、どないな奴どしたん」

「年は六十半ばすぎ。なにかの職人上がりの男だとわしは見た。器用な男なら、植木屋の真似ぐらいいたすからのう。それがやがて植木屋となったのであろう」

「植木ぐらいならわしかていじりまっせ」

「それそれ、まさしくそれじゃ」

「素人にちょっと毛の生えた植木屋が、ついやりすぎてしまいよったんどすなあ。正月が近おすさかい、松の持ち主はそれがいよいよ枯れるとあっては、おそらく怒り出しまっしゃろ」

「その筋道、決ったようなものじゃな」

「何十年経《た》ってる木か知りまへんけど、持ち主がまどせ（弁償）もどせ（返せ）といい出したら、素人に近い植木屋はどうしますのやろ。わしはそこのところが気にかかってなりまへん」

「正月が近づいての松の枯死か。さて右衛門七にそういわれると、わしとて急に案じられてきたわい」

「松の木を伐って年輪を数え、一年を一分金一枚として勘定してまどせとでも要求されたら、年寄りの職人上がりの植木屋では、どうにもならしまへんがな。わしならいっそわずかに伐り残した松の枝で、当て付けに首を吊ってやりますけどなあ」

右衛門七はあっけらかんとした表情でいった。

「右衛門七のおじさん、阿呆《あほ》な冗談をいわんときなはれ」

お信がいつになくかれを咎めた。

白川を流れる水の音が、三人の耳に急に甦《よみがえ》ってきた。

備前の壺の口から、芳醇な香が放たれつづけていた。

## 三

「焼酎と酒のほうどすな——」

「ああ、その二つじゃ。水で拵えた松葉酒は、いましばらくようすを見てからにいたそう」

翌々日の朝、菊太郎は右衛門七に、焼酎と酒で作った松葉酒を、一升徳利に一本ずつ詰めさせた。

どちらかの一本を異母弟の銕蔵《てつぞう》に托し、父親の次右衛門《じえもん》に届けさせる。もう一本は鯉屋の主源十郎に頼み、高台寺の南、二年坂に住むかれの父宗琳《そうりん》（武市）に、持参させるつもりだった。

二人とも老齢、足許がいくらかおぼつかない。そのうえ身体のあちこちに、がたがきているはずだった。

この松葉酒を飲み、少しでも命を長らえてもらいたかったからだ。

右衛門七が備前の壺から漏斗《じょうご》で、徳利にそれを移している。

その姿を見ながらお信は、菊太郎にどなたさまにお届けになるのどすとたずねたかったが、強いて口を噤《つぐ》んだ。

菊太郎がおまえのために長生きせねばならぬ、それゆえ飲むのだといってくれたらどれだけうれしいだろう。そう思うと、少し寂しい気がした。

だが一方では、かれはまだ壮健。そんな物に頼らなくても大丈夫だという安心感も、ないではなかった。

「ではちょっと向こうに行ってまいる」

かれはお信の店から鯉屋に出かけるとき、決って彼女にも右衛門七にもそういい、右衛門七には後を頼むといい添えていた。

それから考えれば、鯉屋からここにくるときも、似た言葉を吐いているに違いなかろう。

だが右衛門七に気を遣うように、元吉町のこの店に戻ってきたときぐらい、いま帰ったとどうしていってくれないのか、お信はいささか不満だった。

「お出かけなさいませ――」

お信はあれこれごく瑣末《さまつ》な不満を抱いていたが、それは表さず、機嫌のいい顔でかれを送り出した。

菊太郎はほかの女に気を移す男ではない。それはよくわかっていたが、それでも自分を好《す》いていてくれたら、もう少しはっきり愛情を、言葉や行為で示してほしかった。

尤もこれも不満というより、彼女の女心が思わせる欲に違いなかった。

ともかく菊太郎は二人に見送られ、二本の徳利をぶら下げ、美濃屋を後にした。

新橋筋を西に歩き、三条大橋を目指した。

だが心中で三条大橋を渡り、そのまままっ直ぐ鯉屋に向かうかどうしようかと、迷っていた。

遠回りは面倒だが、東夷川町のあの赤松が気にかかる。やはり今日も松の枯れ工合を見てから、鯉屋に行こうとやがて決めた。

寺町通りまで行き、菊太郎の足は北に向かった。

そして行願寺の甍《いらか》の見える夷川通りまでくると、東西を貫くその通りを西にたどりはじめた。

ご禁裏さまといくらも離れていないここの南北には、縁起を担いでなのか、それとも考えるのが面倒だったのか、実に奇妙な名前の町がいくつかある。

毘沙門町《びしやもんちよう》、達磨町《だるまちよう》、布袋屋町《ほていやちよう》、俵屋町、魚屋町、舟屋町、鍛冶屋町《かじやちよう》、百足屋町《むかでやちよう》——などがそうだった。

一度、地名の由来を探ってみたことがあったが、さして深い理由らしいものは見当らず、思いのままに名付けたと考えてもいいくらいであった。

ただし布袋屋町についていえば、『京都坊目誌』に「中古以来此町に薬師堂あり。菩提《ぼだい》薬師と称す。後誤って布袋《ぶだい》薬師と呼ぶ。遂に誤て布袋屋町と俚称《りしょう》す」と記されている。

そこが布袋なら縁起を担いで夷川などと、次々と名付けたとも考えられるが、百足屋町ともなれば、なぜこんな町名なのかさっぱり解せなかった。

「この町内に人が住みはじめ、まだ名前が付けられてへん頃のことどす。転がっていた丸太を動かしてみたら、大きな百足が這い出てきた。そやさかい、百足屋町の名前が付けられたんと違いますかいな。京には由緒正しい町名が仰山ありますけど、かなりええ加減なものも多おっせ。面倒臭いさかい、そんな名前をつい付けてしもうたいうのも、由来としてははっきりわかったら、それはそれで面白おすわなあ」

この春、百足屋町のそば屋で町名の由来をきいたところ、そば屋の主がこういっていた。

「うちなんかそば屋のくせに、木下屋いいますねんで。そば鶴とかそば清とか、また更科《さらしな》とか田毎《たごと》とか、もう少し風流な名前を付けたらええのに、木下屋どっせ。その訳をわしは、死んだ爺さまにたずねました。そしたら爺さまから数代前のご先祖さまが、ここでそば屋をはじめはったとき、店の脇に大きな樅《もみ》の木があったからやといいますのや。その木の下にあるさかい、木下屋なんやそうどすけど、芸のない話どっしゃろ。もっとそば屋らしい粋な名前を付けておいてくれたら、いまみたいに店に閑古鳥なんか鳴いてしまへんどしたやろ。俳諧師の芭蕉はんは、憂きわれをさびしがらせよ閑古鳥――という句を詠まはったそうどす。そやけどうちには、そんなんしょうもない句としか思われしまへん」

そば屋の主は、きのう打って茹《ゆ》でたのかと思われるほど不味《まず》い笊そばを、それでも黙って啜る菊太郎にぼやいた。

ついで手に持った破れ団扇《うちわ》で蠅《はえ》を追ってくれた。

「わしの姓は田村ともうすのだが、その姓も広い田圃《たんぼ》の中に一軒だけ、ぽつんと家があったために名付けられたのかもしれぬ。戦国時代、わが祖先は竹槍《たけやり》をたずさえ、落武者狩りに出かけた。傷付いた高名な鎧《よろい》武者を、たまたま竹槍で突き殺した。それを褒められ、どうじゃ武士の小者《こもの》か雑兵にでもならぬかと誘われ、足軽にでも取り立てられた。やがて幸運にもひとかどの手柄を立て、侍となったのであろう。主に姓《かばね》をなんといたすとたずねられ、田圃に囲まれた生家をふと思い出し、田村と名付けたらいかがでございましょうとでも、答えたに違いあるまい。世の中はいまどんなにいい血筋を誇っていたとて、その先や分かれてのびた枝葉をたどれば、そこには盗賊になった男も、博徒、酒飲み、女誑《たら》し、金貸し、法師も何者でもいるわい。みんな引っくるめて世の中、それでいいのじゃ――」

菊太郎はまだ暖簾を出していない百足屋町のそば屋を横に見て、かつて話したそんなことを思い出しながら西に歩いた。

やがて東夷川町にさしかかった。

右手に枯れかけたあの松の木が聳えていた。

一昨日見たばかりだが、気持がそう思わせるのか、その枯れようはさらに進行したように目に映った。

ふと気付くと、六十すぎと思われる頑固そうな男が、絹物に袖無し羽織姿で、松の木のそばをよろよろと歩いていた。

杖を手に足を労《いたわ》るようにして歩を進め、立ち止まっては松の木を仰いでいた。

菊太郎には、枯れかけた松の木の家の主だと、すぐにわかった。

歩調をゆるめて近づくと、男はまた足を引きずって松の木の下に戻り、大きな溜息《ためいき》をついた。

菊太郎はようすをうかがうため、小間物屋のそばに積み上げられた天水桶の陰に、すっと身体を寄せた。

男は足腰が痛むらしく、難儀そうな動作で、枯れ落ちている松葉を拾った。

再びちょっとふらふら歩き、手に持った枯れ葉と、目前で枯れかけている松の木を見比べ、また溜息をついた。

遠くから見ても、いまいましそうな顔付きであった。

――どうしてくれよう。

かれの腹立たしげな声が、きこえてくるような気がした。

菊太郎の胸裡《きょうり》に、日銭を稼ぐため、にわかに植木屋となった年寄りの困惑した顔が、ちらっと過《よぎ》った。

頑固そうなあの男なら、右衛門七がいっていた通り、松の手入れをさせた植木屋に、どんな因縁を付けるかしれない。枯れた松を元通りにできるはずもなく、詰まるところ、金で弁済することになるに決っている。

年寄りの植木屋に、それだけの蓄えがあれば問題はないが、おそらくそれは無理だろう。するとどうなるのか。小金を稼ぐ息子でもいればともかく、それもいなければ、紛糾《ふんきゅう》するのは間違いなかった。

「孫でもいれば、弁済のため、わしの店に無給で奉公させてもらいまひょか――」

かれはそれぐらいいい出しかねない面構えであった。

むずかしい顔で松を見上げている男に、菊太郎は天水桶から離れ、近づいていった。

「ご隠居どの、この松はどうやら立ち枯れてしまいそうでございますなあ」

かれは柔らかい声で話しかけた。

相手の気心や出方を探る目的からだった。

「ああ、そうどすねん。毎日、家の中から見てますけど、わしが頼んだ植木屋、枝をえらく短く剪り、これでもかこれでもかというほど、松葉を摘み取りよってからに。この初夏、植木屋のやるのを眺めてて、あんなにしてええもんやろかと案じてましたけど、やっぱりこないになってしまいました。腹が立ちますさかい、どないにしてくれようと、いま思案しているところどすわ」

かれは急に話しかけてきた菊太郎を、探る目で眺め、自分の気持を明かした。

「どないにしてくれようとは、いかに思うておられるのでございます」

「あの松の手入れをした植木屋は、隣の西夷川町の長屋に住む元左官屋の竹蔵。危ない左官仕事はもうさせられへんと、棟梁《とうりよう》から暇を出された年寄りどす。それでこの界隈の商家の雑用などをして、日々の暮らしを立ててますのや。息子夫婦にも死なれ、孫と二人暮らしやときいてます。そんな奴から、松の木の弁済金なんか払ってもらえしまへん。町役に相談をかけたかて、堪忍してやっておくれやすと、なだめられるのが関の山どっしゃろ」

「そうでございましょうなあ」

「わたしはこの松の枝振りが好きどした。それをこんなに枯れさせてしもうて、どうにも腹が立ってなりまへん。いっそ公事宿に相談したらどうやろと思うてますわいな。このまま放っておくのは癪《しやく》どすさかい」

かれは鬱憤《うつぷん》をきいてくれる人物が現れたとみてか、菊太郎に一気にまくし立てた。

「公事宿にでございますか——」

「こんな相談、町役ではなんともなりまへん。公事宿に頼むのが一番どっしゃろ」

「もうされるのはご尤も。それで公事宿ではどういたしましょうなあ」

菊太郎は自分が公事宿に身を寄せていることは語らず、遠慮がちにきいた。

「そら長い間、室町筋で呉服問屋をしてきたわたしにもわからしまへん」

「ご隠居どのは、室町筋で呉服問屋をしておられたのでございますか――」

「はいな。大きな店ではありまへんけど、『寿屋』といいます。わたしは五左衛門ともうし、六十で息子に店を譲り、隠居の身になったんどす」

かれはここでなぜかぱっと顔を明るくさせ、にやっと笑った。

「ご隠居どの、いかがされたのでございます」

「わたしは先程から、あなたさまをどこかで見たお人やと思うてました。それをようやく思い出したんどす。あなたさまは、わたしのこの家の前を通りかかるたび、表に張り出した松の枝から、腕をのばして遠慮もなく松葉を毟《むし》り取っていかはったお武家さまどしたなあ」

かれにいきなり指摘され、菊太郎はうろたえた。

「腕をのばして遠慮もなく、松葉を毟り取っていったともうされると、わしはいささか困惑いたす」

「なにが困惑どすいな。松葉を毟り取っていかはったのは、事実どっしゃろ」

「わしは手荒に毟り取ったわけではございませぬぞ」

菊太郎はかれらしくもなくさらにうろたえ、語気を強めた。

自分が松葉を手荒に摘み取ったため、松が枯れてしまった。五左衛門がそういいがかりを付けるのではないかと、ふと案じたからだった。

「なにを驚いてはるんどす」

「わしは松葉を手荒に毟ってはおらぬともうしておる」

「あなたさまは、松が枯れたのは、あなたさまが手荒に松葉を毟り取ったせいやと、わたしが文句を付けるのやないかと、心配しはったみたいどすなあ。そんなん、わたしは思うてもいいしまへん。この家に移ってきてから、わたしは毎日、縁側に坐り、枝振りのええこの松を眺めてました。そうしながら、八つのとき近江の在から京の呉服屋に奉公にきて、働きに働き、やっと呉服屋どころか、小そうても呉服問屋の主になるまでの一生を、あれこれ思い出していたんどすわ。妬《ねた》まれて人の意地悪にも随分、遭《お》うてきました。その代わり、人の情けにも助けられましたわ」

五左衛門は足が痛むのか、ときどき杖を突き直し、身体を動かしてつづけた。

「そんなことを思い返しているとき、姿形のええお侍さまが、表をすっと通りかかりはりました。松の枝をゆらしもせんと、松葉だけを毟り取っていかはるのを生け垣の間から見て、どこのお人やろと思うてたんどす。大概の者なら、松葉を毟ったら、枝をそれなりにゆらしますわなあ。それを少しもゆらさんと毟らはるのは、どういうこっちゃろと、実は不思議に思うてたんどす」

五左衛門の言葉をきき、菊太郎はほっと胸を撫《な》で下ろした。

「そうであったのか。それをきき、わしは安堵いたしたわい。枝をゆらしもせずに葉を毟り取るぐらい、わけのないことじゃ。尤も、剣の心得がなければできぬ技じゃが――」

「剣の腕、するとあなたさまは、相当な腕なのでございますな」

「相当かどうかは定かではないが、まずまずぐらいの腕を備えているつもりじゃ」

「さようでございますか。そしたらにわかに植木屋をはじめた年寄りに頼まんと、そんな腕のええお人にお願いしたら、松を枯れさせせんですんだかもしれまへんなあ。いつも真っ昼間からぶらぶらしてはり、松がお好きみたいどすさかい。お礼次第では、引き受けてくれはりましたやろ」

「さようもうされるが、たとえ千両二千両積まれたとて、金では引き受けませぬわい。されど気持よく、いっぱい酒を飲ませていただけば、頼まれぬこともございませぬぞ。要は気持でございましょう」

相手は公事宿にでも相談をかけ、松の木を枯れさせた年寄りの植木屋への報復を、果したいと思案している。

菊太郎はそのかれの気持を少しでも和らげたいと思い、要は気持でございましょうとの言葉に、語気を強めた。

「ところであなたさまは、いったいなんのために、松葉を毟り取っておられたのでございます」

かれはまた身体をゆらしながらたずねた。

「わしは以前、わけがあってこの京から飛び出し、諸国を流浪しておってな。文無しで飯が食えぬようになると、松葉を毟り取って齧《かじ》っていたのじゃ。松葉を嚙んでいれば、腹は膨れぬが、元気だけは保たれる。辻斬りや物乞いをいたすわけにもまいらぬのでなあ。さればといい、道場破りもいたしかねる。道場主を負けさせでもすれば、面子《メンツ》を潰し、門弟衆を失わせ、困らせてしまうからじゃ。ともかく松葉には、さまざまな薬効がござる。いまは枯れかけているこの松を見て、ふと松葉酒を拵えようと思い付いたのじゃ」

「道場破りをして道場主を負けさせれば、門弟衆を失わせるとお考えどすか。あなたさまは心の優しいお人なんどすなあ。それにしても、松葉酒とはどないなもんどす」

五左衛門は訝《いぶか》しげな顔でたずねた。

「おお、そうもうせばお見受けしたところ、そなたさまは足を萎《な》えさせておられる。五臓六腑《ござうろっぷ》のあちこちを、病まれているようでございますなあ。わしは幸いここに、そなたさまの持ち木の松葉を毟り取り、二年がかりで拵えた松葉酒を持っておりもうす。一升徳利に入れ、この通りじゃ。疲れたところを癒やすため、これをお飲みになったらいかがでござる」

菊太郎は急に思い付き、二本の徳利を五左衛門の目の前にかかげた。

「この松の葉で、松葉酒をお作りになったんどすか——」

「その通りじゃ。いま気付いたが、これは最初にそなたさまに献上いたさねばならなんだわい。甚《はなは》だ失礼をいたした。何卒、お許しくだされ」

「そんなんかましまへんけど、それで松葉酒にはどんな薬効があるんどす」

「松は仙人の食い物ともうします。歩けぬようになっていたお人が、松葉を嚙んでいたところ、ある日、嘘のように不意に立ち上がり、普通に歩き出したという話もございます」

「そ、その話、ほんまどすか。それなら一本を、ありがたくいただきますわ。外での立ち話もなんどすさかい、部屋で松葉の薬効について改めてきかせとくれやすな。どうぞ、中に入っとくれやす」

五左衛門に招かれ、菊太郎は格子戸がしつらえられた小さな門を潜った。

五臓六腑とは肝・心・脾《ひ》・肺・腎の五臓に、大腸・小腸・胆・胃・三焦《さんしょう》・膀胱をいい、人間の身体全体をいう意に用いられる。

三焦とは消化吸収、大小便の排泄をつかさどり、上焦は胸中、中焦は腹部、下焦は臍《へそ》の下だといわれていた。

室町筋の店から女子衆《おなごし》がきているのか、危なっかしい足取りで開けたままの玄関口まで、菊太郎に手を添えられてきた五左衛門は、おういお客さまやと、奥に声をかけた。

「へえっ——」

すぐ声が返され、中年すぎの女が、三つ指をついて菊太郎を出迎えた。

「陽射しが暖かいさかい、縁側に二つ坐布団を用意しておくれでないか。それにお猪口を二つ持ってきなされ。熱燗《あつかん》を二、三本付け、肴《さかな》も見つくろうてなあ」

「大旦那さま、お酒はお医者さまから止められてはるはずどすけど——」

「ああ、うるさいことをいわんと、おまえはいうた通りしたらええのどす。酒はわたしが飲むのではありまへん」

五左衛門にこういわれ、かれの身の回りの世話に当っているらしい女子衆は、菊太郎が左手に下げる二本の徳利を、不審げな目で眺めた。

一旦、部屋に上がり、そのまま縁側に案内された。

小さいながら見映えのする前庭が、縁側の向こうに広がっていた。

「そこにお坐りやして、松葉の薬効をもう一度詳しくきかせておくれやすか。わたしは早速、その松葉酒をいただかせてもらいます」

かれは菊太郎に坐布団をすすめ、自分も大儀そうにそれに坐った。

このとき、格子戸の外からごめんなはれと訪《おとな》いの声がかけられた。

「どなたはんやいな——」

五左衛門は大声で格子戸に向かってきいた。

植え込みの陰から、大小二つの姿が見えた。

「へえ、竹蔵でございます」

どこか卑屈な声だった。

「竹蔵か、わしになんの用どす。まあ、庭に回りなはれ」

五左衛門の声がにわかに険《けん》をふくんできた。

「あの松を枯らしよった植木屋どすわ」

五左衛門が声をひそめ、菊太郎にささやいた。

植え込みを潜り、竹蔵が腰を屈《かが》めて現れた。

痩《や》せ気味で年は六十五、六歳。かれの後ろにどこか見覚えのある男の子が、やはり小さくなり従っていた。

竹蔵が庭に土下座をすると、子どももそれに従い、庭に手をついた。

「竹蔵、いくら毎日謝りにきたかて、松はあの通り、枯れつづけて元には戻りまへん。わたしは腹を立ててます。公事にでもして、この腹立ちを解決する考えどす。おまえもそのつもりでいてなはれ」

「ご隠居さま――」

竹蔵が土下座したまま詫びをいいかけると、その口を塞ぐように、五左衛門がいい立てた。

「ええい、わしは毎日毎日、おまえの詫びなんぞききとうないわい。気分が悪うなるだけどす」

かれは口汚く竹蔵を罵《ののし》った。

「ご隠居さま、お願いでございます」

「孫なんか連れて詫びにきおってからに。わしに情けをかけさせる魂胆かいな。そんな甘ったれた気持でいるさかい、松の木を枯らしてしまいますのや」

五左衛門の言葉は雑言《ぞうごん》に近かった。

「寿屋のご隠居さま――」

竹蔵の後ろにひかえていた子どもが、両手をついたまま顔を上げ、いきなり五左衛門に呼びかけた。

そのとき、菊太郎ははっと思い出した。

数日前、女の子のきものの裾を捲り上げたかどうかで、喧嘩になりそうだった子どもたちを、見事、平穏に裁いた少年だった。

かれも五左衛門の前に坐っているのが、あのとき自分たちの騒ぎを見ていた侍だと、気付いたようだった。

「わしのお祖父ちゃんが、幾度もこれほど頼んでも、ご隠居さまはきいてくれはらしまへんのどすか――」

「おまえみたいな子どもの出る幕やないわい。いくらおまえの祖父さまでも、子どもが竹蔵の後をのこのこついてくるとは、なんのつもりやいな」

「なんのつもりもございまへん。お祖父ちゃんはきたらあかんと止めました。けどわしは無理についていきて、ご隠居さまにわしからもお詫びをいいたかったんどす」

かれは七、八歳の子どもらしくもなく、経緯《いきさつ》を順を追ってのべた。

「なんやと、子どもの癖にでしゃばりおってからに――」

「ご隠居さまは子ども子どもといいわはりますけど、わしははっきり見てましたえ。お祖父ちゃんが梯子をかけて仕事をしている下に立ち、ご隠居さまは上を仰ぎ、あそこの枝をもっと短くせいなどと、あれこれくどく指図してはりましたがな。そやさかい、ご隠居さまにかて責任がありまっせ。それを公事にでもして解決するとは、あんまりひどすぎまへんか」

「この餓鬼、なにをいい出すのやな――」

五左衛門の顔に明らかに狼狽《ろうばい》の色が走った。

「こうまでお願いしても公事にするんやったら、もうそうしておくれやす。子どもかて、わしが受けて立ちますさかい」

土下座して両手をついていたかれは、今度はすっくと立ち上がり、決然とした声で五左衛門にいい放った。

「これ宗助、ご隠居さまにご無礼をもうし上げるんやない。すぐ手をついて謝りなはれ――」

竹蔵があわてて立ち上がり、宗助の頬を激しく一発叩き、襟首を押さえて土下座を強《し》いた。

「お祖父ちゃん、わしは絶対に謝らへん。死んでもええ覚悟で、ご隠居さまにいうてますのや」

「な、なんやと――」

竹蔵が五左衛門のほうをちらっと見てうろたえた。

「そなたはこの間、会《お》うた坊主ではないか――」

その場を取り持つつもりで、菊太郎が子どもに優しく声をかけた。

「わしは坊主ではありまへん。宗助という立派な名前がございます。子どもとか坊主とか呼ばんといておくれやす。そこのろくでもない爺《じじい》と、酒を飲んでおいやすからには、お侍はんもどうせろくでもないお人に決ってますわいな」

宗助が憎々しげな顔で菊太郎を睨んだ。

菊太郎は息を呑み、咄嗟《とっさ》にいうべき言葉が見付からなかった。

「この野郎、おまえはご隠居さまやお武家さまに、喧嘩を売りにきたのかいな。お二人さま、すんまへん。何卒、許してやっておくれやす」

竹蔵が宗助の襟首を摑み、揉《も》み合いながら急いでかれを外に連れ出していった。

すぐ外から、宗助の大きな泣き声がひびいてきた。

「あの坊主、どえらい餓鬼でございますなあ」

五左衛門は菊太郎に対して、きまり悪そうな顔でつぶやいた。

宗助の泣き声が次第に西のほうに遠ざかっていった。

# 四

「そないにはっきりいいましたのかいな」

「ああ、寿屋の隠居が松の木の下に立ち、自分の祖父さまにあれこれくどく指図していたと、詰《なじ》るようにまくし立てたわ」

「その寿屋の隠居、この一件を公事にして解決するつもりどしたら、それは火に油を注《そそ》ぐ結果になりますなあ」

「わしは幸いその場にいたゆえ、なんとか取り成そうと、宗助に声をかけたのじゃ。されどろくでもない爺と酒を飲んでいるからには、ろくでもない侍に決っていると詰られ、言葉に窮してしまった。全く取り付く島もなかったわい」

「その宗助いう子どもにそれくらいいわれ、若旦那がすんなり引っ込んでいてはあきまへん。それではろくでもない侍やと罵られても、仕方ありまへんなあ」

「ああ、その通りじゃ。突然、宗助の子どもとは思われぬ怒りようを目《ま》の当《あた》りにし、さすがのわしも、ど肝を抜かれてしまったのよ。竹蔵と殊勝にも詫びにまいり、それが撥ね付けられると、一転して理路整然と攻勢に出るとは、全くたいした童《わっぱ》じゃ。祖父の竹蔵に襟首を摑まれ、童はそこから連れ出されていった。外で頰でも激しく叩かれたのか、童の大きな泣き声がいかにも哀れで、わしには切なくきこえたわい」

「居合わせはった若旦那には、そうどっしゃろなあ。それでこれからどうされるおつもりどす」

「それをいまから考える」

「寿屋の隠居五左衛門さまが、公事にしてでもというてはるからには、のんびりしておられへんのと違いますか――」

「さようにもうし、あのご隠居が鯉屋へ依頼にまいったら、そなたは引き受ける気なのか――」

「そんな気持からおたずねしているのではありまへん。勿論、わたしは千両箱一つ積まれたかて、お断りします」

「あの五左衛門の怒りは、松の木が枯れていくのに、足腰の衰えはじめた自分の老いを、重ねて見ているからだと、わしは睨んでいる」

「若旦那は五左衛門さまの足腰の衰えをご覧になり、そこの松葉で作った松葉酒を、一本進上してきはりましたんやろ」

鯉屋に一升徳利を下げて戻った菊太郎を迎え、主の源十郎は帳場に坐ったまま、かれの愚痴をきいていた。

下代の吉左衛門と手代の喜六がかたわらにひかえ、興味深そうな顔であった。

「ああ、この松葉酒の薬効は確か、本草綱目の記述に相違はないはずじゃ。人にたびたびもうしたが、仙人が食べているのは松。それまで歩けなんだお人が、この松葉酒を飲んでいたら、ある日突然、歩きはじめられたと伝えられるほど薬効があるのじゃ。そのほか、五臓六腑のあらゆる患《わずら》いに効くというわい」

「わたしの親父も高齢。それでこれを、届けてほしいといわはるのどすな」

「そうじゃ。宗琳どのが寝付かれでもすれば、わしの親父の次右衛門どのががっかりいたされ、再び倒れてしまいかねぬ」

菊太郎の言葉をきき、下代の吉左衛門が顔をほころばせた。

「旦那さま、菊太郎の若旦那さまがそういわはるんどしたら、わたくしが早速、高台寺脇の隠居所にお届けに上がらせていただきまひょか——」

喜六が吉左衛門を差し置き、膝をすすめてもうし出た。

「わしも手代はんのお供に、付いていかせていただきます」

床を拭いていた鶴太が、雑巾を摑んだまま立ち上がり、源十郎に訴えた。

「鶴太はん、それは狡《ずる》いわ。今度はわしの番やろな」

正太がかれに文句を付けた。

「これこれ、店の表で口喧嘩なんかせんときなはれ。二人とも高台寺の親父さまの許に行くと、なにか甘い物でもご馳走《ちそう》してくれはるからどっしゃろ。それで競って行きたいに決ってます。

そやけど、この松葉酒は物がものどすさかい、わたしが自分で届けます。二人はそこでがっかりして、また床拭きに精を出しなはれ。あとでお与根に、饅頭《まんじゅう》でも用意させてあげますさかい」

源十郎が醒《さ》めた声で二人にいい下した。

喜六も気落ちしたのか、首を小さく引っ込めた。

「そやけど若旦那、この一本をわたしが親父さまの許に届けたら、次右衛門さまのお召しになる分が、のうなりまっしゃろ。いっそ半分ずつにしたらいかがどす」

一升徳利に目を落し、源十郎が提案した。

「いや、それには及ばぬ。まだ美濃屋のほうに残っており、改めて持ってくればよいのじゃ。真水から作った分は、もうしばらく熟成を待とうと考えておる」

「それにしても、限られた分どすわなあ」

鶴太がまた床から立ち上がり、菊太郎にきいた。

「その通り、思い付いて作ったにすぎぬのでなあ」

「なんどしたら、いまからそれを拵えたらいかがどす。今朝、わしは手代見習いの佐之助はんと一緒に、旦那さまのお供で西町奉行所へ行きました。そのとき、奉行所の前の高い松の木に植木職人が登り、松葉を摘んでおりましたわ。その松葉を貰うてきて、いっそ鯉屋で松葉酒を作ってみたらどうどっしゃろ」

鶴太につづき、正太もそうだといいたげに立ち上がっていた。

「それもええ考えどす。そしたら籠《かご》でも持ち、二人で行ってきなはれ」

うるさい丁稚二人を追っ払うような口調で、源十郎がいった。

二人は水を入れた手桶を下げ、あわただしく奥の台所に消えていった。

「その男の子の名は宗助、お祖父さまは竹蔵。西夷川町の長屋にお住みやしているのどすな」

源十郎が菊太郎に念を押した。

「そうじゃ。それに相違ない」

かれには源十郎がなにを考えているのか、もう察しが付いていた。

場合によれば、寿屋の隠居は本気で公事に持ち込む。宗助の生意気な態度や口利きに反発し、厳しく弁済を求めてくるかもわからない。それは老齢になり、衰えをはっきり感じてきた隠居の、若さに対するやっかみかもしれなかった。

公事宿の主として、それに先手を打って備えるのと、見所のある宗助のこれからの相談を、源十郎は祖父の竹蔵に持ちかけるつもりなのだろう。

正義感の強い源十郎なら、理由を語り、その公事を引き受けてくれるなと、大枚の金を同業者に撒いても頼んで回りかねなかった。

宗助は両親に死なれ、老いた祖父竹蔵の少ない稼ぎで育てられている。

そんな竹蔵から、弁済金など取れようはずもない。ましてや松を手入れする竹蔵に、五左衛門があれこれ指図していた。

その事実が宗助の口から吟味役に語られたら、五左衛門の不心得と驕慢《きようまん》こそが咎《とが》められる。反対に百両二百両の過料金を支払わされる恐れもあった。

過料金は江戸時代、庶民に過失の償いとして払わされた罰金。源十郎は早くもどちらにも咎めがないよう、動こうとしているに違いなかった。

「あのときわしは、幼い宗助の度胸のよさに面食ろうてしまった。だがわずかにでも二人を知るだけに、ろくでもない侍だと罵られたとて、宗助の奴を引き留めるべきであったわい。そこで和解の術《すべ》をさぐらせれば、また別の道が開けたやもしれぬ」

あの折から菊太郎はそれを考えつづけ、鬱々として日をすごし、七日余りが経っていた。

かれは酒を飲む気にもならず、毎日、貸本屋を呼び込み、ずっと本ばかり読んでいた。

かれが現れないのを案じてか、二度にわたり祇園・新橋からお信が、大量の団子を風呂敷に包んで届けてきた。

「急いで食べ、串で喉を突くまいぞよ」

鶴太や正太にこう注意するときだけ、菊太郎は陰鬱な顔に笑みを浮べた。

「菊太郎の若旦那さまは、妙に元気があらへん。どないしはったんやろ」

「お店（お多佳）さまは、恋患いかもしれまへんと笑うてはったわ」

「そら、きき捨てにできへん。お信さまに伝えんでもええのやろか」

「正太のど阿呆、恋患いいうのは言葉の文《あや》。植木屋の爺さまとわしらより小ちゃな男の子を、案じてはるのやわいな。おまえ、若旦那とお信さまとの仲を、揉めさせる気でいてんのか——」

「わしにそんな気なんかあらへんわい。はっきり理由を明かしてくれへん鶴太はんが、悪いのやわ。わしだけ除《の》け者にしてからに——」

ふて腐れていた正太が、菊太郎の居間に駆け込んできたのは、その翌日の正午《ひる》近くだった。

菊太郎は敷きっ放しの布団に横たわり、貸本屋に持ってこさせた『本草綱目』をまた読んでいた。

「わ、若旦那さま、若旦那さまにお客さまどす」

かれは敷居際に両手をつき、息を喘《あえ》がせて告げた。

「わしに客じゃと。源十郎か吉左衛門は帳場におらぬのか——」

「はい、お二人ともお出かけどす。お客さまは若旦那さまをお訪ねどすねん」

「わしを名指しでまいられたとは、どこのお人じゃ」

かれは面倒臭そうに、布団から起き上がりながらたずねた。

「へえっ、東夷川町の五左衛門ともうしていただけばおわかりのはずどすと仰せどす。庭の松を枯らしたことで、植木屋はんと揉めてはる寿屋のご隠居さまと違いますやろか。植木屋の度胸のええお孫はんに、啖呵《たんか》を切られはったとかいう——」

「わしはあのご隠居に、辞去する折、公事宿の鯉屋に居候しているとは話した。だがそれ以上はなにももうさなんだぞよ。鯉屋に公事を依頼しにまいられたのであろうか。わしには迷惑な話じゃ。いはると思うたらどこかへ行かはったようで、お留守どしたとでもいい、断ってくれまいか」

「それができしまへん。居間で横になってはりますと、つい正直に答えてしまいました」

「ならば会わねばなるまいな——」

菊太郎は困惑した顔で起き上がり、きものの襟元をととのえ、店の表に向かった。

表の土間に立っていたのは、やはり東夷川町の五左衛門であった。

「この店にいてはりましたのやなあ。わたしはくる途中、あなたさまは愛宕山《あたごやま》の天狗が、侍姿に化けてたのやないかと思うてました。けど鯉屋に居候してはるいうのは、ほんまどしたんや」

かれはにこにこ笑いながら伝えた。

「わしが愛宕山の天狗の化身。それはなぜじゃ」

「この足を見ておくれやす。あなたさまから頂戴した松葉酒、朝・昼・晩と日に三度、飲みつづけてました。そしたらなんや足腰がしゃんとしてきて、杖にすがらんでも歩けるようになったんどすわ。そのうえ胃腸の調子もようなり、御飯がおいしく食べられます。今日は駕籠にも乗らんと自分で歩き、お礼をいうつもりできたんどす。ここに居てはらなんだら、やっぱり愛宕山の天狗。いまからでも愛宕山に登り、お礼にまいろうと思うてました」

かれは足許がしっかりしたのを菊太郎に見せるためか、店の土間を歩き回った。

「おお、あの松葉酒、さように早く効きましたのか。それはよかった」

「これもみんな、あなたさまのお陰でございます」

「お礼をもうしてくれるのはありがたいが、それよりそなたが松の木を枯らしたと怒っている竹蔵、あのお爺どのと孫の宗助を、いったいどうするつもりじゃ」

菊太郎は松葉酒の効果にうなずいてきいた。

「そのことなら、あれから先方はなにもいうてきてしまへん。わたしもよう考えなあかんとだけは思うてます」

かれは菊太郎にいい、上り框《かまち》に腰を下ろすと、珍しそうに鯉屋の店内《みせうち》を眺めた。

喜六がどうぞと差し出したお茶を飲み、おもむろに土間に立ち上がった。

「あれから表に気を配っていましたけど、一向にお姿が見えしまへんさかい、思い立って手土産も持たんと、こうして訪ねさせていただきました。この次は改めてお訪ねいたします。お店の旦那さまにも、よろしゅうお伝えしておいておくれやす」

五左衛門は、菊太郎についで喜六にも挨拶し、ごく普通に歩き、表に消えていった。

「どうであった——」

表まで急いで見送りに出た喜六が戻ってきたため、菊太郎はすぐさまただした。

「あれがこの間まで、杖にすがっていたお人とはとても思われしまへん。とっととっとと歩かはり、人さまを追い越して行かはりました」

「わしがつかわした松葉酒、よほど効いたのであろう」

「へえっ、それに相違ございまへん」

喜六は呆《あき》れ顔でうなずいた。

その夜、源十郎が一つの相談を菊太郎に持ちかけてきた。

「わしに話とはなんじゃ」

「句（俳句）を一つ作っておくれやすな。下手な句でも、真心が籠っていたらええのどす」

かれの頼みはどこか変わっており、真意が摑みかねた。

その理由をたずねると、源十郎は竹蔵と宗助の住む西夷川町の住居を探し当て、今後の相談に乗っていたのだと明かした。

「宗助はきいたら八歳。寿屋のご隠居に厳しい捨て科白《ぜりふ》を残してきたのを、胸によう刻んでいるのか、立派な植木職人になったるわいというてました。わたしにどこかええ植木屋に奉公の口を利いておくんなはれと、両手をついて真剣に頼むんどすわ。わたしも断り切れず、親しくしている植東の弥兵衛さんに事情を話し、頼み込んできました。それでどすけど、宗助に植東の法被《はっぴ》を着せ、その松葉酒を飲んで元気にならはったという五左衛門さまのところへ、挨拶に行かせたいのどすわ。法被姿だけでは興がございまへん。短冊に下手な字でええさかい一句を書かせ、持たせてやりたいと思うてるんどす」

「なるほど、そうだったのか。あの宗助の意地っ張りめが。本気で五左衛門どのと、張り合うつもりでいるのじゃな。この勝負、五左衛門の負けじゃな」

「それにしても間違いございまへん」

「それにしても、下手な句ともうしてもなあ。これはつまり代作じゃな」

「へえ、そうどす」

ここで菊太郎は、腕を組んで目を閉じた。

しばらくあと、目を開いてこんな句ではどうだといった。

「どないな句ができたんどす」

「小松植え　百年千代《ももとせちよ》の　栄えなむ。まあこれでよかろう」

「縁起のええ句どすがな。そしたら五左衛門さまの許へ行かせるとき、若松を一本持たせなあきまへんなあ」

「さようにいたせば、なお格好が付くわい」

菊太郎はあの宗助が、小さな身体に京で名高い植東の法被を着て、五左衛門の許を訪れる姿を、ふと思い浮べた。

片手に小さな松を握りしめている。

足腰が丈夫になり、身体の調子の良くなった五左衛門は、きっと宗助を快く迎えるだろう。

場合によれば、ご祝儀を出すかもしれなかった。

おそらくそれで、竹蔵が枯らした松の件は、不問に付されるに違いなかろう。

「笹竹、笹竹要りまへんかあ——」

今日も笹竹売りが大声を上げ、店の表を通りすぎていった。

# 雪の橋

# 一

「先程から気になってるんどすけど――」

「なにがどすのやな――」

茂兵衛は三条大橋の西袂《たもと》で、小さな腰掛け茶店を営んでいた。手伝《てつた》いのお豊が、床几《しょうぎ》から湯呑み茶碗と摘《つま》み菓子を入れた曲物《まげもの》（木製の容器）を引き、竈《かまど》のそばに戻ってきてかれにいいかけた。

二人とも頭髪に白いものが混じる年頃だった。

「三条大橋の西脇で、六、七歳の女の子が、大分前から身体をすくめて立ってますのや。泣きそうな顔をしてますけど、あれは誰かを待ってるんどっしゃろか」

大橋の脇では、北山から吹き下ろして鴨川《かもがわ》の流れを渡ってくる風にまともにさらされ、その寒さは一入《ひとしお》に決っていた。

北山の空は鉛色の雲に覆われ、いまにも雪が舞ってきそうだった。

松の内がすぎ、暮らしはどうやら平常にもどりつつあった。

「わしも四半刻《しはんとき》（三十分）ほど前から、あの女の子の姿には気付いてましたけど、いったいどうしたんやろ。あれでは風邪を引いてしまいます。あんなところにわが子を待たせておく親の顔が見たいもんやわ。かわいそうになあ——」

茂兵衛は竈に据えた釜の湯気越しに、女の子を見てつぶやいた。

軒先に斜めに立てた旗竿の先で、利休茶に黒で「茶店」と染め出された小旗が風に激しくはためき、いかにも寒そうだった。

橋の袂に植えられた柳の枝も、大きくなびいている。いつもは開け放っている茶店も、今日は三条に面した表障子戸が、半分ほど閉じられていた。

「どうしてあんな風の吹きさらすところに、小ちゃな子を立たせておくんどっしゃろなあ」

「そんなん、わしにきいたかてわかる道理がありまへん。ほんまにどういう親どっしゃろ」

「旦那はん、あの子を店に連れてきて、少しでも温こうしてやったらいけまへんやろか」

「お豊はんがしたいのやったら、ええのと違いますか。わしに文句はありまへんえ」

茂兵衛は彼女に快くうなずいた。

「旦那はんおおきに。そしたら早速、そないにさせていただきます」

お豊は手に持ったお盆を、竈のそばの台に置くなり、店の外に飛び出していった。

冷たい風が彼女の頬をぴりっと刺した。

東海道（大津街道）の終着地となる三条大橋の界隈には、旅籠屋《はたごや》が軒を連ねている。

朝、宿泊客を賑《にぎ》やかに送り出したどの旅籠屋も、正午《ひる》を大きく回った時刻だけに、いまはひっそりしている。表の掃除をすませ、奥では夕刻の客を迎える用意がされているはずだった。

それでも三条大橋の東西には、人の往来が途切れなかった。

自分に駆け寄ってくるお豊に気付き、小さな女の子は驚いた顔で後退《あとずさ》った。怯《おび》えた表情であった。

継ぎ布を当てた綿入れ袢纏《はんてん》を着て薄汚れた身形《みなり》。赤い足袋《たび》の右親指の先には、綻《ほころ》びが見られた。

「あんたどこの子や。こんな寒いところで誰を待ってるのや。お母はんか。うちはあそこの茶店の女子衆《おなごし》やけど、旦那はんがこんなところに立ってたら風邪引いてしまいます、かわいそうにというてくれてはりますさかい、あの茶店にきて、中で休んでいよし。銭は要らんさかい――」

お豊は腰をかがめ、女の子を誘った。

よほど寂しく、また寒さに凍《こご》えていたのか、幼い彼女の両目に涙がふっくり盛り上がってきた。

それでも彼女は首を横に振り、お豊の誘いを断った。

「遠慮せんと、おばちゃんのいうことをきいたらどうえ。冷たい風の吹き付けるここに長く立ってたら、凍え死んでしまうわ。茶店の中は、竈で火が焚《た》かれてて暖かいうえ、おばちゃんがなにか食べ物を作ったるさかい。あんた、お腹《なか》も空かせてんのやろ」

優しいお豊の声をきき、張り詰めていた気持がゆるんだのか、両目にふくらんでいた涙が、女の子の赤い頬にすっと流れ落ち、小さな白いあごで一つになった。

「さあ、お店にきよしな――」

お豊は女の子の手をそっと摑んだ。

その手はひどく冷たかった。

「こないに冷えてしもうて、我慢してたんやなあ。この小ちゃな手も、ひどい霜焼けになってる。食べ物より先に、熱いお湯に浸《ひた》して温めなあきまへん」

霜焼けはいまではほとんど死語と化している。強い寒気に当って局所的に生ずる軽い凍傷をいい、赤く腫《は》れて痛がゆくなる。〈しもくち〉〈霜腫れ〉とも呼ばれていた。

「ああ、きてもろうたんやな。それはよかったわ」

三条通りを横切り、店に女の子を連れ戻ってきたお豊を見て、茂兵衛が顔をほころばせた。

「旦那はん、この子にお湯を使わせてやっておくれやす。手がひどい霜焼けなんどすわ。これ崩れたら治っても後々、跡が残りますさかい」

「そら、早う盥《たらい》に湯を汲《く》み、両手を温めてやりなはれ。それにしてもこの子、界隈では見かけへん子やなあ」

茂兵衛は女の子の顔をしげしげと眺めてつぶやいた。

竈の湯釜から、お豊は急いで湯を汲み出して盥に移し、湯加減を改めた。

茂兵衛が女の子を、床几に一つずつ置いた小火鉢に寄らせ、手をかざさせ温めさせている。

彼女は店の中にぼんやり目を投げ、無言のままた涙を流していた。

「さあ、このお湯の中に手を浸《つ》けておいなはれ。冷めてしもうたら、熱いお湯を足して上げますさかい。そしたら痛い霜焼けも少しは楽になりまっしゃろ」

お豊は床几に盥を置き、彼女に勧めた。

もみじのような小さな手が、盥の中に入れられた。

そのときになり、彼女の表情にほっとした気配が漂ってきた。

「お豊はんは二人の子を育て上げてきただけに、細かいところにまでよう気が付くのやなあ。二人とも塩梅《あんばい》ようお店奉公をしているというてましたな」

「へえ、石屋町の長屋では、うちは亭主と二人切り。そやさかい、お店でありがたく働かせていただいているんどす」

お豊の夫の定七は、錦小路《にしきこうじ》の八百屋に勤めていた。

石屋町について書けば、町の西側を高瀬川が、東側を鴨川が南流していた。町名の由来について『京都坊目誌』は、「開発の頃水運に依《よ》り石材を持ち来り販売せしもの居住せしより町称とす」と記している。

当町居住の商人や職人について、元禄七年（一六九四）刊の『京独《ひとり》案内手引集』には、「車がし（貸し）三条中しま下ル」などと書かれ、粟田口《あわたぐち》から大津へ通じる街道の出発点である地の利もあり、往時、車貸業者が集住していたことがわかる。

なお三条大橋の西詰めには、竹囲いの高札場《こうさつば》が設けられ、同橋は〈公儀橋〉として、幕府の管理下に置かれていた。架け替えや修復には、角倉家が御修理奉行としてこれに当った。

「お豊はんはなにかと気働きができるさかい、わしはこの小さな茶店でも、楽にやっていけてますのや。客商売はなんというても気働きが大切どすさかいなあ」

「うちのほうこそ感謝してます。それに甘え、余分な口出しまでして、堪忍しておくんなはれ」

「なんの、わしんとこの女房は病気がち。お豊はんが作って持ってきてくれるお総菜（副食物）を、楽しみにしてますわ。お豊はんを姉《あね》さまみたいに慕《しと》うてるいうこっちゃ」

「そしたらお総菜をもっと拵《こしら》え、お届けせなあきまへんなあ」

「わしはそんなつもりでいうたんではありまへん。そこそこにしててくれたらええのどす」

茂兵衛はしまったといった口振りで、あわててつづけた。

総菜は女房ことば。飯のおかず、菜の物をいう。米飯は「おだいくご」や「おなが」、豆腐は「おかべ」と呼ばれた。

「そないにいうていただき、うちはうれしゅうおす。けどいまはともかく、この子の世話をしなあきまへん」

お豊は茂兵衛にいい、湯気を上げる湯釜から、再び手桶に湯を汲み出した。女の子が手を浸す盥に、それを注ぎ足した。

「これでお湯がまた熱うなりましたやろ。その後、濡れた手をしっかり拭き、竈の前にきて身体を温めなはれ」

優しく指図するお豊に、女の子は小さくうなずいた。

こうした間にも、お豊の目はたびたび三条大橋の西脇にちらちらと這わされていた。この子を誰かが探しているのではないか、それを確かめるためだった。

しかしそれらしい人の姿は見当らなかった。

「手をよう温めなはれや。おばちゃんは裏の台所へ行き、おぜんざいを作ってきますさかいなあ。竈の前でそれを食べたら、きっと元気になりますわ」

おぜんざいの言葉をきき、女の子が顔をようやくほころばせた。

「お豊はん、ぜんざいもええけど、その前に御飯を食べさせたらどうやな。お腹を空かせているはずやさかい――」

「それもそうどすけど、子どもは甘い物が大好き。それをまず食べさせ、御飯はその後にしたらと思うてますのやけど、かましまへんか」

「そうどしたら、お豊はんが考えてるようにしてあげてくんなはれ。わしに子どもの扱いはわからしまへんさかい」

「へえ、ほなそないにさせていただきます」

お豊は遠慮気味にいった。

幸い、時刻が時刻のせいか、茶店に立ち寄る客はいなかった。

茂兵衛も三条大橋の一の欄干のほうを気にしていた。お豊と同じ思いに相違なかろう。

外では風が強さを増し、冷えが厳しくなっていた。

鴨川の河原から、子どもたちの喚声がきこえてくる。多人数で凧《たこ》を揚げているのである。

やがて手を温め終えた女の子は、両手を拭き、茂兵衛にうながされて竈の前に移った。

お豊がぜんざいを入れた椀をお盆にのせ、彼女の許に運んできた。

「まずこれを食べて身体を温めなはれ。あんな寒いところに立ってて、身体が凍えてしまいましたやろ。ああそうや、あんたの名前はなんというのや。おばちゃん、それをきくのを忘れてたわ」

お豊はわざと剽軽《ひょうげ》た口調でただした。

おいしそうにぜんざいを啜っていた幼い彼女の顔が、この言葉でふと緊張し、箸を持つ手が止まった。

「おばちゃんはあんたと仲良うなりたいだけどす。おばちゃんの名前は豊。お互い名前を知ってたら、親しい気持になれまっしゃろ」

お豊は彼女に優しく説明した。

「うち、うちの名前はおきぬちゃん。おきぬちゃんいいますねん」

「おきぬちゃんどすか。ええ名前どすなあ」

彼女に褒められ、おきぬは竈の火で火照《ほて》る顔を上げ、邪気のない笑顔を見せた。

おきぬとは、文字ではお絹とでも書くのだろう。

「それでおきぬちゃんは幾つになるのえ」

柴を折り、竈の焚き口に差し込みながら、お豊はまた彼女にたずねた。

「六つ、うちは六つどす」

「六ついうのは、今年でどすな」

「へえ、今年六つになりました」

河原のほうからまた子どもたちの喚声がわっときこえた。

かれらは凧の糸切り遊びをしており、一方の凧の糸が切られ、果てのない大空に飛び去っていったに違いなかった。

凧の糸切り遊びは、互いに空に揚げられた凧が風を受けて接し合い、一方の凧糸を切ってしまう競技。相手の凧糸を切るのに、さまざまな工夫が施されていた。その部分だけを麻糸で撚《よ》ったものから、ひどい場合には、糸のそうしたわずかな箇所に、鋭利な金物を撚り込んだものまであった。

おきぬの目が、子どもたちの喚声を羨《うらや》むのか、寂しそうに河原に向けられていた。

「名前はおきぬちゃんで年は六つかいな。そうすると、五つをちょっとすぎただけいうわけや。そんな年の子を置き、お母はんとお父はんは、どこに行ってしまわはったんやろ。小父《おじ》ちゃんもお豊のおばちゃんも、おきぬちゃんを探してるお人はいてはらへんかいなあと、先ほどから三条大橋のほうをちょいちょい見てます。けどそんなお人は一向に見かけへんわいな。これはどうしたこっちゃろなあ」

茂兵衛はおきぬの年をきき、これは捨て子ではないかと疑っていた。だが別のかれは、これが悪党の目に付けば、相手が六つになる女の子だけに、引き取ってくれるところもありそうなものだと、悪く考えてもいた。

引き取ってくれるのは遊廓などの悪所。近くには先斗町《ぽんとちょう》遊廓があった。

六つにもなれば、台所で手伝い仕事をさせ、ときの熟するのを待てばいい。やがてその身体で、金を稼がせられるからであった。

「旦那はん、悪いことは考えんといておくれやす。なあおきぬちゃん、あんたはどうして人待ち顔であんな寒いところに立ってたんえ。おばちゃんたちが力になって上げますさかい、それを話してんか――」

お豊は茂兵衛に一言釘を刺した。切ない顔になり、おきぬの両肩をゆすった。

「おばちゃん、うちあそこでお父はんを待ってましてん」

「お父はんを――」

お豊は思わず問い返した。

「へえ、お父はんを待ってたんどす」

おきぬの返事は明瞭だった。

「それ、ほんまどすか。あんな寒いところで――」

「へえ、そやけどお父はんがきっと迎えにきはるというて、うちをあそこに連れ出さはったんは、お父はんとは別のお人どすけど――」

おきぬは後はたどたどしく説明した。

「お父はんとは別のお人があそこに。それはどういうこっちゃな」

茂兵衛が驚いた声でおきぬにただした。

「おきぬちゃん、落ち着いておばちゃんたちに答えなはれや。お父はんとは別のお人が、あそこにおきぬちゃんを連れ出さはったとは、どういう意味なんえ。それは誰どす。叱っているのやないさかい、きっちりおばちゃんたちにきかせてもらえへんか――」

お豊の顔もにわかに緊張気味になっていた。

「へえ、うちとお父はんが泊っていた旅籠屋のお人が、あそこにいてたらお父はんがきっと迎えにきはるというて、うちを連れてきはったんどす。そやさかい、うちはずっと待ってましてん」

「するとおきぬちゃんは、このところ旅籠屋で暮らしていたんか」

茂兵衛の言葉に、彼女は無言でうなずいた。

「いったいいつからどす」

「お正月の三箇日がすぎ、畑仕事はまだ雪があって無理やというて、京にきました。それからその旅籠屋に泊ってたんどす」

「正月の三箇日がすぎてから京に。それでおきぬちゃんはどこからきたんどす」

「お、近江《おうみ》の大溝《おおみぞ》・高島からどす」

「近江の高島から――」

おきぬの答えをきき、お豊の顔に驚きが浮んだ。

近江の高島は、琵琶湖の北西部に位置する。

中世、佐々木氏の一族高島氏に支配され、安土・桃山時代には織田信澄《のぶずみ》、京極高次《たかつぐ》らが入封。江戸時代になり、元和五年（一六一九）、伊勢・上野から分部《わけべ》光信が入封した。

かれは高島・野洲《やす》二郡内で二万石を領し、七代目の光実《みつざね》は同藩きっての英主といわれ、天明五年（一七八五）、藩校脩身堂を設立している。

この大溝藩の高島から東には、琵琶湖の向こうに伊吹山が一望の許に眺められた。南に比良《ひら》の連嶺、北には往古、京都の三十三間堂を再建するため、木材を伐り出したといわれる若狭の三十三間堂山が見えていた。

同地から京都までは急いで歩いて一日の距離。船でなら湖上を大津までできて、そこから東海道を通り、京へ入るのだった。

「そんな遠くからおきぬちゃんのお父はんは、京になんの用があってきはったんやろなあ。おきぬちゃんはそれをきいてるか——」

彼女にたずねたのは茂兵衛だった。

「うち、なにも知りまへん。ただきっとお姉ちゃんの奉公先を訪ねはったんやろと思うてます」

「お姉ちゃんの奉公先。そこはどこやいな——」

「うち、それも知りまへん」

おきぬは幼い顔を困惑で翳《かげ》らせた。

「旦那さま、するとおきぬちゃんのお父はんは、そのお姉ちゃんに会うため、この子を連れて京にきて、旅籠屋に泊ってはったんどすなあ」

「そのお父はんはどないしはったんやろ」

茂兵衛も困惑の表情であった。

「お父はんは四日前、すぐ帰ってくるというて出かけたきり、今朝になっても戻ってきはらしまへんねん。うちお金もないさかい、それで邪魔にされ、旅籠屋から追い出されたんどっしゃろ」

おきぬは寂しげな顔でつぶやいた。

彼女は三条大橋のそばに立っていれば、父親がやがて必ず自分を発見してくれると思っていた。

「畜生、どんな事情があるのかようわかりまへんけど、それにしても心ない仕打ち。宿賃が払えそうにないとわかると、こんな小さな子を外に連れ出し、人通りの多い場所に置き捨てにするんどすか。あんまりどすがな」

お豊が熱《いき》り立った。

彼女の怒りに反応したのか、おきぬがわあっと泣き出した。

外では、荷駄人足が曳き馬を口汚く叱咤する声がひびき、北風が茶店の腰板障子戸をかたことゆすっていた。

## 二

その戸ががらっと開けられた。

「茂兵衛はん、子どもを泣かせてなんじゃいな――」

後ろ手で戸を閉め、姿を現したのは、公事宿「鯉屋」の主源十郎だった。

「これは鯉屋の旦那さま――」

茂兵衛は旅姿をした源十郎を見て、挨拶らしい声をかけた。

かれの背後には、手代の喜六が同じ旅装束で立っていた。

「お豊はん、鯉屋の旦那さまどすわ。寒いさかい、早うお茶をお出ししてくんなはれ」

「茂兵衛はん、お茶ではなしに、あり合わせの肴《さかな》でええさかい、熱燗を二本ほど付けてもらいまひょか」

源十郎は、防寒用の旅合羽《たびがっぱ》に似た引回《ひきまわ》しを脱ぎながら注文した。

かれの声をきいたせいか、おきぬの泣き声がぴたっと止んでいた。

合羽はポルトガル語から転化した言葉。雨天の際に用いる外套《がいとう》の一種で、もともとは袖がなかった。旅合羽、坊主合羽、中で木綿で拵《こしら》えられたものを引回しといい、また長さにより長合羽と半合羽の二種類があった。

源十郎は鴨東《おうとう》に出かけるとき、ときどき茂兵衛の営むこの茶店に立ち寄っていた。

「鯉屋の旦那さま、これからどこか遠くへお出かけどすか」

「いいや、ちょっとした諍《いさか》いごとの話し合いのため、一晩泊りで大津まで行ってきたんどす」

かれは喜六とともに、床几に置かれた小火鉢に手をかざしながら答えた。

近江国・大津は幕府の直轄地《ちょっかつち》。民政上は京都所司代に直属し、公事訴訟をふくめ、他の多くも京都町奉行所と一体化して運営されていたのであった。

「それはそれは、お役目ご苦労さまでございました」

茂兵衛は慇懃《いんぎん》な態度でいい、源十郎と喜六にまずお茶を差し出した。

「おおきに。そやけどこれはわたしの稼業。お役目いうようなもんではありまへん。茂兵衛はんがここで茶店を営んでいはるのと、同じことどすわ」

「いやいや、とんでもない。鯉屋さまは公事宿をしてお奉行所のお裁きに力を貸し、人の難儀を助けてはります。うちみたいに、旅のお人にちょっと休んでいただいているだけの商いとは、大違いどす」

「茂兵衛はん、そんなに自分の商いを、卑下せんでもええのと違いますか。それはともかく、竈のそばで突っ立ち、先程まで大声で泣いていたその女の子はどなたどす。茂兵衛はんはまだ五十をすぎたばっかり。まさかお孫はんではありまへんやろ」

源十郎はおきぬに笑いかけてきいた。

「わたしの孫ではなく、手伝いのお豊はんの子どもでも孫でもあらしまへん。つい先程まで三条大橋のそばで、人待ち顔に立っていた子。風邪でも引いたらあかんと思い、店に連れてきたんどす。そやけどあれこれきいてみたら、とんでもなく深い事情がありそうなのがわかり、これから番屋に届け出るかどうするか、思案していたところなんどすわ」

「へえっ、そうどすか。人待ち顔に立っていたのどしたら、迷い子ではなし、とんでもなく深い事情がありそうときかされたら、なおざりにはできしまへん。その事情とやらを、話しておくれやすか」

源十郎は喜六に持たせた小荷物の中から、紙にくるまれた一包みを取り出した。

これは先さまから土産にともろうてきた草津の姥餅《うばがもち》。あの子に食べさせてやってくんなはれといい、茂兵衛に差し出した。

「そんなん、ここでいただいてしもうたら、お店《たな》への土産がのうなりますがな——」

茂兵衛はおきぬの顔色をうかがいながら辞退した。

「遠慮せんかてよろし。実はほかにもう二包みありますのや」

源十郎は気楽にいった。

姥餅は東海道草津宿の名物。寛永の頃、江州の郷代官・六角義賢の子孫が討ち滅ぼされ、その幼児を育てるため、乳母が餅を作って売ったのにはじまると伝えられている。

あんころ餅の一種であった。

「おきぬちゃん、ほな旦那さまから頂戴した姥餅を、一ついただくか——」

茂兵衛は彼女の顔を見てたずねかけた。

「うん、うち食べたい——」

おきぬはうれしそうに小さくうなずいた。

「旦那さま、子どもとは無邪気なもんどすなあ」

喜六が源十郎に向かいつぶやいた。

「そら、そうどす。子どもまでが賢《さか》しらな気持を抱き、この世を渡っていたりしたら、わたしらの稼業が大忙しでかないまへんがな」

「そうどすわなあ」

「無邪気な子どもかて、大きくなるに従い、さまざまな事情から少しずつ世間ずれしていきます。やがては性根《しようね》を腐らせ、悪いことを平気でやる奴になってしまう場合もありますわ。また思いもかけん出来事で、人を殺《あや》めたりする者も出てきますわなあ。人間の一生を考えると、どこに曲り角があるかわからしまへん。わたしらの商いは、誤って一度脇道にそれてしまったお人を、元のまっ直ぐな道に戻ってもらうようにするのも、大事な役目の一つ。いうたら尊い仕事なんどっせ。そこをよう承知しておかないけまへんねんで——」

源十郎はいつもみんなに口を酸っぱくしていっている言葉の一つを、喜六にきかせた。

「へえ旦那さま、わきまえております。それより、あの女の子のことどすけど——」

「ああ、わかってますわいな」

喜六は源十郎に、おきぬという少女の深い事情とやらを早くきかねばと、催促しているのである。

主従のやり取りを耳にし、茂兵衛が二人に近づいてきた。

店の奥では、おきぬがお豊の手から姥餅をもらい、うまそうに食べていた。

源十郎は向かいに腰を下ろした茂兵衛から、おきぬを店に連れてきた経緯《いきさつ》や、彼女が断片的に語ったあれこれをきかされ、一つひとつにうなずいていた。

途中、お豊が運んできてくれた熱燗で、身体が幾分温《ぬく》もった感じだった。

「近江・大溝藩の高島からきたとはなあ。確か大溝藩は、高島に陣屋を構えているだけで、そこに詰めているのは、陣代とお侍が五十人余りのはず——」

「あの子の父親はなんの用事で、この京都まで姉娘をたずねてきましたんやろ。すぐ帰ってくるというて出かけながら、旅籠屋に戻ってきいへんのは、変どすなあ。出かけた先で、なにかあったんどっしゃろか――」

「それにしてもその旅籠屋、客の娘を預かっておきながら、当の客が数日戻らんだけで、六つになったばかりの幼い子を巧言をもって追い出すとは、不埒《ふらち》どすわ。茂兵衛はんはその旅籠屋の名をきいてはりますか」

源十郎と喜六が交互にいい、最後に茂兵衛は源十郎からそうたずねられた。

「いいえ、これからきき出そうとしていたとき、旦那さまがたがおいでになったもんどすさかい」

かれは源十郎に弁解がましく答えた。

「そうならそれはゆっくりたずねたらええのやけど、高島の家にはほかに誰もいないんどっしゃろか」

「旦那さま、あの子の父親は自分の留守中、あの子の面倒を見てくれるお人がいないさかい、遠い京都まで連れてきたんと違いますか」

「喜六にいわれてみれば、そうかもしれまへんなあ」

「おきぬちゃんの父親はお百姓。京へ奉公にきている姉娘も、あの子の年から考えると、おそらくまだ十六、七。二十《はたち》にはなっていいしまへんやろ」

「そやけど父親もあのおきぬちゃんも、全くの身一つで、高島からきたわけではありまへんやろ。なにがしかの荷物を持ってきたはずどす。あの子にわたくしが優しくたずねてみまひょか」

喜六は憤懣《ふんまん》やる方ない顔付きであった。

「いや喜六、そう急ぐこともありまへん。なによりあの子を怯えさせてはなりまへんさかい。この界隈には、大小の旅籠屋が数え切れんほど商いをしてます。六つになったばかりのあの子に、それを急いで思い出させ、すぐ案内させるのは無理どっしゃろ。ここはわたしらでじっくり探しまひょうやないか」

「旅籠屋のお人たちは、小ちゃな子を宿から追い出し、胸が痛まへんのどっしゃろか」

「すぐ帰ってくるからといい、旅籠屋にあの子を残していった父親が悪いのどす。旅籠屋にしてみれば、縁《えん》も所縁《ゆかり》もない子娘に、何日もただ飯を食わせておくわけにはいかしまへんのやろ。そらわたしかて、ひどい仕打ちやとは思いまっせ。ただ飯を食わせるのが嫌どしたら、使い走りや台所の手伝いでも、させてたらええのどすさかい」

「旦那さまもそないに思わはりますか――」

「そら、そうどすがな。もしその旅籠屋の名前がわかったら、事情をきいた上で、旅籠屋仲間（組合）に厳重な注意をもうし入れなあきまへん。あの子が誰にも気付かれんまま夜中、三条大橋のそばに立ってて、凍え死んでしまう場合もあります。また人攫《ひとさら》いにでも連れ去られたら大事《おおごと》。これは一種の犯罪どすわ」

「いわはる通りどす。さすがうちの旦那さまどすなあ」

「おまえ、こんなときにおべんちゃらは似合わしまへん。わたしにお上手《じょうず》をいうたかて、後のお銚子は一本も付かしまへんで。これからわたしは番屋に出かけます。高札場か三条大橋の東西の欄干にでも、こんな女の子を預かっていると書いた札を、貼らせていただけしまへんかと交渉してきます」

源十郎はしゃんと立ち上がり、喜六や茂兵衛に告げた。

「鯉屋の旦那さま、そうしておくれやすか。ありがたいことでございます」

茂兵衛は立ち上がって源十郎に低頭した。

だがかれは、おきぬを誰が預かるかまでは、そのときまだ考えていなかった。

これに対してお豊は、当然、自分が石屋町の長屋に連れ帰るつもりになっていた。

「鯉屋の手代はん、旦那さまはお銚子はもう一本も付かしまへんというてはりましたけど、これはわしの奢《おご》りどすさかい、どうぞ上がっとくれやす」

源十郎が番屋に出かけた後、茂兵衛は喜六にこういい、熱燗を一本運んできた。

後で主から叱られてはかなわぬとでも思ったのか、喜六はその銚子をあわただしく飲み干した。

四半刻もすぎないうちに、源十郎が明るい顔で戻ってきた。

「旦那さま、いかがどした――」

喜六が床几から立ち上がってかれを迎えた。

「万事、上首尾にいきましたわいな。都合よく、西町奉行所・吟味役の竹中右衛門さまがおいでどした。東町奉行所の田村銕蔵さまがご昵懇《じっこん》のお方どす。そしてさような理由なら、高札場は許し難いが、欄干の東西にその札を貼るのはかまわぬ、わしがすぐさま両町奉行所や三条大橋を管理する角倉家に取り次いでおいてつかわすと、いうてくれはりましたのや」

「そら、ようございましたなあ」

「ほんまにありがたいことでございます」

喜六についで茂兵衛が礼をいった。

お豊も頭を下げ、感謝の眼差《まなざ》しで源十郎を見つめた。

「日暮れまでにそない間がありまへんさかい、わたしらは早う店に戻りまひょ。町絵師にここにおいで願い、あの子の似顔絵を描いてもらいますのや。店に連れ帰り、それを描いてもらっている間にも、おきぬちゃんの父親が名乗り出てきはったら、行き違いになりますさかいなあ。とにかくそないにしまひょ」

「それどしたら、わたくしが一《ひと》っ走《ぱし》り店に駆け戻り、下代の吉左衛門はんと計らい、町絵師をここにお連れしてきまひょか」

「ああ、そうしてくれますか。この後なにが起こるかわかりまへんさかい。わたしはここに残り、あの子の話をきかせてもらいます。お多佳にもそう伝えておいてくんなはれ」

「かしこまりました。では早速、店に戻らせていただきます」

喜六はさして酔ったようすもなく、引回しを摑んで外に駆け出していった。

町奉行所は下手人を捜査するに際し、おりに付け、町絵師に似顔絵（人相書）を描かせ役立てていた。

京都には禁裏絵所《えどころ》預《あずかり》の土佐家のほか、京狩野家、四条円山派など多くの画派が覇《は》を競っていた。これらの流派からはみ出したり、どこにも属さない町絵師が、町中に「絵屋」の店を構えていたのだ。

かれらは客の注文に応じ、どんな絵でも描いた。年寄りから孫のための凧に鍾馗《しょうき》の絵をと頼まれれば、これを引き受け、暖簾の意匠の工夫も、小料理屋の襖絵も手掛けた。

名利を求めないかれらが描いた絵は、現在でも京都はもちろん、各地にひっそり残っている。

半刻ほど後、茂兵衛の茶店に喜六が顔見知りの町絵師宗佐を伴い、戻ってきた。

たまたま茶店にいた二組の客が、茶筅髷《ちゃせんまげ》を結んだ中年のかれを、珍しそうに眺めた。絵筆箱を薬籠《やくろう》と間違え、どうやら宗佐を町医と思ったようだった。

かれの後ろには、鯉屋で働く女子衆のお与根が従っていた。

彼女はお多佳に指示されたのか、搔巻《かいまき》（綿入れの夜着）を胸に抱えている。こんなもので包み込まれたら温かいに決っていた。

「おまえ、お与根やないか――」

思いがけない姿に源十郎が目を見張った。

「へえ、お与根どす。お店さま（女主）が旦那さまが待ってはる茶店に行き、小ちゃな女の子を預こうてきなはれと、命じはりましたさかい。男のお人たちばかりでは、女の子が怯えはるといけまへん。おまえが優しく接し、お連れしてくるのやといわれたんどす」

お与根は張り切った声で説明した。

店にいた客たちが、何事かといいたげに、源十郎や新規の三人を見ていた。

「なんでもございまへん。どうぞごゆっくりお静かにしていておくれやす。町絵師のお人が似顔絵を数枚、描かはるだけどすさかい」

「へえっ、わしはこのお人をお医者はんや思うてたけど、町絵師はんやったんかいな」

「医者も町絵師も、お坊さまと同じ作務衣《さむえ》を着てはりますさかいなあ」

床几に腰を下ろした客たちが、口々にささやき合っていた。

「旦那さま、うちはこのおきぬちゃんを今夜、うちの家で預かるつもりでいてましたんやけど、それはあきまへんか――」

お豊が後ろからおきぬの肩に手をそえ、茂兵衛にきいた。

「こうなると、おきぬちゃんの一件は、ご公儀さまの手に委ねられたようなもんどす。わしやお豊はんには荷が重すぎまっしゃろ。おきぬちゃんのためにもそれが一番どすわ」

茂兵衛にこういわれると、お豊には返す言葉がなかった。

「鯉屋の旦那どの、わたしに描いてほしいといわはるのは、そこにいてはる女の子の似顔絵どすか――」

「宗佐はん、さようでございます」

「ではこちらにまいり、床几にでも腰を下ろしていただきましょうか」

かれは源十郎から、顔をお豊に移してうながした。

「わし町絵師はんが、似顔絵を描くのを見るのははじめてやわ。この場にいさせてもろうてもようございますか」

「はいはいどうぞ。いつまでもいてくださりませ」

宗佐は気楽な人物らしく、かれらに快く同席を許した。

おきぬが床几にちょこんと腰を下ろした。

やや離れた床几に、草履《ぞうり》を脱いで坐った宗佐は、下げてきた絵筆箱の蓋を開けた。丸めて携《たずさ》えてきた半紙を、膝の前に広げた。

「喜六どの、もうしわけございませぬが、茶店の主に猪口（盃）にでも水を少しいただいてくださいませぬか」

墨を磨《す》るために違いなかった。

かれの許に、水を入れた猪口が茂兵衛の手ですぐ運ばれ、墨が磨りはじめられた。

その間、宗佐の目はおきぬの幼い顔にじっと注がれつづけていた。

こうして墨を磨り終えると、かれは絵筆に手をのばした。

あとは一度も改めておきぬの顔を見ることもなく、一気に四枚の似顔絵を描き上げた。

「あの町絵師は四枚の似顔絵を描きながら、一遍も顔を上げて女の子を見てしまへんがな。そやけど、描かれた似顔絵は女の子にそっくり。上手な絵師いうのは、あんなもんなんどっしゃろか」

「ほんまに描いてる最中は、もう女の子を見はらなんだなあ」

宗佐の描いた似顔絵を覗き込んだ客たちの間から、感嘆の声がもれた。

すぐれた絵師になると、一度、脳裏に刻んだ事象・光景を、細部まで正確に再現させられるという。町絵師の宗佐も、そんな一人かもしれなかった。

「さあ鯉屋の旦那どの、四枚似顔絵を描きましたぞよ。あとはどういたされます」

宗佐は墨筆をおき、源十郎に顔を向けた。

「宗佐はん、その似顔絵にわたしが矢立てで、ちょっと文字を書き添えさせていただいてもようございまっしゃろか」

「そんなことなら、ご遠慮されるには及びませぬわい。これは似顔絵でございますのでなあ」

かれは正座の姿勢を崩していった。

「ほな、そないにさせていただきます」

源十郎は懐《ふところ》から矢立てを取り出した。

矢立ては携帯用の硯箱《すずりばこ》。小さな墨壺と筆を入れる筒が付いている。南北朝時代から使用されはじめた。

源十郎は身体をかがめて床几に向かった。

矢立てから取り出した小筆で、似顔絵のそれぞれにこう書いた。

――少女の名はおきぬ。親父どのがお探しなら、大宮・姉小路の公事宿鯉屋にお預りしておりますゆえ、どうぞお迎えにまいられませ。公事宿鯉屋源十郎
どの似顔絵の余白にも、同じ文言が読みやすい文字で記された。

「喜六、どっかで糊《のり》を手に入れ、似顔絵を三条大橋の東西の一の欄干、その両側にしっかり貼り付けてきてくれまへんか」

「へえ、かしこまりました」

喜六は四枚の似顔絵を丸め、また外に飛び出していった。

お豊がお与根の顔にときどき目を這わせ、おきぬの耳になにかささやいている。

あのお姉ちゃんに連れていっていただきなはれとでも、いっているのだろう。

お与根が優しくおきぬに笑いかけた。

「外がもう薄暗くなってきましたなあ」

「今夜、あの子は鯉屋さまで風呂に入れてもらい、温かい布団で寝させてもらえますのや。そ

れが一番ええのどす。鯉屋の旦那さまは明日から、おきぬちゃんがお父はんと一緒に泊ってい た旅籠屋を、探してくだはりまっしゃろ」

気落ちしたようすのお豊を、茂兵衛が慰《なぐさ》めていた。

「ほんまにあんな小さな子を、この寒空の中におっ放《ぽ》り出すとは、無慈悲な旅籠屋どす。鯉屋の旦那さまたちにしっかり調べ出していただき、旅籠屋仲間から強く叱ってもらわななりまへん」

「お豊はんが力《りき》まんでも、きっとそうなりますわ」

茶店を閉める仕度をしながら、茂兵衛がつぶやいた。

三条大橋の東西の一の欄干にべったり貼られた似顔絵を見て、橋を渡りかけた人々が一様に足を止め、そこに記された文言を読んでいる。

北から吹き付けてくる風が、さらに冷たくなっていた。

三

「あの子はまだ寝ているのか――」

田村菊太郎はいつになく早く寝床から起きた。

鯉屋の帳場にくると、辺りを整えている手代の喜六にたずねかけた。

「今朝は早いお目覚めどすなぁ」

「雨ではなく、雪でも降るともうしたいのじゃな」

「いいえ、そんなつもりでいうたんではございまへん。ただ下代の吉左衛門はんが、まだお店にきてはらへんいうのに、若旦那さまが珍しく起きてきはったからどす」

吉左衛門は鯉屋に近い町内に住んでいる。

主の源十郎とお多佳夫婦も、先ほど起きたばかりだった。

「手代はん、若旦那さまはおきぬちゃんのことが案じられ、ゆっくり朝寝もしてられへんのどすわ」

店の土間を掃いていた丁稚の正太が、箒《ほうき》の手を止め、喜六にいいかけた。

かれはおきぬと同国、近江・堅田《かたた》の生まれ。高島は堅田よりぐっと北だが、それでも国が同じだけに、おきぬがお与根に手を引かれて店にきたときから、誰より幼い彼女の身を案じているようすだった。

「喜六、正太のもうす通りじゃ。わしとていつも通り、ぬくぬくと朝寝を楽しんでおられぬわい」

菊太郎は苦笑いをこらえて告げた。

表の掃除をしていた鶴太と手代見習いの佐之助が、誰かに挨拶をしている。

直後、下代の吉左衛門が表戸を開け、土間に現れた。

かれは菊太郎が帳場のそばに立っているのを見て、ちょっと驚きを顔に浮ばせた。

「菊太郎の若旦那さま、お早うございます。今朝はえらく早起き、どこかへお出かけどすか――」

「いや、そうではない。ただなんとなく早く起きただけじゃ」

吉左衛門も喜六と似た声をかけたが、菊太郎はかれに皮肉めいた言葉は吐かなかった。

「おきぬちゃんのことを案じてどっしゃろけど、早起きして急いだところで、どないにもならしまへん。お部屋へお戻りになり、もう一眠りしはったらいかがどす」

さすがに吉左衛門は鯉屋の下代だけに、すぐ菊太郎の挙動を察して勧めた。

「いや、もう起きてしまっている。今更、眠れるものではないわい。正太、熱い茶でも持ってきてくれぬか」

「へい、わかりました」

正太は箒を向こうの上り框に立てかけ、奥に急いでいった。

「手代はん、あの子はどうしてはります」

吉左衛門は菊太郎と同じような言葉で喜六にたずねた。

「はい、お与根はんが一緒に寝た台所部屋をときどき覗いてはりますけど、よほど疲れているのか、まだすやすやと眠ってるみたいどす」

「ここにきて安堵したのであろう。それにしても、まだ六つになったばかりの女の子を、父親が戻ってこぬからとはもうせ、三条大橋のそばに追い出して立たせておくとは、もってのほかの旅籠屋。父親の消息の手掛りを得るためにも、その旅籠屋を探り出し、強く咎めてやらねばならぬ」

「菊太郎の若旦那さま、ほんまにそうどすわ。相手が大人やったらともかく、あんな小ちゃな女の子どすさかい、誰になにを仕掛けられるかわからしまへん。近くの茶店の女子衆はんが、気付いてくれはって幸いどした」

「世の中には、自分たちのことだけを考えるろくでなしが多いわい。欲は誰にでもあり、わしとて同じじゃ。だがせめて十のものがあったら、一つぐらい困っているお人に与えるのを、善《よ》しとする世間でありたいものよ」

「そうどすなあ。そやけど人間は十あったら二十ほしがり、もっともっとと思う生きもので、困ったもんどすわ」

「貴賤《きせん》についてもそれは同じ。人は身分や出自について、あれこれ区別を付けたがる。だがさようなものなど問題ではないのじゃ。いつももうしているが、どんなに身分が低くとも、当人がそれなりの理想を揚げ、正しく生きていれば、そのお人は尊いのよ。一方、いくら身分が高く金を持っていようとも、考えていることが卑しければ、それはつまらぬ奴なのじゃ」

「ほんまに若旦那さまのいわはる通りどす。旦那さまも店の者に、そんな考えを持って世渡りしていかなあきまへんと、常に諭してはります」

吉左衛門が同意してうなずいた。

菊太郎が、おきぬが置き捨てにされた一件を知ったのは、夜に入ってからだった。

かれは祇園・新橋の「美濃屋」にしばらく居つづけていた。

お信に見送られて店を出、縄手通りから三条大橋を渡ろうとして、橋の欄干に貼られた貼り紙に気付いたのである。

暮れはじめた時刻だけに、東西の欄干とも仕事帰りらしい数人の男が立ち止まり、似顔絵を描いた貼り紙を見ていた。

「これはなんのこっちゃろなあ」

背後でひびいた声に押されるように、菊太郎は足を鯉屋にと急がせた。

「これは菊太郎の若旦那さま、よう戻ってきてくれはりました。美濃屋へ誰かお迎えに行かせようかと、思うていたところどしたわ」

まだ帳場にいた吉左衛門が、そこから立ち上がり、かれを出迎えた。

「旦那さま、菊太郎の若旦那さまがお戻りになりました」

吉左衛門が奥に大声で叫んだため、源十郎と喜六がすぐ表に飛び出してきた。

「三条大橋の貼り紙、あれはなんのことじゃ」

「ええところへ戻ってきてくれはりました。ゆっくり話をきいてもらわなならなりまへん」

「ああ、きかせてもらうが、当のおきぬとやらはいまどうしておる」

「はい、お与根が風呂に入れております」

菊太郎が奥の台所に現れると、鶴太や正太たちが箸を持ったまま、箱膳の前で総立ちになっていた。

「そのざま、佐之助までがなんだ。落ち着くのじゃ。早く坐り、夕飯を食べ終えるがよい」

かれにいわれ、みんなが極《き》まり悪げな表情になって坐った。

鯉屋では菊太郎が留守のときでも、かれの箱膳だけは出されていた。

「お多佳どの、銚子だけ付けていただけませぬか――」

かれは自分の箱膳の前にどかっと胡坐《あぐら》をかいた。

「お信はんのところで、お飲みになってきはらなんだんどすか」

彼女が微笑してきいた。

「飲んではきたが、美濃屋は美濃屋。鯉屋での酒はこれからじゃ」

「あんまりお酒ばかり飲んでおいやすと、身体に毒どすえ。少し控えはったらどないどす」

「その科白も、あちこちできかされておりますわい」

「それでもお酒は止められしまへんか」

「ああ、これだけはなあ」

「ほんまに仕方のないお人どすなあ」

「お多佳、わたしは若旦那と客座敷のほうに移ります。お銚子はあっちに運んでくんなはれ。

喜六、御飯をすませたら、おまえもくるんどす。正太と鶴太は、あの子が風呂から上がってきたら、寝るまで上手に遊んで上げなはれや」

「へえっ――」

二人は異口同音に答えた。

客座敷に移った源十郎は、菊太郎に酌をしながら、今日のできごとを仔細にかれに語ってきかせた。

ときどき喜六が興奮したようすで口を挟んだ。

「なるほど、それでだいたいの事情がわかった。いまも喜六がもうした通り、明日にはおきぬちゃんとやらを連れ出し、父親の安三が泊っていた旅籠屋を、われらで探し出そうではないか。その子が父親の名を安三と伝えたのは、確かだろうな」

「へえ、どんな字を当てるのか、そこまで正確にはわからしまへんけど――」

台所のほうで、お与根とおきぬの明るい声が弾《はじ》けていた。

それには正太や鶴太の声も混じっていた。

「しからば明日はそうするとして、わしもその子の顔を一目見ておきたい。まあ、もうせばご挨拶じゃな」

菊太郎が猪口の酒を飲み干していった。

「あの子はお与根と正太に特に甘えているみたいどす。喜六、二人におきぬちゃんをここに連れてきてもらっとくれ」

「はい、ただいま――」

喜六はすぐ立ち上がり、彼女やお与根たちを伴ってきた。

「おきぬちゃん、そこにいてはるお武家さまはこの店の大切なお人で、明日からおきぬちゃんのお父はんを探してくれはるそうどす。お武家さまの後ろには、京都の町奉行所のお人たちが付いておいでどす。必ずお父はんを探し出してくれはりますさかい、安心していよし。ええなあ」

お与根に諭され、おきぬはいささか顔を強張《こわば》らせてこくんとうなずいた。

風呂から上がった後、お与根や正太たちと騒いでいたせいもあり、おきぬの顔は上気していた。

彼女は小ざっぱりしたきものを着せられている。吉左衛門が古手（古着）屋に走り、買い整えてきた物だった。

当夜、彼女は台所部屋でお与根に抱かれて寝に付いた。

こうして朝になったのである。

「菊太郎の若旦那さま、ともかくあの子が起きるのを待ってしか、わたしらは動かれしまへん。朝御飯はまだどっしゃろ。それをすませ、まあぼちぼちいきまひょうな」

吉左衛門が喜六と顔を見合わせ、菊太郎を制した。

「そなたにいわれたらまさにそうじゃ。わしはまだ顔も洗わず、朝飯とて食うておらぬわい。肝心のおきぬが寝ていては、どうにもならぬわなあ」

菊太郎は自分の粗忽ぶりを自嘲《じちょう》し、指で頭をかいた。

それでも正午近くになり、かれと源十郎、それにおきぬを連れた喜六とお与根が動きはじめた。

今日はきのうにもまし、北山からの雪まじりの風が、大橋を渡る人々に横殴りに吹き付ける悪天候だった。

「これは鯉屋の旦那さま――」

おきぬを連れて現れた総勢六人の姿を見て、三条大橋に近い茶店の主茂兵衛は驚いた。

「まあ、店でお茶でも一つ、飲んでおくれやす」

かれに誘われ、一行は店に入った。

「おきぬちゃん、きれいなべべ（着物）を着せてもらい、よかったなあ。頭のおちょんぼもよう似合《にお》うてるわ。ゆうべはぐっすり眠れましたやろ」

女子衆のお豊は、源十郎や菊太郎たちによろしくお頼みいたしますと、幾度も頭を下げつづけた。

三条大橋の一の欄干の両側には、おきぬの似顔絵が貼り付けられたままで、通行人がときどきそれに見入り、すぎていった。

おきぬの似顔絵にも雪が吹きかかっていた。

「おきぬちゃん、あんたはきのう、あの橋のそばに立ってたんやけど、連れ出したのは、喜六のおっちゃんみたいな年頃の男はんやというてたなあ。それでどこの旅籠屋から連れてこられたのか、全く覚えてへんか」

お与根が菊太郎や源十郎に代わっておきぬにたずねた。

「ともかく三条通りのあっちこっちを、みんなで歩いてみたら、なにか思い出せるのとちゃうの。どうや、おきぬちゃん」

正太が、大きな綿入れ袢纏でくるまれた彼女の顔を覗き込んだ。

「うち、場所はわからへんけど、旅籠屋の斜め向かいに、赤い提灯《ちょうちん》を下げたお寺があったわ。毎日、お爺ちゃんやお婆ちゃんがお詣りにきてはって、線香の煙が朦々《もうもう》と上がってました」

「その旅籠屋の屋号を、一字だけでも覚えてへんか」

正太が切なげな声でさらにきいた。

「うち、そんなんわからへん」

「そやかてその旅籠屋に、七、八日も居てたんやろ。どんな店構えやったかぐらいは覚えてるやろな」

「表はここら辺りの旅籠屋みたいに立派やけど、うちとお父はんが泊ってたのは、そこの裏棟。襖も板戸もあらへん蚕棚《かいこだな》のように造られた部屋で、仰山のお人たちがあっちこっちに寝てはりました」

「源十郎、いまおきぬがもうしたような旅籠屋が、この界隈に構えられていたかなあ」

「若旦那、そらございますわ。茂兵衛はんとこの茶店の裏は瑞泉寺の墓地。その近くにも木賃宿がありますわいな。旅籠屋でも表部屋は一部屋ずつに区切られてますけど、別の大部屋に蚕棚みたいなものを拵え、安い銭で客を泊める店もございます。この子はそれをいうてるのかもしれまへん」

源十郎は頭の中で、おきぬがいった大部屋の一棟に、蚕棚のようなものを設けている旅籠屋の一軒一軒を、思い浮べながら答えた。

木賃宿——はだいたい棟割り長屋のように造られ、路地の前に煮炊き用の竈と洗い場が、ずらっと並べられている。

客は宿主から柴や薪といった燃料を買い求め、狭い部屋で寝起きし、食事を自分で作るのである。

だから木賃宿の名が付けられ、ここでは長期滞在の者が多かった。

「旅籠屋の斜め向かいに寺があり、線香の煙が朦々と上がっている場所とはどこだろうな」

「若旦那、京都にはどこにでもお寺が構えられてますさかい、そんな場所は切りなくございます。ここは素直に考えなあきまへん。さてこういうてもそこがどこやら、すぐには思い当らしまへんなあ」

源十郎の返事は当惑しているのか、とりとめなかった。

「さればこの雪混じりの風の中を、あちこち歩いて探さねばならぬのか」

菊太郎が茶店の腰板障子戸を開け、外の雪の工合をうかがいながらつぶやいた。

雪は先程より激しく降り出し、すでに三条大橋の擬宝珠《ぎぼし》の片側を白くさせていた。

「旦那さまに若旦那さま、おきぬちゃんのいうてるのは、もしかしたら三条寺町を上がったところにある矢田寺と違いますやろか。あそこどしたら参拝者が多く、線香の煙がいつもくもくと立ち昇ってますさかい」

喜六の声に、みんなの注目が集まった。

「寺町三条の界隈には、大小の旅籠屋が多数構えられ、矢田寺の北は天性寺、さらには本能寺じゃ。喜六、そなたがもうす通りかもしれぬ。でかしたぞよ。早速、行ってみるか」

菊太郎が歓声に似た声で低く叫んだ。

矢田寺は天性寺前町に小さなお堂を構え、寺町通りに西面している。西山浄土宗に属して金剛山と号し、本尊は地蔵菩薩。俗に代受苦《だいじゅく》地蔵とも呼ばれる。

同寺の鐘は、東山・珍皇寺のそれが〈迎え鐘〉であるのに対し、〈送り鐘〉といわれ、死人のあったときやお盆の精霊送りのときに、撞《つ》かれる慣《なら》わしであった。

「それではすぐさま矢田寺に向かいまひょか。お与根、寒いさかいおきぬちゃんを背中に負いなはれ」

「旦那さま、うちが雪で足を滑らせたら二人とも転んでしまい、それは危険どすわ。みんなでおきぬちゃんを囲んで歩いていったら、いくらか寒さも凌《しの》げるのではございまへんやろか」

「源十郎、お与根のもうす通りじゃ」

「おきぬちゃん、雪の中でも歩けるわなあ」

お与根が彼女の顔色をうかがった。

「これくらいの雪、うち、なんともありまへん。雪なら高島ではもっと仰山降りますさかい」

彼女は思いのほか元気な声で答えた。

外に出ると、雪は一層激しく降り出していた。

三条小橋を西に渡って振り返ると、三条大橋の欄干が白く閉ざされ、見えないほどであった。河（川）原町通りをすぎ、寺町通りに向かう。鐘の音がひびいてきたが、それは矢田寺からのものに違いなかった。

「おきぬちゃん、寒うないか――」

「正太のお兄ちゃん、うち平気え。お兄ちゃんは寒いのか」

彼女はかえって先頭を歩く正太の身を案じた。健気《けなげ》さが、綿入れ袢纏からわずかにのぞくその顔にあふれていた。

きのうから今日にかけ、おきぬは鯉屋の中で、とりわけ正太とお与根に懐《なつ》いていた。

降りしきる雪が周りを真っ白にし、昼間だというのに、三条通りに人影はまばらだった。

大橋の欄干に貼られた彼女の似顔絵も雪を浴び、寒そうに見えているに違いなかろう。

「雪でようわからへんけど、なんやうち、この道を通り、三条大橋に連れていかれたように思うわ。並んでいるお店の構えに、ちょっと見覚えがあるさかい」

おきぬの声がみんなを励ました。

降り積もった雪が、それぞれの足許でぎしっぎしっときしんだ。

一行は雪を浴びて矢田寺に到着した。

「おきぬちゃん、どうじゃ――」

本堂の前に据えられた石造りの大きな線香立てから、朦々と煙が立ち昇っている。

強い匂いが辺りに漂い、ここだけは小さな賑わいを見せていた。

「へえっ、確かにこのお寺どす」

「そしたらおきぬちゃんがお父はんと泊っていた旅籠屋は、この近くやな」

正太が意気込んで周囲を見回した。
七、八軒の旅籠屋がずらっと並んでいる。
どの店もしんと静まっていた。

おきぬがそれらの店構えを一つひとつ目で改めているのが、菊太郎や源十郎にもはっきりわかった。

きのうからわずかな間に、彼女は幼いなりにぐっと成長したようだった。

「正太のお兄ちゃんにお武家さま、あの旅籠屋、あそこに違いありまへん」

おきぬが指さした一軒は、並んでいる中では中程度の店。「豊国屋《とよくにや》」の看板が、一階の屋根に揚がっていた。

「相違ないのじゃな」

「へえ、確かどす」

おきぬははっきりした声で菊太郎に答えた。

「されば源十郎、おきぬちゃんを連れて参るとしようぞ。雪の降りしきる中、これは赤穂浪士の討入りにどこやら似ている心地じゃわい」

このとき源十郎が手をのばし、ひょいとおきぬを抱き上げた。

「お願いもうす——」

菊太郎は豊国屋の表戸を開け、土間に踏み入った。後ろに源十郎や喜六たちがどっとつづいた。

「おいでなさりませ」

子どもを抱いた六人の姿を見るなり、店の手代らしい男が喜色を浮べ、揉み手をしながら現れた。雪で難儀をする六人が、宿を頼みにきたと早合点したのだろう。

だが菊太郎がおきぬの頭を覆った綿入れ袢纏を取り除き、彼女の顔を見せてやると、相手はひえっと小さく声を迸《ほとばし》らせ、奥に身体を翻《ひるがえ》しかけた。

「それはなるまいぞ――」

菊太郎の一喝が、かれの足をその場にぐっと釘付けにさせた。

「その男はんが、うちを橋のそばに連れていかはったお店の手代はんどす」

おきぬが悲痛な声で叫んだ。

「そなた、名はなんともうすのじゃ」

「へ、へい、と、徳次郎でございます」

「いかなる事情があるにもせよ、三条大橋、あのように寒い場所に幼い女の子を捨て置き、そなたたちは幼子が凍え死ぬとか、人に勾引《かどわか》されるとか考えなんだのか。まったく犬畜生にも劣る奴らじゃ」

中暖簾に右手をかけ、佇立《ちょりつ》している徳次郎に向かい、菊太郎が忌々《いまいま》しげな声を叩き付けた。

ついで雪で湿った草履のまま、帳場の床にひらりと上がった。

目にも留まらぬ速さで、かれの腰から抜かれた刀が、徳次郎の頭上で一閃した。

髷が宙に飛び、頭髪が両肩にぱらっと乱れ落ちた。

「ひえっ、な、何卒、お見逃しのほどを――」

徳次郎はそこにへたへたと坐り込んだ。

「殺しはせぬわい」

菊太郎の険しい声がまた弾けた。

それから店は大騒ぎになった。

# 四

雪は日暮れに止んだ。

昼間に降った雪だけに、さして積らなかったが、それでも大宮・姉小路の界隈では、夜に入っても踝《くるぶし》ほどの深さまで残っていた。

三条寺町の旅籠屋豊国屋でひと悶着あった後、菊太郎や源十郎たちは陰鬱な表情で店に戻ってきた。

豊国屋の主甚左衛門からきき出した話が、さらなる困難を感じさせたからである。

「吝嗇《りんしょく》や無慈悲にもほどがあるわい」

「豊国屋の主の甚左衛門は、どうぞご内聞にと、わたしに二十両の金を摑ませようとしました。けどわたしはそれを突っ返してやりましたわいな。旅籠屋仲間に、やっぱり豊国屋の無慈悲をもうし立ててやります。あの場で、町奉行所に訴えられんだけでも幸いやと思いなはれというてやり、溜飲がいささか下がりましたけどなあ——」

「あの子の父親の安三は、姉娘佐江の身を案じ、京都の奉公先まで訪ねていった。六年の約定で店から金を借り、年季奉公に出したものの、佐江が盆正月にも戻らぬどころか、ふっつり便りも絶えてしまったからともうす。佐江は十七歳になると、豊国屋が確かもうしていたな」

「はい、それで下京・数珠屋町の法衣屋の『伊勢屋』はいったいどうなってるのか、銕蔵さまに早速、調べていただくように手配いたしました」

「それはよいとして、まさか十七歳の小娘が、不義を犯したり駆け落ちしたのではあるまいな」

「姉娘がなにか起こしたにしても、安三はんは伊勢屋を訪ねた後、どうしておきぬちゃんのところに、すぐ戻ってきはらへんのどっしゃろ」

鯉屋では表戸を閉め、正太と鶴太が帳場で吉左衛門のする帳付けの手伝いをしていた。喜六や幸吉たちは、公事訴訟のために上洛し、泊り込んでいる客二人の相手に当っている。

台所では、お多佳の指図《さしず》で夕飯の仕度がととのえられ、お与根が客の許にそれを運ぶため、お膳に茶碗や箸を並べていた。

「うちもお手伝いならできます」

おきぬがいい出し、彼女に指図するお多佳やお与根の声が絶えずひびいていた。

おきぬがやき物の一つを落し、がちゃんと皿が割れたときはひと騒動だった。すぐ大きな泣き声が起こり、お多佳がそれを必死になだめていた。

「その小皿、縁《ふち》が欠けてましたさかい、手でも切ったらあかんと思い、捨てようとしてたもんどす。うちがうっかり出してしもうたんやさかい、おきぬちゃんが泣かんでもええのえ。さあ涙を拭き、竈の火工合を見ててくんなはれ」

お多佳が彼女を上手にあやす声が、菊太郎と源十郎が火鉢を囲む客間にもとどいてきた。

「豊国屋では、安三が向かった数珠屋町の伊勢屋に、番頭の庄兵衛を行かせたそうだ。だが人相の悪い手代が、そんな名前の男も女も知らんわいと、庄兵衛を追い返したというではないか」

「へえ若旦那、法衣屋の伊勢屋はんはなんかおかしおすなあ」

「まあ問題はそこじゃな。年季奉公をしている佐江もおらねば、その娘を訪ねていった父親の安三も知らぬといわれればそれまでじゃ。されどそこがなんとも不審でならぬわい。法衣屋の伊勢屋で、何事か起こっているのではあるまいか」

今夜の菊太郎は酒どころではなかった。

懐手をした手を襟元から出し、まばらに生えたあごの鬚《ひげ》を、ぴっぴっと引き抜いていた。

「伊勢屋はんに何事か起こっているのではないかとは、どういう意味どす」

「公事宿を営みながら、源十郎にはそれぐらい察せられぬのか。一口にもうせば、乗っ取りじゃわ。なにかとんでもない事情から、折角の店をやくざな男たちに奪い取られたのではないかと、わしは疑っているのよ。世間では思いがけない出来事が、再々人の身に起こるのは、そなたも存じていよう。伊勢屋へ年季奉公に出ていた佐江も、娘の消息をたずねに行った安三も、それに巻き込まれたのだとも考えられる」

「それがまっとうな見方なんどっしゃろか」

「見方にまっとうも否《いな》やもあるまい。そなたは公事宿の主の癖に、物事を一筋にしか考えぬ困った奴じゃ。物事には必ず裏と表がある。おきぬに飯を食わせるのを惜しみ、捨て置きにした豊国屋などは、目に見えて悪いことをなしただけに、わかりやすいほうじゃ」

「あの豊国屋の旦那は、安三はんの旅手形とわずかな手荷物を、ちゃんと質《しち》に取ってましたで。豊国屋かて目に見えへん小さな悪事を、おそらくあれこれ働いてまっしゃろ。奉公人の人相の悪さは、並大抵ではありまへんどした」

源十郎は苦々しげな顔で答えた。

「さような話をどれだけしていたとて、埒が明くまい。銕蔵が調べはじめているからには、明朝にも知らせてまいろう。わしらはそれを待って動けばよいのじゃ」

あっさり菊太郎にいわれ、源十郎もうなずいた。

「それならわたしは、二階にお泊りのお客はんのところに顔を出し、公事の次第を伝えてきます。若旦那は台所に行き、先に夕飯を召し上がっておくれやす。今夜はお信はんの店に出かけはったらいけまへんねんで——」

「こ奴、それくらいわきまえているわい」

かれは源十郎に苦笑していった。

その夜もおきぬは、台所部屋でお与根に抱かれて眠った。

台所部屋と菊太郎の部屋はさほど離れていない。それだけに、お与根がおきぬにわらべ歌を一節一節歌って教えている声が、小さくきこえていた。

「丸、竹、夷《えびす》、二、押、御池、姉、三、六角、蛸、錦、四、綾《あや》、仏、高、松、万、五条。さあ、お姉ちゃんがきいててあげるさかい、あとにつづけて歌ってみよし。これは京都の町筋の名を、北から南にと覚えやすいように歌い込んだものなんや。丸は丸太町、竹は竹屋町をいうてますのえ」

彼女にうながされ、おきぬが低い声でそれを口でなぞっていた。

「四　綾　仏　高　松　万　五条――」

「四　綾　仏　高　松　万　五条――」

「雪駄《せった》　ちゃらちゃら　魚の棚――」

「雪駄　ちゃらちゃら　魚の棚――」

深酔いした菊太郎は、二人のそんな歌声をきくともなくきいているうち、うとうと微睡《まどろ》んだ。

浅い眠りの中で、誰か女がつづきを歌っていた。

「六条　三哲《さんてつ》　とおりすぎ　七条こえれば　八　九条　十条東寺《とうじ》で　とどめさす」

歌っているのは、お信でも義母の政江《まさえ》でもなかった。

顔がぼんやりしていて定かではないが、自分をこの世に生んでくれた亡き母ではないかと、朦朧とした意識の中で思っていた。

そうしてやがてかれは、深い眠りに落ちていった。

翌朝、あわただしく呼び起こされた。

喜六のせわしげな声であった。

「若旦那、若旦那さま、目を覚ましておくんなはれ。銕蔵の若旦那さまが、おいでになっておられますさかい」

銕蔵の若旦那さまがとの声で、かれはがばっと起き上がった。

「銕蔵がきているのだと――」

「はい、ご配下の曲垣《まがき》染九郎さまと岡田仁兵衛さまがご一緒どす」

「喜六、わしの寝床を揚げておいてくれ」

菊太郎は素早く衣桁《いこう》にかけたきものを摑み取って身にまとい、帯を締めながら表の帳場に向かった。

「兄上どの、お目覚めでございまするか」

「おう、たったいま喜六に起こされたわい。そなたたちは朝早いともうすにもうしわけない」

帳場にはすでに源十郎が坐っていた。

銕蔵たち三人は、そこに置かれた火鉢のそばから、菊太郎に軽く頭を下げた。

「菊太郎の若旦那、銕蔵さまたちが昨夜、遅うまでかかってお調べくださり、数珠屋町の伊勢屋のようすがだいたいわかったそうどす」

「どうわかったのじゃ。早くもうせ――」

「兄上どの、さように急《せ》かれずとも、相手は今更、逃げてはまいりませぬ」

「そのわけは昨夜、菊太郎さまがいうてはったように、伊勢屋はやはりやくざな男たちに乗っ取られていたからどす」

「わしの推察が当っていたのじゃな。それにしても、なぜさような事態になったのじゃ」

かれは焦《じ》れったそうだった。

「博打《ばくち》と女子どすわ」

「うむ、世間によくある話か――」

「伊勢屋の主は伝右衛門といい、堅い商いをしていたそうどす。けど病で臥《ふ》せり、店を一人息子の伝蔵に譲ったところ、その伝蔵の奴が、大の博打と女好き。女子に引っかけられ、博打の深みにずるずるとのめり込んでしまったんどすわ。あげく、店やその商いまで掠《かす》め取られた次第。伝蔵を博打の深みに誘い込んだのは、先斗町界隈を仕切る飯綱《いいづな》の政五郎の情婦。要するに色仕掛けといかさま博打で、伝蔵はすってんてんにされたんどすなあ」

「それにしても、おきぬの父親と伊勢屋に奉公していた姉の佐江は、いかがしたのじゃ」

菊太郎は銕蔵たちに嚙み付かんばかりの勢いでききただした。

「兄上どの、それにつきましてはわたくしからもうし上げまする。飯綱の政五郎は伊勢屋を乗っ取るやいなや、七人いた奉公人に暇を出しました。されど年季奉公の何人かには、おまえたちの年季はまだ明けておらぬともうし、いまも商いをつづけている伊勢屋や、先斗町で営む妓楼に無理矢理連れて行き、そこで働かせているそうでございます」

「なんだと、それで安三と佐江はどうされたのじゃ」

「佐江ともうす女子衆は、幸いそのまま伊勢屋で働かされており、娘の消息をたずねていった父親の安三は、先斗町に連れ去られたそうでございます。娘の年季を早くすませるため、強引に妓楼で男衆《おとこし》として働かせているのでござる。そのうえ政五郎は、寺内町《じないちょう》の法衣屋仲間に、仲間入りのもうし立てをいま行っているとき及びました」

銕蔵の説明を受け、とりあえず菊太郎は安堵した。

寺内町とは、京域にありながら東西両本願寺に付属する一種の租界地。ここには旅籠屋も八百屋も古手屋も構えられ、ほかの町と全く同じだった。

だが町政を行う町奉行が二人置かれ、かれらは寺侍を指揮し、徴税、民事・刑事訴訟など一切の支配に当っていた。京都町奉行所といえども、同町奉行の承諾なしには、容易に介入できなかった。

「先斗町で妓楼を営むならず者が、寺内町にある法衣屋を乗っ取り、すまして法衣屋の主面《づら》をしているのか。これはちょっとしたお笑い草じゃ」

「飯綱の政五郎から、仲間入りを求められた法衣屋の年寄たちは、困惑し切っているそうでございまする。されどそれは関係者に賂《まいない》でも使い、おそらくかなえられようと取り沙汰されてお

ります る。当の伝蔵は、親戚のところで小さくなっているときき及びました」

「そんな奴はどうでもよいが、飯綱の政五郎は仲間入りをすませたうえ、伊勢屋を誰かに高く売り付けるつもりなのでございましょう」

染九郎の言葉に、銕蔵がつづけた。

「これは相当、厄介な問題じゃな。こちらとしてはおきぬの父親と姉を助け出すため、いささか手荒をいたさねばなるまい」

菊太郎は声を荒らげ、誰にともなくいった。

「兄上どの、まことさようにございます。寺内町には、東西両町奉行所といえども、介入はなかなか困難でございますれば——」

さすがに銕蔵も言葉を濁した。

東西両本願寺は宮家・宮門跡《みやもんぜき》・摂家《せっけ》門跡に次ぐ准《じゅん》門跡。十万石の大名にも勝る力をそなえていた。戦国時代、本願寺八世の蓮如が門徒を率い、戦国武将に伍《ご》して戦ってきた伝統がいまも生きており、徳川幕府さえ一目置いているのであった。

「菊太郎の若旦那、どう手荒をいたされるおつもりどす」

源十郎がかれにたずねた。

「飯綱の政五郎を斬ってしまうしかあるまい。念のため銕蔵たちに断っておくが、これにそなたたちは見猿《みざる》、きか猿、いわ猿の三猿で対してもらいたい。しかと心得てくれ。よいな。政五郎の奴が子分たちを連れ、伊勢屋から先斗町の妓楼に戻る途中を待ち伏せる。そこでわしが奴らを叩き斬ってしまうのよ」

「政五郎を叩き斬る。兄上どの、それはあまりに手荒すぎまする」

「銕蔵、ことは寺内町に関わり、正攻法では手が出まい。ただ奴を斬り殺してしまえば、あとは烏合《うごう》の衆。それから寺内町の奉行や京都町奉行のお調べがはじめられれば、すべてが平穏に解決するはずじゃ」

「なれど、飯綱の政五郎が先斗町の店と伊勢屋を往き来するには、町駕籠を用いておりまする。五、六人の子分たちが、常に付きそっているそうでござる」

染九郎が注意をうながした。

「五、六人の子分だと。それがなんじゃ。わしは政五郎ともどもみんな斬ってくれるわい。されど一人だけは少々痛め付けるだけで残し、伊勢屋と妓楼を再び乗っ取ろうとする小頭でもいれば、そ奴の命を無きものにすると、しっかり伝えさせねばならぬ。二つの店で働かされている女子たちや奉公人のすべてに暇を出させ、佐江とその父親も自由にさせてやるのじゃ」

「しかしながら菊太郎どの、五、六人を相手にお一人では危険でございまする。それに伊勢屋にいる佐江と、妓楼で働かされている安三に、連絡を取る必要もございます」

「ああ、それがあったなあ」

菊太郎が腕を組んで天井を見上げた。

「組頭さまはともかく、それがし一人がお咎めを覚悟で、菊太郎どののお供に付きまする。待ち合わせる場所は、この鯉屋か祇園・新橋の美濃屋。それでいかがでございましょう」

「安三と佐江にはどう伝えるのじゃ」

「それがしにも手足となって動いてくれる者がおりまする。幸いそれがしには、養わねばならぬ妻子とてございませねば——」

染九郎は銕蔵配下の中で、最も腕利きで強情だと評判されている。

かれはそれでどうだといわぬばかりの目で、組頭の銕蔵をじろりと眺めた。

「ありがたいが、そなたの協力は安三と佐江だけに限り、あとはすべてわしに委せておいてくれまいか」

菊太郎は染九郎のもうし出をあっさり断った。

その日は夕刻からまた雪になった。

夜の五つ（午後八時）すぎ、雪の降り積った五条大橋の上で、凄《すさ》まじい殺傷が行われた。

飯綱の政五郎が乗った町駕籠を、菊太郎が待ち伏せ、橋の上で通行に待ったをかけたのである。

雪は小止みになり、東山や町並みの屋根が闇の中に白々と見えていた。

「その駕籠待てやと。おまえ誰なんじゃ——」

駕籠の先頭を素足の雪駄で歩いていた若い男が、すぐさま険しい声を発した。

駕籠を取り囲んでいた男たちも一斉に身構え、早くも脇差《わきざし》の柄に手をかける者や、匕首《あいくち》をしのばせた懐に、右手を差し入れる者もいた。

「その駕籠には、飯綱の政五郎が乗っているのじゃな」

「やいさんぴん、それがどうしたんじゃい」

さんぴんとは三一《さんぴん》侍、年に三両一人扶持《ぶち》の俸禄を受ける身分の低い侍をいった。

「政五郎が乗っていれば、命を頂戴せねばならぬ」

「な、なんだと――」

若い男は菊太郎が憫笑《びんしょう》していう声をきくなり、腰に帯びた脇差をぎらっと引き抜いた。

「そなた、死にたいのか――」

「ええい、なにをぬかす。おまえこそじゃわい」

「わしは死にたくないゆえ、そなたたちの命をもらうつもりじゃ」

菊太郎は悠然といった。

雪上での斬り合いにそなえ、かれは雪駄裏にアイゼン様《よう》の尖《とが》った金具を逆から打ち込んだ忍び雪駄をはいていた。

「この野郎、くたばりやがれ――」

激しい罵声《ばせい》とともに、若い男が鋭く斬り込んできた。

だが菊太郎の腰から鞘走った一刀が、身を開いたかれの手の中できらめいた。

相手は左肩から背中にかけて斬られ、ぎゃっと悲鳴を上げ、雪の中に倒れ込んでいった。

鮮血が白い雪の上にぱっと飛び散り、脇差や匕首を構えたほかの男たちが、怖《お》じけて後ずさった。

これを見た駕籠舁《か》きたちが、駕籠を放り出し、もときた道に逃げ出した。かれらが投げ出した駕籠提灯が、闇の中でぱっと燃え上がった。

「ど、どうしたんやな」

駕籠の垂れがはね上げられ、大身の刀を摑んだ男が、のそっと姿を現した。

「そなたが飯綱の政五郎じゃな」

菊太郎がかれの動きをうかがう最中、横から一人の男が斬りかかってきたが、それも菊太郎は一閃で斬り伏せ、雪をまた赤く染めた。

「わ、わしが飯綱の政五郎じゃわい」

褞袍《どてら》を着込んだかれは、早くも二人の子分が血を噴いて倒れているのを怖じけた目で眺め、駕籠に背中をもたれかからせた。

残った四人の子分が、寺侍風の男に恐れをなし、動揺しているのがよくわかった。

「そなたの命は子分どもでは守れぬ。わしの手の中にあるのよ。いまから、地獄か極楽のいずれかにまいれ」

菊太郎は政五郎に有無をいわせず、その左肩から腹部にかけ、裂帛《れっぱく》の気合とともに一刀の下に斬り下ろした。

政五郎は背にした駕籠からずるずると路上に崩れ、夜空を仰いで横たわった。

「ひゃあっ——」

四人の子分が一斉に悲鳴を奔《はし》らせた。

「動くではない。またわめき騒ぐな。そなたたち四人のうち、一人の命だけは助けてとらせる。その代わり、先斗町の店に駆け戻り、小頭を務める奴に、いま起こった一切を仔細に語るのじゃ。妓楼で働く男女並びに、政五郎が乗っ取った伊勢屋をそっくり手放し、町奉行所のご采配を神妙に仰ぐのじゃ。よいな」

菊太郎が厳しい声でいうと、四人が四人とも一斉にうなずいた。

——もう無益な殺生をいたされまするな。

昨夜、朦朧とした意識の中でわらべ歌を歌ってくれた声が、菊太郎の胸裡でいっていた。

「そなたたちは死にたくないか——」

「へえっ、命だけは何卒、お助けくださいませ」

「ならばさようにしてもよいが、先程わしがもうしたことの一切を、確実に行うのじゃぞ。さもなくば、政五郎につながる奴らを皆殺しにいたしてくれる」

されば早く行くがよいとばかりに、菊太郎はかれらにあごをしゃくった。

政五郎が両目を開けて夜空を仰いだまま、静かに横たわっている。

開いたその目の中に、ちらつき出した小雪がすっと消え、涙のようにふくれ上がってきた。

「これも欲に駆《か》られた哀れな奴かもしれぬ」

菊太郎はつぶやきながら、かれが着ていた繿袍の裾を摑み、それで血刀を拭った。

雪がまた霏々《ひひ》と降りはじめた。

# 地獄駕籠

# 一

「お母はん、うちに十文くれへん」

「お清《きよ》、そのお金をどないするのや。なんか買いたい物でもあるのんか」

お信が娘のお清に不審な顔でたずねかけた。

旧暦の二月二十五日、北野天満宮では「梅花祭」が催されている。お信母娘《おやこ》は田村菊太郎に伴われ、寺子屋に通うお清の学問がさらに進むよう祈願にきたのであった。

同社の祭神は菅原道真《みちざね》。この日はかれの祥月命日に当り、道真がことのほか梅をめでた故事に因《ちな》み、古くから梅花祭が営まれていたのである。

道真は学問の神さまとして信仰されていた。

本殿で参拝をすませ、混雑する境内からようやく東門に抜け出し、菊太郎たちは上七軒《かみしちけん》の町並みを目前にしたところだった。

上七軒は真盛《しんせい》・社家長屋・鳥居前の三町をいい、京都では最古の花街。室町時代末、北野天満宮造営の際、残った材木で七軒茶屋を建てたのが、そのはじまりと伝えられている。

東門の界隈には「焼蛤《やきはまぐり》」や「飴細工」、「鍋焼うどん」「茶」などの売店に混じり、籠抜けなどの大道芸人たちも活発に動いていた。

「そうやないねん。あそこに坐ってはるお薦《こも》（物乞い）のお婆ちゃんに上げたいのやわ」

「お薦のお婆ちゃんに——」

お信と菊太郎はお清の視線をたどり、東門の脇に据えられた大きな北側の石灯籠の下を眺めた。

そこには古びた破れ莚《むしろ》を敷き、垢《あか》染みた襤《ぼ》褸《ろ》の袢纏《はんてん》を着た老婆が一人、顔を伏せちょこんと坐っていた。

老婆の前には、縁の欠けた丼鉢が置かれている。

菊太郎たちが見ている間にも、彼女に不憫を覚えたのか、老若男女数人が、数文の小銭を丼鉢に入れては立ち去っていった。

「お清、十文といわんと、一朱銀一つでも差し上げてきなはれ」

お信は急いで懐から財布を取り出し、一朱銀を選び出した。

この銭の表には、文銅印と下に「銀座・常是《じょうぜ》」、裏には「以十六換一両」と、二行にわたって印されている。即ち一朱銀十六枚は、一両に相当したのである。

「お母はん、一朱銀一枚もあのお婆ちゃんに上げてくるのか——」

「お清ちゃん、それでよいのじゃ。本日、そなたは学問がさらに進むようにと、北野天満宮へ祈願にきたのであろうが。学問は自分の立身出世のためだけではなく、世のため人のためにいたすものと、深く心得ておかねばならぬ。その帰途、あのようなお婆さまを見て、不幸な人々を救う道を思案するのも、学問のなすべき道の一つと考えてもよかろう。あのお婆どのはおそらく身寄りのないお人。足腰でも痛め、あのように人の情けにすがらねば生きていかれぬのであろう」

菊太郎は今日の参拝の目的と学問をする心得について、お清にいいきかせた。

お清がお信から一朱銀を受け取り、さっと物乞いの老婆に駆け寄っていくのを、微笑して見送った。

世間にはどれだけ正直に励んでも、貧乏の底から這い上がれない人たちや、病気や思いがけない災いに見舞われ、呻吟《しんぎん》している人々が多くいる。

貧しい人やそんな病苦に悩む人々に哀れみの心を抱き、それをどう解決するかを模索するのは、広くは公儀の課題。だが個人としても、深く考えねばならぬ問題であろう。

将来、お清が女だてらにといわれようが、そうしたことに目を向け、なにかをなす女性に育ってくれたらどれだけよかろうと、菊太郎は考えていたのだ。

一朱銀を握りしめたお清は、北の石灯籠のそばに行くと、足許に小さく坐る老婆に、腰を屈《かが》めてなにか話しかけていた。欠け丼鉢に一朱銀を丁寧に入れ、ぱっと身体を翻《ひるがえ》し、菊太郎とお信の許に戻ってきた。

「どうであった――」

「うん、困ってるお人に施しをするのは、気持のええものやわ」

お清は息を弾ませて答えた。

「それは結構なことじゃが、世の中にはさような人の善意に付け入って図々《ずうずう》しくなり、やがては相手を困らせる者もいる。そんな反面も心得ておかねばならぬぞ。それであのお婆さまはどうもうされた」

菊太郎は遠くに東門が見える腰掛け茶屋に向かいながら、お信と手をつないだお清にたずねた。

かれの言葉にお清は一瞬、戸惑いを顔に浮べたが、聡明にもその意を解したのか、こくんとうなずいた。

「お婆ちゃんはうちが丼鉢に入れた一朱銀を見て、お姉ちゃんこれほんまにうちに恵んでくれはるのか、ありがたいこっちゃけどなあとつぶやかはりました。それからうちに向かい南無阿弥陀仏と念仏を唱え、おおきになあ、ええ子におなりやすといわはりましたわ」

「念仏を唱えてええ子になれとなあ。それはよかったのう」

梅花祭のため、三人が向かった茶店は大賑い。大勢の客が床几で茶などを飲み、女子衆《おなごし》がお盆を持ち、忙しそうにその間を行き来していた。

菊太郎たち三人は、表に葭簀《よしず》を立てかけた茶店の中ほどの床几に腰を下ろした。

旧暦の二月二十五日は新暦に直せば三月の下旬か四月上旬に当る。

新暦は明治維新後に新たに採用されたもので太陽暦ともいい、旧暦の明治五年（一八七二）

十二月三日を、新暦の明治六年一月一日としたことではじまったのである。

それだけに梅花祭といっても、梅はすでに咲き切り、早咲きの桜の蕾《つぼみ》が大きくふくらんでいた。

「お客はん、なににさせていただきまひょ」

赤い前掛けを締めた茶店の女子衆が、三人が腰を下ろす床几に近づき、注文をたずねた。

菊太郎は葭簀の隙間から見える物乞いの老婆の姿に、なんとなく目を這わせていた。

「菊太郎さま、女子衆はんがきいてはりますけど、なんにしまひょ」

「おお、そうだな。わしはお茶と花見団子ではなんだのう。甘酒でもいただくとするか」

「菊太郎の小父ちゃんは、甘酒ぐらいでは酔えしまへんやろ」

お信の言葉につづき、お清が悪戯《いたずら》っぽい表情でかれの顔を仰いだ。

「甘酒ではなかなか酔えぬわい。二、三十杯飲めば、少しは酔うかもしれぬが、とてもそれほど飲めぬしなあ。もし飲んだりすれば、布袋《ほてい》さまみたいな腹になってしまう。お清ちゃんはわしのそんな姿など見たくはなかろう」

かれは竈《かまど》のそばの板に、ずらっと記された品書きを眺めながら、彼女に笑いかけた。

「うちが見たいというたら、そうしてくれはりますのん。布袋さまは中国・後梁の禅僧。明州奉化のお人で名前は契此《かいし》、号は長汀子。容貌は福々しく、いつも大きなお腹を出して袋を背負い、喜捨を求めて歩いてはったそうどす。世間のお人は、弥勒《みろく》の化身として崇《あが》めてはったといいます。その円満の相は、絵の画材として多く描かれ、日本では七福神の一人としてよろこばれてます」

「ああ、全くお清ちゃんのもうす通りじゃ。寺子屋でしっかり学んできた知識を、わしに披露してくれているのじゃな。上出来上出来、褒美になにか買ってとらせてもよいぞよ」

「小父ちゃん、うちそんなつもりでいうたのではありまへん。甘酒を二、三十杯飲む話を誤魔化さんといてほしいわ」

お清は菊太郎に脹《ふく》れっ面を見せた。

「わしはお清ちゃんを誤魔化したりしておらぬわい。されどその話はもう堪忍、この通りじゃ」

菊太郎は剽《ひょう》げた口調でいい、彼女に公家髷に結った頭を幾度も下げた。

だがかれの目は、葭簀の向こうに見える物乞いの老婆に、それとなく注がれつづけていた。

「お待たせいたしました」

茶店の女子衆がお茶に花見団子、それに甘酒を入れた筒茶碗を運んできた。

「なんぼでございます」

「へえっ、丁度三十文いただきます」

女子衆から勘定をきき、お信が支払いをすませた。

甘酒の筒茶碗には、一本の箸が添えられている。菊太郎はそれで筒茶碗の中身を掻き廻し、熱いそれを一口啜った。

そのとき、石灯籠のそばに坐った物乞いの老婆に、ならず者めいた若い男が、辺りを警戒の目でうかがいながら近づいた。ついで老婆の前で屈み込んだ。

なにか一言二言話しているようだった。

そして男はすぐ腰を上げ、人込みの中に紛《まぎ》れていった。

――あれはいったいなんじゃ。

菊太郎の胸に急に不審がわき起こった。

「菊太郎さま、どないしはりましたん」

お信が眉をひそめ、訝しげな顔できいた。

「いや、なんでもない。ちょっとな――」

「そないな答えではわからしまへんがな」

「そなたたちにはわからなくてもよいのじゃ」

「そやけどうちには気になります。内緒で心を寄せてはる女子はんでも、通りかからはったのではありまへんか」

「ばか、ばかなことをもうすではない。そなたはわしに、さような女子がいるとでも思うているのか――」

難しい顔になり、菊太郎はお信を詰問した。

「冗談どす。そんなん、うち少しも思うてしまへん」

「ならばそれでよいではないか。わしが気にしているのは、あの物乞いの老婆じゃ。いまならず者めいた男が、人目をうかがいながら老婆に近づき、屈み込んですぐ人込みの中に消えて行きおった。その行動が不審でならぬのよ。男が施しをしたとは、考えられぬのでなあ」

菊太郎は半ば飲んだ甘酒を一気に呷《あお》った。

「ここでちょっと待っていてもらいたい。わしはあの老婆の許に行き、ようすをうかがってまいる」

「また一朱を差し上げてきはるんどすか」

「ああ、それは妙案じゃな」

懐の財布を確かめ、菊太郎は茶店から出ていった。

「お母はん、あの物乞いのお婆さまになにかあったん――」

お清が顔を曇らせてきいた。

「いいえ、菊太郎の小父ちゃんが、また一朱銀を恵んできはるだけどす。それより今日は祇園の家に戻る途中、公事宿の『鯉屋』はんに寄せていただくつもりどす。そこではあんたも行儀ようしてなあきまへんえ」

「賢そうな顔をしてか――」

「お母はんの言葉を素直にききなはれ。揚げ足取りみたいなことは止めてんか。この頃、あんたはほんまに口達者になってからに――」

「そんならお母はん、うち女公事師になってもええやろか」

「阿呆《あほ》なこといわんときなはれ」

「そやけど賢そうな顔をしてたら、鯉屋の旦那さまやお店《たな》（女主）さまが、うちに奉公を勧めはるかもしれまへんえ」

「あんたはお母はんを嬲《なぶ》ってますのか」

「いや、いうてみただけで、うちそんなん考えてもいいしまへん」

お清はお信に負けてはいなかった。

だが母親のお信の顔には、そうしたことでむしろ満足そうな色がありありとうかがわれた。

そんな最中、菊太郎は人込みを縫い、石灯籠の下に坐り込む物乞いの老婆に近づいていった。

かれは老婆の近くで足を止め、彼女のようすをじっとうかがった。

髪は薄汚れた白髪。顔は皺《しわ》だらけで年齢は不詳。首に保温のため真綿を丸めて巻いていたが、着物は垢で黒ずみ、古びた袢纏にはあちこちに継《つぎ》が当てられていた。

それでも破れ莚の脇には、磨り切れた藁草履がきちんとそろえてあった。

つぎに菊太郎の目は、欠けた丼鉢の中に這わされた。

そしてかれはおやっと眉をひそめた。

入っているのは、数文の鐚銭《びたせん》（一文銭の寛永鉄銭）だけだったからである。

先ほどお清が入れたはずの一朱銀はなくなっていた。

――こ、これはどうしたことじゃ。

一瞬、小さな混乱が菊太郎を戸惑わせた。

おそらくこれは少し前、人目を憚《はばか》りながら老婆のそばに屈み込んだならず者めいた男の仕業に違いなかろう。

おもむろに菊太郎は懐から財布を取り出した。中から一朱銀を一枚摘み出し、老婆の前に屈み込んだ。

貧乏の臭いというか、饐《す》えた悪臭が鼻につんとついた。

「お婆どの――」

柔らかい口調でかれは老婆に呼びかけた。

「は、はいお武家さま」

消え入るような声であった。

「そなた、目は見えるのか――」

「はい、しっかり見えておりますけど――」

彼女は伏せていた顔を上げ、怯《おび》えた目で菊太郎の顔を仰いだ。

「ならばよい。念のためもうしておくが、これは一朱銀じゃ。悪い風邪が流行《はや》っているそうな。風邪を引いたりしてはなるまいぞよ」

かれは老婆にしみじみとした口調でいった。

「あなたさまのようなご立派な身形《みなり》をしたお武家さまが、うちみたいな者に温かいお言葉をかけてくださり、ありがたいことでございます。そのうえ一朱銀をお恵みくださいますとは。南無阿弥陀仏――」

老婆は哀れな声でいい、菊太郎を合掌して拝んだ。

「ばかな真似をいたすな。拝まれるのは真っ平じゃわ」

かれは舌打ちをして老婆にいうと、すたすたお信たちの待つ腰掛け茶屋に戻ってきた。

大きな疑惑がかれの胸でふくらんでいた。

「菊太郎さま、どないしはったんどす」

「どうもこうもない。にわかに見捨てておけぬことができたゆえ、そなたはお清ちゃんを連れ、ここから美濃屋に戻ってもらえまいか。その途中、鯉屋に立ち寄り、わしがこの茶店で待っていると伝え、喜六か手代見習いの佐之助にでも、応援を頼んでほしいのじゃ」

「なにか事件を嗅《か》ぎ付けはったんどすか」

「ああ、そんな工合じゃ。人食いのならず者が、あの老婆を餌にして、多くの人々から金を釣り上げているのよ」

菊太郎はまた忌々しそうに舌を鳴らした。

「わかりました。では早速、うちは鯉屋はんにその旨をお伝えし、先に祇園の店に戻らせていただきます。お清、ここで駄々をこねたら、お母はんが承知しまへんえ」

声をひそめた彼女の言葉に、お清は大きくうなずいた。

少し生意気になっている彼女も、菊太郎と母親のやり取りから、緊迫した気配を感じたのだろう。母娘とも菊太郎がどんな立場にいるのかわきまえているだけに、その点の推察は早かった。

茶店の客は、潮が引いたり満ちたりするように、激しく増減していた。

「連れの母娘は先に帰った。わしに銚子を二、三本運んできてくれ。後ほどもう一人ここにくるのでなあ」

女子衆に注文しながらも、菊太郎の目は石灯籠のそばに坐るお薦の老婆に注がれていた。

天満宮の東門から出てきた人々が、老婆の姿に目を留め、ときどき小銭の施しを欠け丼鉢に入れていった。

「お武家さま、わしが拵えた塩昆布どす。お酒の肴《さかな》に一ついかがでございます」

三本の銚子を空にし、追加を頼んですぐ、初老の茶店の主が、新たな銚子とともに小皿にのせた塩昆布を持ってきてくれた。

「これはありがたい。酒に肴がなくては味気ないのでなあ」

床几の上で胡坐《あぐら》をかき、塩を舐《な》めながら酒を飲んでいた菊太郎は、居住まいを改め、主に礼をのべた。

「なにをもうされますやら。それもまた酒飲みには、乙なものでございまっしゃろ」

「ところで主どの、あそこの石灯籠の下に坐っている老婆は、いつもあの場所で物乞いをしているのか」

「いいえ、そうではございまへん。毎月の二十五日と人の出盛る時期だけ。あのお婆はどこに住んでいるのやら、人通りの絶えた夕暮れ時に、男が町駕籠で迎えにきます。それに乗せられ、戻っていきますわいな。噂どすけど、町中《まちなか》の立派なお屋敷に住んでいるそうどっせ」

「な、なにっ――」

菊太郎の声はどこか震えを帯びていた。

京の町のあちこちにひっそり坐っている物乞い。貧しげな老人や、身体の工合の悪い人たちの哀れな姿。それらの人々が何者かに巧《うま》く利用され、食い物にされているのではないかと、咄嗟に思ったからである。

立派な屋敷に住んでいるとの噂は、作為をもって流されたものに相違なかろう。

かれはいきなり奈落に突き落されたような気分だった。

## 二

茶店がまた賑やかになってきた。

主が拵えたという塩昆布を、菊太郎は箸で摘み、噛みしめながら酒を飲んでいたが、それは実に旨かった。

とろ火を用い、昆布を醤油や砂糖でじっくり柔らかく炊き、それを一旦乾かす。

かたわら、土佐の極上の鰹節を鉋箱《かんなばこ》で削り、擂鉢《すりばち》に入れて擂粉木《すりこぎ》で細かい粉末にする。それに赤穂の塩を加え、ねっとり乾き上がった昆布と混ぜ合わせるのである。

閑人《ひまじん》かよほどの凝り性や食通しか、拵えない塩昆布だった。

昆布は松前（北海道）産の極上品。これだけの品で松茸昆布を炊いたら、粘りが出てさぞかし旨かろうと考えながら、菊太郎はまた塩昆布を一切れ口に入れた。

東門の石灯籠に目をやっていると、先ほどお薦のお婆の許にきた男が、再度現れた。

心優しい善男善女が彼女に施していった小銭を、またかれがわずかな呼び銭を残し、浚《さら》えていったようだった。

菊太郎が老婆の欠け丼鉢に置いてきた一朱銀も、持ち去られているに相違なかった。

かれはゆっくり床几の上から胡坐の身体を動かし、足許の草履をさぐった。

「お武家さま、もうお勘定どすか――」

「いや、そうではない。あの石灯籠の許まで行き、すぐ戻ってまいる。わしの酒と肴はそのままにしておいてもらいたい」

かれは女子衆に頼み、再びお薦の老婆に向かって歩きはじめた。

東門前の混雑がいくらか減っていた。

老婆の許にくると、菊太郎はぐるっと辺りを見廻し、彼女の前に屈み込んだ。

「お婆どの、わしじゃ、先ほどの者じゃ。どうした理由《わけ》やら解しかねるが、わしが見たところ、善男善女から受けた施しを、二度も若い男に浚えられたようじゃな。ここに残された数文は見せ銭。これで人の施しを誘い込むつもりらしいのう。今度、わしはそなたに一朱銀を二枚施してくれる。一枚ぐらい懐に隠したらいかがじゃ」

「こ、これは先刻のお武家さま。そんなお恵みは止めていただけしまへんやろか。うちらはどれだけ施しを受けたかて、なんにもならしまへん。どうぞこのまま、見捨てておいてくんなはれ」

彼女は菊太郎に哀願するようにつぶやいた。

「さようなわけにはまいらぬ。わしにもちょっとした都合があってなあ。どれだけ施しを受けたとてどうにもならぬとは、異な言葉をきくものじゃ」

菊太郎は財布から一朱銀を二つ取り出し、欠け丼鉢の中にちゃらんと落した。

そして再び門前の茶店に悠然と戻ってきた。

茶店では主が案じ顔でかれを出迎えた。

「お武家さまはあのお薦の婆に、なにかご用がおありなんどすか。わしは関わらはらへんほうがええと思いますけどなあ」

「君子危うきに近寄らずともうすのじゃな。まあさしたるつもりはないが、あの老婆、昔わが家に仕えていた雑仕女《ぞうしめ》ではないかと思うのよ。それを確かめようとしているだけじゃ」

儒者髷を結んだかれの容貌や身形から、主は菊太郎を公家の部屋住みとでも、勝手に思っているようすだった。

菊太郎はまた床几に上がり込み、銚子を傾けはじめた。

北野天満宮の東門から大宮・姉小路の鯉屋までは、女の足でも急げば四半刻（三十分）ほどで行ける。そろそろ喜六か誰かが、茶店にきてくれるはずだった。

ここから石灯籠の下を見ていると、再々お薦姿の老婆に気付いた参詣者が、小銭を欠け丼鉢の中に入れ、通りすぎていった。

そのたび老婆は両手を合わせ、感謝の意を表していた。

菊太郎が何本目かの銚子を飲み干し、つぎを頼もうとしたとき、また先に見たならず者めいた若い男が、老婆に近づいた。

辺りに目を配り、素速く丼鉢に入れられた銭を浚えていった。

——あ奴、これで幾度目になるのじゃ。いよいよ訝しいわい。今度は二朱の銭を見て、いささか驚いた工合だわい。

男は老婆からなにかきき出したのか、首を廻し、菊太郎が坐る茶店にちらっと目をくれたからであった。

「菊太郎の若旦那さま、遅うなってすんまへん」

　このとき鯉屋の手代の喜六が、茶店に出入りする客を分け、菊太郎の前に現れた。

「おお喜六か。やっときてくれたのじゃな」

「あらましはお信さまからききました。それでわたしはなにをすればええのどっしゃろ」

　かれは息を弾ませたままたずねた。

「まあ、さよう意気込まなくてもよいわい。いっぱい酒を飲んで落ち着いてから、向こうに見えるお薦の老婆に、一朱銀を三枚施してきてもらいたい」

「あのお薦はんに三朱も恵まはるんどすか――」

「そなたに出せとはもうさぬわい。わしが身銭を切ってのものじゃ」

「そらわかってますけど、なにも三朱も施しをせんかて、よろしいのではございまへんか」

「一朱のつぎは二朱、さらにそなたは三朱。この数にはわしの心づもりが込められているのよ」

「どんな心づもりどす。きかせてくんなはれ」

「ならず者をこちらに釣り込もうと思うているのじゃ。あの老婆、不逞《ふてい》の輩に養われ、お薦として酷使されているようすなのよ。京の町のあちこちで物乞いをしている哀れなお人たち。もしかすれば、何者かに粗末な食い物と寝場所を与えられ、一まとめに養われているのやもしれぬと、わしは思うているのじゃ。世の中には年を取って身寄りもなく、働く場所とてない気の毒なお人たちも、多数いるのでなあ。この後、銕蔵《てつぞう》たち町奉行所の手の者にも手伝ってもらい、改めて探らねばならぬわい」

菊太郎は嘆息して喜六にいった。

「物乞いについてどしたら、江戸には車《くるま》善七はんというお人がいてはり、代々、お上のお許しを得て、物乞いのお人たちを上手にまとめてはるそうどすなあ。罪囚の取り扱いもしてはるときいてます」

「ああ、そうじゃ。江戸の車善七は代々が善七を襲名し、物乞いを束ねている。初代の善七は佐竹義宣《よしのぶ》の家臣で、車丹波守猛虎《たけとら》の弟だったそうじゃ。ところがなんの罪でかは存ぜぬが、兄の猛虎が将軍秀忠に殺されたため、城中で秀忠を討たんとして、捕われたというわい。秀忠はその弟を見て自分に仕えぬかと仰せられたらしいが、当人はそれを拒み、誅に伏せんことを願《ねご》うたそうじゃ。『環斎紀聞』や『昭代記』ともうす書物に、ひとたび君公を仇とす何の顔ありて二人に接せんやと書かれているときき及んでおる。そんな悶着の末、善七は物乞いの頭《かしら》に取り立てられたのじゃ」

菊太郎は喜六に銚子を向けながらつづけた。

「なんの商いにも頭がいてこそ、それなりに目が行き届き、みんなが穏やかにやっていかれる。この京には四座雑色《しざぞうしき》があり、ご禁裏さまのご用を果し、罪囚を取り扱ってはいるものの、物乞いまでには手が廻りかねているのが、実情のようだわい。老いたり、また不幸にも身寄りがなく、食住に窮する人々や幼い子どもには、お上が救いの手をのべねばならぬ。車善七の許に身を寄せた人々は、それなりに暮らしているともうす。その点、この京では怪しいものじゃわい」

「身体の工合の悪いお人や、身寄りのない老人、また両親に死なれた幼い子どもは、誰かのお恵みがなければ、生きていかれしまへん。人に施しを受けるのは辛いことかもしれまへんけど、恥じなならんことではございまへん。人間は互いに助け合うて生きていかなあかんもんどすさかい。昨日は人の身、今日は我が身という諺《ことわざ》もございますわいな」

「そうだともうすに、ならず者が人のお恵みを巧みに掠め取るとは不埒《ふらち》な所業。それがまことなら、天誅を下してやらねばならぬ」

「ほんまにそうどすわ」

いつもは少し軽々しい喜六も、義憤にかられて息まいた。

老婆のほうを見ると、なにも知らない通りがかりの老若男女が、さりげなく老婆の丼鉢に小銭を投げ入れているのが眺められた。

「されば喜六、そなたあの老婆に三朱の銭を施してきてくれ」

「菊太郎の若旦那さま、やっぱり三朱も恵まはるんどすか。お話によればお清ちゃんが一朱、若旦那さまが最初に一朱、つぎには二朱。合わせて四朱どすがな。そのうえわたしが三朱も入れたら、半両近くになりまっせ。そんなんしてええのどすか」

喜六は半ば呆れ顔をして再びたずねた。

「ああ、よいのじゃ。そういたしてくれ。わしは相手の出方をうかがっているのよ」

菊太郎の口調は喜六に否《いな》やとはいわせなかった。

かれは菊太郎から三朱の銭を受け取ると、渋々、石灯籠に向かっていった。

「どうじゃ。お婆どののようすは——」

「へえ、わたしが手をのばし、三朱の金を丼鉢の中にそっと入れましたところ、驚いた顔でこの銭、なにかの間違いではございまへんやろかとたずねはりましたわ」

「そうだろうな。夜鷹《よたか》に三朱の銭を払う奴はいようが、物乞いには珍しかろう」

喜六に菊太郎はあっさりいった。

その間にもかれの目は、人がまばらになった天満宮の東門に注がれていた。

石灯籠の下にいる老婆は、相変らず小銭を施して立ち去る人々に頭を下げ、両手を合わせていたが、どこか身辺を気にしているようすだった。

その結果がすぐにまた表れた。

前と同じ若いならず者が、どこからともなく老婆にすっと近づき、丼鉢に入れられている施しの金を摑み取っていったのである。

それでも物乞いの老婆は、身じろぎもしなかった。相手のこうした行為を、容認しているのは確実であった。

その代償として、老婆やこんな行いをさせられている人々になにがあるのだ。

菊太郎の脳裏に、京の町のあちこちの橋の袂《たもと》や町辻で、物乞いをする哀れな人たちの姿が、寒々しく浮び上がっていた。

いま頃、老婆から施しの銭を掠め取っていった男は、小銭の中に一朱銀が三枚も混じっているのに気付き、驚いているに相違なかった。

「だいたいのようすがわかってきたわい。いよいよこの辺りで、一応の決着を付けてくれるとするか」

菊太郎は、甘酒を飲みながら石灯籠のほうを見ている喜六につぶやき、草履の親指に力を込めて立ち上がった。

「決着を付けるいうて、どないにしはるんどす」

「お婆のそばをうろつくならず者は、わしがいるこの茶店をたびたび眺めている。つづけさまに一朱銀を二度、ついで二枚、さらにはそなたを通じて三枚も施した相手を、気にせぬはずがなかろう。今度はわしがまた物乞いの老婆の許に出かけ、四朱の銭を入れてきてつかわす。先方にすればなんのつもりだと、文句を付けにまいるに相違あるまい」

「半両を超えるそれほどの銭を施され、文句をいいにきまっしゃろか。甘い奴らもいるもんやと、せせら笑《わろ》うてるのと違いますか」

「いや、そうではなかろう。十一朱の銭を見て、これにはなにかの魂胆が秘められているとして、相手は必ず確かめにくるはずじゃ」

「自分たちのしま（権益）を荒す腹やないかと、疑ってどすか」

「ああ、その通りじゃ。わしは銭に物をいわせて相手を挑発し、ここに誘い出そうとしているのじゃ」

かれの声は決然としていた。

つぎに菊太郎は両肩をひねり、茶店から悠然と出かけていった。

行く先は物乞いの老婆の許に決っていた。

かれはまっ直ぐ彼女に近づいた。

そこでこれ見よがしに懐から財布を取り出し、一朱銀を四枚数えて摘み出し、ゆっくり老婆が膝許に置く丼鉢の中に入れた。

なにを恐れているのやら、老婆はこれに対して黙って目を閉じた。三度も目前に姿を現した菊太郎に、今度はなにもいわなかった。

かれの行為にはすぐ反応が表れた。

四枚の一朱銀を置いて菊太郎が背を向けるや否や、あの若い男をふくめ、三人のいかにもならず者めいた男たちが姿をのぞかせた。菊太郎の後ろ姿をきっと睨み付けたのである。

「あの侍、なんのつもりどっしゃろ」

「身形はきちんとしてますけど、どこかの用心棒どっしゃろか」

「どうせわしらと同じ碌《ろく》でなしに決ってるわいな。きちんとした身形は、女子を引っかける方便やろ」

かれらの雑言《ぞうごん》がはっきりきこえた。

「腰にだんびら（刀）を差してるけど、とても腕の立つ奴には思われへん。足腰の立たんほど叩きのめし、どこのどいつの差し金で、わしらのやってることを探ってるのか、吐かせてやろうやないか」

「それより、ひと思いに殺《や》ってしまったらどうなんや。そのほうが早う片が付くのとちゃうか――」

「それがええかもしれへんなあ」

ここで一旦、三人の会話が途切れ、頬の削《そ》げた中年の男が、いきなり菊太郎の前に廻り込んできた。

男にははっきり殺意が感じられた。

近くを歩いていた人々が、さっと輪になって広がった。

「おいさんぴん（三一《さんぴん》・侍）、てめえ誰の差し金で、わしらの稼ぎにいちゃもんを付けてるんや。一朱銀が二度、ついで二朱、三朱、それに四朱の銭を、物乞いをさせてるお婆にくれるのは、嫌がらせとしか思えへんわい。わしらに文句があるのやったら、いまここで受けて立ったるで」

かれはこういい放つや、懐からさっと短刀《どす》を抜き出して身構えた。

「ほう、早速、引っかかってきたか――」

菊太郎は男に笑いかけ、足を止めて後ろを眺めた。

ほかの仲間も短刀を抜き出している。

一人は長い樫《かし》の棒を持ち、大きく構えていた。

「わしらが引っかかってきたんじゃと――」

「そうだわさ。まんまとなあ」

茶店の葭簀から喜六が恐々顔をのぞかせているのが、菊太郎の目にちらっと映った。

「この野郎、生意気をいいよってからに――」

口汚い罵声が飛ばされ、樫の棒が激しく振り下ろされた。

菊太郎は身体を開き、それをむんずと摑んだ。一瞬の揉み合いで樫の棒を奪い取り、反対に相手をそれで叩き付け、鳩尾《みぞおち》に激しい突きをくれた。

「ぐむっ――」

男は奇妙な声を発し、その場に崩れ込んだ。

「しゃらくさい奴ちゃ。くたばりやがれ」

雑言とともに、つぎには後ろから刃が鋭く繰り出されてきたが、菊太郎がすっと足を出して引っかけると、相手はどっと前に倒れ込んでいった。

かれは間髪を入れずに、短刀を摑んだ若い男の右手を、ぎしっと強く踏みしめた。

手首の砕ける音が、めりめりと小さくひびいた。

「おまえ、死にたいのか――」

つづいて襲いかかってきた相手の目の前に、菊太郎の腰から素速く鞘走った刀が突き付けられた。

最後の男は、これでぎくっと立ち竦《すく》んだ。

「わしも刀を抜いたからには、これを只《ただ》で鞘に納めるわけにはまいらぬ。せめてこれくらいさせてもらうぞ」

菊太郎は刀を翻すと、相手に激しい峰打ちを食らわせた。

「ぎゃあっ――」

男はどっと路上に倒れ込んでいった。

石灯籠の下で坐り込んでいた老婆が、驚いた顔で立ち上がっている。

これらは一瞬の出来事。足を止めていた人々の間から感嘆の声がわき、菊太郎に右手を強く踏まれた若い男には、いま自分たちになにが起こったのかよくわからなかった。

「菊太郎の若旦那さま――」

葭簀の陰から喜六が飛び出してきた。

「さあ、急いでここから失《う》せるのじゃ」

かれは喜六の手を掴み、その場から立ち退きかけた。

「若旦那、どうしてあいつらをふん縛《じば》らはらへんのどす。その後、強く責《せ》め立てたら、なにもかも白状しますやろな」

「ばかをもうすな。いまそれをいたしたら、ならず者たちに養われ、物乞いをさせられている哀れなお人たちが、証拠湮滅《いんめつ》のためどこかで皆殺しにされかねぬわい。ここは酔狂な侍がなした乱暴として、奴らの目を誤魔化すのじゃ」

菊太郎は喜六に早口でいい、上七軒の混雑の中にまぎれ込んでいった。

どこかで老鶯《ろうおう》が囀《さえず》っていた。

## 三

「う、うっ、ち、畜生――」

菊太郎に右手を強く踏みにじられた若い男は、痛そうにうめき、両膝で起き上がると、左手で右手首をそっと持ち上げた。

「た、多吉、大丈夫か――」

峰打ちを食らわされた年嵩の男が、よろよろと立ち上がり、多吉にたずねかけた。

「だ、大丈夫やあらへん。右手の指がぐちゃぐちゃ、どうやら手首まで折れてる工合やわいな」

「そら、大変なことやないか」

「ああ、そやけど左手は無事やさかい、あとはなんとかなるわいさ。あの野郎は、どっかの公家に仕える公家侍。正体を突き止め、必ず仕返しをしたるさかいなあ。これだけは天地神明に誓ってのこっちゃ。最後に吠え面をかくのは、あいつのほうじゃ」

多吉はぐっと痛みを堪《こら》え、顔をしかめて息巻いた。

そのかたわらで、菊太郎に樫の棒を奪われ、鳩尾に突きを食らわされた男がやっと意識を取り戻し、きょろきょろ辺りを見廻していた。

「安蔵の兄貴、ど、どうもあらしまへんか」

「あの野郎、わしらが甘《あも》う見て打ちかかったら、ひどい目に遭わせてくれてからに。ほんまに腕っ節の強い青侍やったわい。それでもわしらの仕返しが恐《こわ》いのか、早々にどっかに逃げ失せたみたいやなあ」

安蔵は負け惜しみを強くいい、立ち上がった。

「そうかもしれまへんけど、あの侍には用心せななりまへんでえ」

「伝七、おまえは峰打ちを食らわされたらしいけど、なにを臆病風に吹かれてるんじゃ。多吉、おまえは右手をどうにかされたのかいな――」

「へえ、短刀で一突きにしてやろうと思いましたけど、足を引っかけられてぶっ倒れたところを、反対に草履でぎしぎしと踏み付けられてしまいました。右手の指も手首の骨も、ばらばらに折れたみたいどすわ」

多吉の右手には早くも腫れがきて、かれは痛みを堪えるために歯をぐっと噛みしめた。

「なんやと、右手をそれほどにされてるのかいな」

「兄貴、残念やけど、その通りやわさ」

「すばしっこいおまえの短刀の突きをかわすとは、よっぽどの奴ちゃなあ」

「安蔵の兄貴、わしが少々油断してたからどすわ。今度、あの野郎に出会《でお》うたら、どんな手を使うても借りを返させてもらいます」

多吉のひたいには、痛みを堪えるための汗が浮き出し、肩を喘がせていう言葉も、弱々しげだった。

「こらあ、おまえら、立ち止まってなにをじろじろ見ているんじゃ。わしらは見世物やないねんで。とっとと歩いていかんかい。どづか（撲ら）れたいのんか」

安蔵は足許から樫の棒を拾い、輪になり自分たちを眺めている人々を、狂暴な顔で一喝した。

一連の騒ぎを見物していた人々が、やっと動き出した。

「あのお侍さま、どこのお人なんどすやろ。見事な立ち回りどしたなあ」

「うちはどっかで見た覚えがおますのやけど、どうしても思い出せしまへん」

「あれだけの腕前、五摂家の近衛《このえ》さまか九条さま、それとも東西両本願寺さまに召し抱えられる御綱所《おつなどころ》のお侍はんと違いますか。ご門主さまの行列の警固に付く御綱所衆のお侍さまたちの中には、とんでもない腕利きのお人がいるとききますさかい」

「髷の形や身形からうかがい、きっとそうどすわ。この京に屋敷を構えている多くの大名家の侍、国侍では決してありまへん」

「国侍は勘定侍というて、大小の二つを腰に差してますけど、腕の立つ者はいてへんといいますさかいなあ。腰帯にそろばんを差し挟んでいたかて、羽織で見えしまへんやろ」

「商人と会うため、東山の料理屋に出かけるお留守居役は、供の侍に必ずそろばんを持たせてるとききましたわ」

「大坂詰めの国侍もそうやといいますえ」

これから北野天満宮へ参拝にいくらしい初老の男二人が、背後の物騒な気配を振り返って見ながら、東門の雑踏の中に消えていった。

京都には、尾張六十一万九千石・徳川大納言家など御三家をはじめ、七十余の大・小名家が屋敷を構えている。

ここに詰める国侍は、藩の石高と時代によって増減したものの、約八百人と考えられ、軽視できない数であった。

かれらの主な役目は外交と経済活動。有力公家や社寺と関係を保っておくことで、藩主の官位昇進に便宜を得るのと、自国領で生産される物産を、当時、日本一の文化を誇った手工業生産の町・京都で高値に売りさばくのが目的だった。

京都は王城の地として重層的文化を持ち、呉服、調度品などあらゆる物が、他国産の物品より質的に高かったのだ。

それらを藩主やその周辺の人々に供するため買い入れるのも、かれらの役目の一つだった。

こうした国侍のほか、幕府の出先機関として京都所司代・禁裏付・二条蔵奉行・京都入用取調役・京都町奉行・伏見奉行・二条城番・二条鉄砲奉行――などに仕える武士が、さらに千人ほど在京していた。

別に寺侍や公家侍がおり、また准門跡として扱われる東西両本願寺には、一般門跡寺院とは異なり、大名家と似た職制を持つ家臣団が、両寺で合わせて八百人近くいたのであった。

両本願寺は領地こそ全くないが、全国の信徒から金が集められ、実収入は十万石どころか、数十万石にもなるのではないかと評されていた。

それだけに御綱所衆と呼ばれる武士たちの中には、江戸幕府の御指南役・柳生《やぎゅう》流の免許皆伝者にも劣らない使い手が、何十人も何気ない顔で大人しくいるとささやかれていた。

東門の中に消えていった初老の二人は、それをいっていたのであった。

菊太郎が三人を素速く叩き伏せたとき、驚いて立ち上がった物乞いの老婆が、多吉の許に辛うじて寄り集まった安蔵と伝七たちに、じっと目を注いでいた。

「おいお婆、なにかいいたいのかいな。わしらがあの侍にひどい目に遭わされたのを見て、ざまをみやがれとよろこんでいるんやろ」

　安蔵が彼女を口汚く罵った。

「いんや、違います」

「そしたらそこにぼけっと立っててんと、多吉のために駕籠を呼んでこんかい。野郎に踏み潰された多吉の手を、早う医者に診《み》てもらわなあかんやろな」

「そうどすけど――」

「もう石灯籠の下に坐っておらんでもええわい。駕籠、駕籠を呼んでくるんじゃ」

　また安蔵が老婆に叫んだ。

「ほんまに気の利かんお婆じゃわい。どれだけ貰いが多ても、今夜の飯は食わさんかもしれへんで――」

「そんなむごいことをうちにいうてからに――」

「なにがむごいのじゃ。むごいのは多吉の怪我のほうやわ。わしらもあの野郎にやっ付けられ、身体が思うように動かへんのはわかってるやろ」

　今度は伝七が老婆に叫んだ。

「そ、そしたら近くで客待ちをしている町駕籠を、すぐ呼んできます」

「ああ、そうするこっちゃ」

「三挺《ちょう》でも四挺でもええのや。お婆も今日のところは店仕舞いにして、わしらと一緒に引き上げるんや。妙な野郎に出会うて縁起が悪いさかい、このあと稼ぎをつづけていたかて、ろくなことはないやろ」

安蔵の言葉にうながされ、老婆は長い白髪をなびかせ、天満宮の鳥居を目指して走った。

汚れた白髪頭をゆすり、南に向かう彼女の姿は、さながら山姥《やまんば》が走るのに似ていた。

いくらか人込みがまばらになったとはいえ、お詣りにきた男女や屋台で商いをする人々が、老婆の急ぐ異様な姿に息を呑み、眉を翳《かげ》らせて目で追った。

「あのお婆は、東門の石灯籠のそばに坐ってたお蔦はんと違うかいな」

「なんであないに急いでいるのやな」

「東門の脇で喧嘩があり、怪我人が出てるそうやからやろ」

「するとお蔦のお婆は、相手に怪我をさせたさかい、逃げてるのかいな」

「おまえ、阿呆《あほ》いうたらあかんがな。喧嘩をしてたのはならず者。あんなお婆が、ならず者に勝てるはずがないがな」

「怪我をしたのはならず者、その喧嘩相手は、儒者髷を結うた公家侍か寺侍やそうどすわ」

「ほなお蔦のお婆は、怪我人を運んでもらうため、北野はんの鳥居の前で客待ちをしている辻駕籠を、呼びに走ってるのやな」

「そうやとしても、なんやけったいやなあ」

「なにがけったいなんやな」

「お薦のお婆が、どうしてならず者のために、辻駕籠を呼びに行かなならんねん。そこが妙なんやわ」

「そんなん、わしにかてわからへん。おまえ、あのお薦はんを引き留め、たずねてみたらどうやねん」

「そんなことききけるかいな」

老婆の背後でこんな声がささやかれていた。

彼女が北野天満宮の大鳥居の前までくると、辻駕籠は一挺しか客待ちをしていなかった。

「お薦のお婆、どうしたんや」

駕籠舁《か》きの一人が彼女とは顔見知りとみえ、驚いたようすでたずねた。

「ほ、ほかに駕籠はいいしまへんか——」

「たったいま二挺が客を乗せ、行ってしまったところなんじゃ」

「駕籠いうてほかに何挺要るんやな。お婆が乗るだけなんとちゃうのか」

「いんや、わしも乗せてもらいますけど、ほんまに必要なのは三人。多吉はんに安蔵はん、それに伝七はんも一緒どす。そやさかい四挺要るわけどす」

「そら、どうしてやな」

「三人がお侍さまに喧嘩を仕掛け、こてんぱんに痛め付けられてしまわはったんどす。特に多吉はんは、右手に大怪我を負わはったさかい、急いでお医者さまの許に運ばななりまへん。手当てが遅れると、あの工合では右手が利かんようにならはりまっしゃろ」

老婆は息を切らしながらやっといった。

「なんと、多吉はんが大怪我やと。あの気の荒い多吉はんがかいな――」

駕籠舁きたちは、竹で拵《こしら》えられた息継ぎ棒の先に入れられた塩を、指先で拾って舐めていた。

一人がその手を止め、まじまじとお蔦の老婆を見て反問した。

駕籠舁きは息継ぎ棒を伊達《だて》に持っているわけではない。駕籠を担ぐ前後の者の調子を合わせるためだが、もう一つどうしてもといえるほどの必要からであった。

息継ぎ棒は、棒の名が付けられているだけで、必ず竹で出来ていた。

竹の上部一寸ほど下が、節目になるように切られ、そこに藁《わら》を堅く縛って作られた栓が嵌《は》め込まれている。短い竹筒の中には、塩が入れられていたのであった。

客を乗せて小駆けすれば、当然汗をかいた。

身体から汗として排出される塩分を補うため、かれらは息継ぎ棒の先の節の部分を利用し、そこに塩を携帯していたのである。

「そら、大変やがな――」

かれは藁栓を息継ぎ棒に戻した。

「そしたらわしらだけでも先に行ったらなあかんなあ」

先棒の駕籠舁きが、まだ塩を舐めている後棒にいった。

多吉は冬なら物乞い稼ぎをする老婆の近くの掛け茶屋に腰を下ろし、酒をちびちび飲んでいる。今日みたいに暖かい日には、屋台のそばに置かれた床几に上がり込み、老婆を見張りながら将棋を指したりしていた。

今日は天満宮の梅花祭のため、たまたま見廻りにきた安蔵と伝七が、かれの相手をして将棋を指していたのであった。

「おまえが見張りに付いているお婆、妙に次々とええお貰いをしているやないか」

「公家侍か寺侍かわかりまへんけど、青白い侍が、お婆になんやちょっかいを出しているみたいやわ」

「身形はともかく、もしかすると、親分の稼ぎ場を荒すつもりの奴かもしれへん。ちょっとあの男に、喧嘩でもふっかけてみいへんか」

こうした結果、多吉たち三人は、菊太郎に散々な目に遭わされたのであった。

「ほな、そうしよか——」

駕籠が担ぎ上げられ、お薦の老婆はその駕籠の後を、また天満宮の東門に向かって走った。

「駕籠はたったの一挺かいな。そんなら仕方がない。多吉だけを乗せ、わしらとお婆は駕籠に付いてよたよた走ったらええわ。途中で辻駕籠に出会うたら、お婆を乗せ、先に帰らせてやったらどうやな」

安蔵がいい、伝七がうなずいた。

右手の痛みを堪えて蹲《うずくま》る多吉を駕籠の中に運び入れ、駕籠が二つの肩で持ち上げられた。

天満宮の森から鳩の群れが、青い空に向かいわっと飛び立っていった。

# 四

その日から数日間、菊太郎は喜六を供に連れ、出歩いてばかりいた。

京都の町中、人が出盛る繁華な場所や縁日の営まれる社寺を、選んで歩き廻っていたのである。

北野天満宮の梅花祭で起こった一件は、いうまでもなく、異腹弟の東町奉行所・同心組頭の田村銕蔵にも伝えられていた。

「わしらはこれまでついうっかり、物乞いの姿を何気なく見すごしてまいった。だが一人一人を確かな目でうかがえば、どの物乞いのお婆やお爺のようすも、尋常とは思われぬ。哀れな姿はともかくとして、どこかに怯えが感じられてならぬのじゃ。今日、わしは四条小橋の近くに坐っているお爺の物乞いを、宵の口まで見張っていた。薄暗くなると、施しの銭が入った古びた金盥《かなだらい》を布で包み、身体に茣蓙《ござ》を巻き付け、たどたどしい足取りで西船頭町のほうに歩いていった。そこには駕籠が待っており、お爺は辺りをうかがい、ひょいとその駕籠に乗り込まれ、垂れをすぐ下ろしたのよ」

「それからどうしたのでございます」

下代の吉左衛門が公事宿鯉屋の主源十郎を差し置き、興味深そうにきいた。

「菊太郎の若旦那さまとわたしは、その駕籠を気付かれんようにそっと付けたんどすわ。そしたら駕籠は西船頭町から河原町通りに出て、そこをずっと上《かみ》に向こうていきました。木屋町(樵木《こりき》町)筋を選ばなんだのは、なるべく人目を避けたんどっしゃろ。人通りの多いところやったら、駕籠の垂れをひょいと誰かに上げられ、乗ってるお蔦はんの姿を、見られてしまうかもしれまへんさかい――」

喜六はここぞとばかり膝を進め、源十郎と吉左衛門にいった。

高瀬川に沿ったこの町筋が、木屋町と通り名を改めたのは、宝暦年間(一七五一―六四)頃であった。

江戸時代の町鑑類の『京雀』や『都すずめ案内者』などでは、樵木町とあるが、宝暦十二年に刊行された『京町鑑《かがみ》』には、はっきり木屋町通りと記されているからだ。

同書では「この町にもけいせい(傾城・遊女)屋の侍りしを、荒神町の傾城と同一に追立られしとにや、今は此町筋の上下は樵木柴炭材木をあきなふ」と書かれている。また五十年ほど前の『京羽二重《はぶたえ》』の「樵木町通」の「諸商家」の項には、生洲川魚・旅籠・樵木・炭・材木類・さはら木・かし座敷などと記され、東の先斗町遊廓と並行し、一部が遊興娯楽の場とすでに化していたことがわかる。

「それでどうしたんどす」

源十郎が喜六をうながした。

「若旦那とわたしがそっと跡を付けていくと、物乞いを乗せた駕籠は河原町をずっと上がっていき、押小路を越えて中町に入りました。法雲寺をすぎ、本誓寺の脇を通って、その裏手に廻り込んだんどす」

「喜六、本誓寺の裏手といえば、東はすぐ鴨川。北には五摂家はんの近衛さまや九条さまのお屋敷がある場所どすがな。お蔦はんを乗せた駕籠は、そんなところに入っていったんどすか」

「へえ、鴨川沿いのそこには、それほど大きくはございまへんけど、普請のええお屋敷が、上《あげ》土門《つちもん》を北に向けておりました。駕籠屋はそこでお蔦の爺さまを降ろし、駕籠賃も取らずに、さっさとまた町中に戻っていきよりました」

「それでお蔦の爺さまはどうしたんどす」

「その爺さまが上土門の潜り戸をこんこんと叩かはると、中から潜り戸が開けられ、爺さまはそこからもたもた屋敷の中に入っていかはりました。すぐに今日の稼ぎはどうやと、荒けない声がわたしたちの耳にきこえてきましたわ。あれは鬼みたいな声で、お蔦の爺さまはいつもより貰いが少なかったのか、相手にしきりに詫びてるようすどしたわいな」

「菊太郎の若旦那、そらどういうことどすやろ」

源十郎は喜六にではなく、菊太郎に迫った。

「そこでわしは屋敷内のようすをうかがうため、喜六を四つ這いにさせてその上に乗り、低い築地塀《ついじべい》からのぞいてみたのじゃ。すると先ほどの老人が、とぼとぼと大きな別棟の建物の中に消えていったのだが、その建物になにやら妙な気配を感じたわい」

「妙な気配とはなんどす」

追いかけるようにたずねられた。

「源十郎、建物の構えこそ違え、一口にもうせば六角牢屋敷に似た気配じゃ。六角牢屋敷は多くの咎人《とがにん》を収容しながら、いつもひっそり静まっておる。それと同じ雰囲気じゃわ。わしにはわけがわからぬがなあ。いっそ忍び込んでみるかとも考えたが、屋敷のようすがあまりにも知れぬゆえ、躊躇《ちゅうちょ》していた。そのときまた別の駕籠が、襤褸をまとった老婆を運んできたのよ。それからわしと喜六は近衛邸の藪《やぶ》にひそみ、屋敷を見張りつづけていたが、一人で歩いて戻るお爺の物乞いも、見覚えのある駕籠で運ばれてくる老婆もいたわい。わしの推察では、あの屋敷の別棟には、おそらく数十人の物乞いが一塊《ひとかたまり》に寝起きさせられているはず。まあ、あの屋敷に物乞いの年寄りたちを運んでくる駕籠は、地獄駕籠とでも呼ぶのがふさわしかろう」

菊太郎は苦々しい顔でつぶやいた。

「地獄駕籠――」

「ああ、そうじゃ。身寄りもなく働く場所もないお人たちに銭を稼がせようといたせば、物乞いしかあるまい。お上の政《まつりごと》は穴だらけで、そこまで目が行き届いておらぬのじゃ。寝場所と食物は保障してやる。わしの所に身を寄せ、物乞いをしてみぬかと声をかければ、当今、それにうなずく貧しい老人や身体の工合の悪いお人たちが、かなりいるであろうよ。善男善女が哀れんで施したつもりの銭は、すべて屋敷の主が取り上げてしまう。数十人の物乞いともなれば、一日の貰いは相当な額にのぼろう。これはいわば人食い、弱い者に困難を強いた荒稼ぎじゃ。世の中には甘い蜜だけを吸い取ろうとする卑劣な輩が、どこにもいるものじゃわい」

菊太郎が悲憤慷慨《こうがい》する声は、思いがけず低かった。

それはかれがどれだけそんな行為を憎んでいるかを、表す証左《しょうさ》でもあった。

「菊太郎の若旦那がそないにいわはるのどしたら、東町奉行所の銕蔵さまにもうし上げ、その屋敷に踏み込んでいただいたらいかがでございます」

源十郎が硬い顔付きで提案した。

「迂闊をもうすまいぞ源十郎。確かな証拠がなければ、町奉行所とて容易には動くまい。まず屋敷の主は何者か、ついで京の町中で物乞いをしているお人の数や住んでいる場所を、調べ上げることじゃ。そのうえであの屋敷が怪しいと判明したら、銕蔵たちに踏み込んでもらうといたそう。それでどうかな——」

かれは源十郎の腹中を見透かすような目で、その顔を眺めた。

「若旦那がいわはるのはご尤《もっと》もどす。そないにしはったらよろし。そやけど鯉屋は公事宿。奉公人の全部を、それに使うわけにはいかしまへんえ」

「それくらいわしにもわかっておる。わしはいまから銕蔵に会い、理由を語り、それらを調べてもらえまいかと頼んでまいる。本来、これは町奉行所が行うべき仕事なのでなあ」

「そらそうどすなあ。それにしても、数十人の年寄りが一塊にされて暮らしてるようすを考えると、身体中が鳥肌になってしまいます。風呂にも入れてもらえへん。着ているのは襤褸の重ね着。哀れなお年寄りたちは垢だらけになり、人の食い物になっているだけではのうて、蚤《のみ》や虱《しらみ》の食い物にもされてはるのどすさかい。それがほんまどしたら、人のやることではございまへん」

「その者の正体はいかに。それをあばいてやらねばならぬ。当人にどれだけの罰を与えても、十分すぎることはなかろう。さしずめ半年か一年、物乞いをさせ、そのうえで島流しに処するにかぎる。あの立派な屋敷はお上《かみ》が召し上げ、物乞いをさせられていた年寄りたちに、そこでのんびり暮らしていただくのじゃ。奴が溜《た》め込んだ銭は相当なもの。それを使ってなあ。まあ、お救い小屋というわけじゃ」

菊太郎は源十郎に捨て科白《ぜりふ》めいた言葉を残し、差し料を摑んで立ち上がった。

翌日から銕蔵配下の曲垣染九郎や岡田仁兵衛たちが、活発に動きはじめた。

それはすべて菊太郎の指図にもとづいていた。

「まずその屋敷の主を明らかにするのはいうまでもないが、肝心なのは、市中にどれだけの数の物乞いがいるかをつかむことじゃ。その物乞いたちのうちの何十人が、地獄屋敷の支配に組み込まれて稼がされているかを、調べるといたそう」

このため菊太郎は、喜六を寺町御池の本屋「竹苞楼《ちくほうろう》」に行かせ、精密に描かれた京都の町地図を六枚買ってこさせた。

それを銕蔵配下の四人に持たせ、市中をくまなく歩き、どこに物乞いが坐っているか、その場所に朱点を打たせた。

数日、これにかかり切りになり、つぎには怪しいと睨みを付けた物乞いの監視に当らせた。

「祇園社の石段下に坐っている物乞いが、陽が落ちてから人目を忍ぶようにして、仰せの屋敷に入っていきましてござる」

「八坂より清水寺に通じる坂道、即ち三年坂にいつも破れ莚をかぶって坐っている年は七十余りの老婆が、駕籠に乗せられ、かの屋敷に運ばれていきました。さらに高台寺門前からその三年坂に通じる二年坂にも、それらしき物乞いがおりまする」

小島左馬之介が、本陣として菊太郎がひかえる鯉屋に戻ってきて、一日の調べを告げた。

三年坂は『京町鑑』に、「さんねん坂。此坂大同三年に開けし故三年坂とぞ。又一説に泰産寺へ出る坂なるゆへ産寧坂といふ也。二説とも拠なしといへども申伝へたればここに載す。此坂を下り北へ行ば八坂・高台寺への道也」と記されている。

だが正徳元年（一七一一）刊の『山州名跡志』は、「これ等の説は信用しがたしと」あっさり否定している。

地名にまつわる伝説によれば、ここで転ぶと、三年のうちに死ぬと俗にいわれている。三年坂につづく二年坂とは上出来な地名だ。近年、この二年坂について大同二年（八〇七）に開けたためだと、〈京都もの〉の観光案内書に記されているが、これは牽強付会《けんきょうふかい》にすぎない。大同二年は平安京を定められた桓武天皇が没せられた翌年。清水寺と関わりの深い坂上田村麻呂は、五十歳で生存していた。清水寺の創建が、平安遷都前後の延暦年間（七八二―八〇六）だとし、清水坂は存在していたとしても、三年坂や二年坂はまだ開けていなかったと考えるべきだろう。

二年坂について『京都府地誌』は「元八坂社領ノ畑地、宝暦十年（一七六〇）、桝屋善兵衛ト云ヘル民、家屋敷トス」とのべている。『京都坊目誌』では「宝暦八年、桝屋善兵衛なる者、官の許可を得て之を開拓し屋地と為す」と記され、「洛中洛外絵図」では「八坂マスヤ町」、または「升屋町」などと書かれている。

これらから現在の二年坂は、元和年間（一六一五―二四）以前まで、八坂塔で知られる法観寺の境内地だったと考えられる。

同地の東南の地には、豊臣秀吉の正室ねねの甥木下長嘯子《ちょうしょうし》が住んでいた。

銕蔵配下の曲垣染九郎たちは、手分けして東山界隈にある社寺の近くや、祇園新地から木屋町筋、さらには町中の調べに当った。

それは嵐山から北の大徳寺界隈にも及んだ。

菊太郎が竹苞楼で喜六に求めさせた町地図には、点々と朱印が打たれ、四日後になると朱色で塗りつぶされたように見えてきた。

「京都の社寺や繁華な場所には、これほど多くの物乞いがいるのか。わしは驚いたわい」

「ざっと数えて百七十人余り。されどこのすべてが、毎日、物乞いに出ているわけではございますまい」

「銕蔵、それにしてもいささか数が多すぎると思わぬか。これだけの人々が、日々の食扶持を物乞いで賄《まかな》わねばならぬとはなあ。これは幕府の顔とももうせる京都所司代や、町役の怠慢じゃぞ。幕府が所司代や町奉行に命じ、なにがしかの施策を取れば、誇りを捨てた物乞いなど、せずともよくなるのではなかろうか」

「兄上どのが仰せられる通りでございます。われらが調べに当っているのを知り、いまの生業《なりわい》が禁止されるのではないかと、危ぶむ者もおりました」

「それについては、決してそうではないと、もうしきかせてきたであろうな」

「はい、穏やかにいい諭してまいりました」

「肝心なのは、これだけの数の物乞いの中で、どれだけの者が、あの地獄屋敷の鬼めに生き血を吸い取られているかじゃ」

「それは三十人余りと思われまする」

「ほう、三十人余りもどすか——」

二人の話をきいていた源十郎が、呆れた声でつぶやいた。

居間に同座していた吉左衛門や喜六も、その数の多さに驚いた顔であった。

「ところで錺蔵の若旦那、その屋敷の持ち主は何者でございます。もう調べられましたか」

再び源十郎が口を挟んできた。

「調べは今朝ほどついたのだが、妙なことに屋敷の主は女子。しかも京都で一番に数えられる駕籠屋の『夷屋《えびすや》』。そこのご隠居でございました」

「夷屋の隠居婆だと――」

今度は菊太郎が驚きの声を発した。

「菊太郎の若旦那さま、それならなんとなく辻褄が合いまへんか」

「そうだな喜六、この件では駕籠屋が大働きだからのう。それにしても、夷屋の隠居は金に窮しているわけでもなかろうし、いったいなにを考えているのじゃ」

駕籠屋の夷屋は、四条東洞院に大きな店を構えているほか、三条大橋のかたわらや祇園社の南門前などにも店を設けていた。客をすぐに拾える市中の要衝十数ヵ所に看板を出し、駕籠をひかえさせている。

江戸時代の駕籠屋は、その組織が現代のタクシー会社によく似ていた。

駕籠舁きたちの多くは、駕籠屋が所有する駕籠を用いて稼ぎ、当日の収入に応じて賃金を払ってもらっていたのである。

個人タクシーに似た自前の駕籠舁きもいた。

だがかれらは、危険に自分で対処せねばならぬため、やがては駕籠屋に身を寄せて雇われた。かれらは客の多い社寺の門前や町辻で客待ちをしており、空《から》駕籠の印として、駕籠の垂れを上げておいた。

遠くまで客を運び、自分が属する駕籠屋が夜が更けたため店を閉じている場合には、担いでいる空駕籠を、長屋に持ち帰っていたのである。

夷屋は六十挺ほどの駕籠を所有する大きな駕籠屋。当主は数年前に没したが、長左衛門という、相当なやり手だった。

だがそのかれの後ろには、お冬さまと駕籠舁きたちから恐れて呼ばれるお店《たな》さまがおり、夷屋は事実上、お店さまに牛耳られているのだと噂されていた。

お冬はときおり小女を従えて町に出かけ、自前の駕籠屋やほかの店に属する駕籠舁きを見ると、わざとその駕籠に乗った。腰掛け茶屋などで休み、かれらにあれこれ話しかけたりした。

かれらがつい生活苦やいま働いている駕籠屋の愚痴、また博打場に借金があることなどを話す。すると、うちはおまえさんたちも承知の夷屋の女房どすけど、博打の借金を肩代わりしてあげますさかい、うちの店にきはったらどうどすと誘い、駕籠舁きの数を増やすのであった。

そうして参拝者の多い社寺の門前に敷地を買い、夷屋を屈指の店に育てていったのだ。

当主の長左衛門が急逝したとき、彼女は六十六歳になっていた。

娘のお良は木屋町筋の川魚料理屋に嫁ぎ、店の跡を継いだのは息子の長太郎だった。

近衛家に近い鴨川沿いの屋敷は、長左衛門が在世中に買い求めたものだが、かれの没後、お冬はあっさり店から退き、そこで隠居生活をはじめたそうだった。

「夷屋のお冬さまといわはるお婆さまの話どしたら、同業者とやり合うほど度胸のあるお人だと、わたしもきいた覚えがありますわ」

吉左衛門が誰にともなくぽつんといった。

「夷屋の隠居婆か——」

また菊太郎が瞑目《めいもく》してつぶやいた。

そのとき、帳場で店番をしていた手代見習いの佐之助が居間にきて、お手先の曲垣さまがおいでてでございますと銕蔵に伝えた。

鯉屋では、そろそろ暖簾を取り入れる時刻になっていた。

「曲垣どのなら、ここにきてもらえばよいのじゃ」

菊太郎にいわれ、銕蔵は心得ましたと立ち上がった。

すぐ染九郎が客間に姿を現した。

「染九郎どの、なにか耳寄りな話があってのことじゃな」

菊太郎はかれの顔を一目見るなり、確信を持って問いかけた。

「いかにも、さようでございまする。物乞いを養い生き血を吸っているのは、夷屋の隠居に間違いないことが判明いたしました。早速、踏み込んでもよろしゅうございましょう」

かれはやや興奮気味に答えた。

「染九郎、どうしてそれがわかったのじゃ」

「はい、大人しく物乞いたちにたずね廻っていては埒が明かぬと、それがしは考えました。この者ならと目星を付けた老婆に馳走を食べさせ、こっそり金をつかませ、すべてをきき出したのでございます。あの屋敷の広い別棟は、回廊を除いて五十畳。元の持ち主が寺の本堂のつもりで普請した建物だそうでござる。そこで一塊にされて暮らしているのは、男女合わせて三十三人。畳は古畳の破れっぱなし。布団は敷き詰めたままで、綴《つづ》り合わせた大きな紙に、莚をかぶって寝ている者もいるそうでございます。冬には火事を起こさぬため火鉢などの暖もなく、常の食べ物は雑炊。五日に一度は米七分麦三分の飯を食わせてもらえるとかで、歯の欠けた年寄りには、特別に粥が与えられるのが、せめてもの幸いだともうしておりました」

「病んだ場合、薬はどうなのじゃ。それに善男善女から施された銭はどうされておる」

「薬は文句なく与えられますが、施しを受けた金は、すべて取り上げられているそうでございます」

「まあ、そうだろうなあ。たずねるまでもないか——」

菊太郎は苦笑を浮べた。

「それでもそこに住まわせられている物乞いの中には、食べて寝る場所があるだけありがたい。

施しをしてくれはるお人はいても、世間は冷たいさかいなあと、喜んでいる者もおりますそうな」

「そんなお人は、世間や身内からよっぽどひどい仕打ちをされてきはりましたんやろ」

源十郎が憮然《ぶぜん》とした顔を見せた。

「それでお冬のお婆は、いかが暮らしているのじゃ」

「気に入った夷屋の用心棒五人を屋敷に住み込ませ、物乞いの監視に当らせているほか、小女二人を使って暖衣飽食、気儘にすごしておりまする。夷屋の跡を継いだ長太郎が、母親の所業に、もしこれが世間に知れたらたちまち悪評が流れ、店は潰れてしまいますと、度々意見を加えておりまする。されどお冬は、うちはお救い小屋の真似をしてるだけどすがなと嘯《うそぶ》き、なかなかきき入れませぬそうな——」

「足腰の弱い物乞いには、迎えの駕籠を向かわせてのお救い小屋か。幕府の面目も丸潰れ。これはなかなか巧妙な商いじゃわい」

「兄上どの、お言葉がすぎましょうぞ」

「銕蔵、わしの言葉のどこがすぎる。夷屋の隠居がいたしていることは悪いに決っているが、身寄りがなく世間から見離されている年寄りや、身体の工合の悪いお人たちに、一面、救いの手を差しのべているのは事実じゃ。病んだ者に薬を与えているのは、稼ぎを当てにしたものとしても、褒められるべきじゃわい。されど己の暖衣飽食はよくない。その金で年寄りたちに温かい布団をきせ、風呂を十分に使わせてやればよいものをなあ」

　菊太郎にいわれ、銕蔵はぐっと口を噤んだ。

「お頭さまに菊太郎どの、これから人を集め、夷屋の隠居屋敷に踏み込んではいかがでございましょう」

「染九郎どの、ばかをもうされるな。踏み込むのは明朝。年寄りたちが物乞いに出かける直前がよかろう」

　かれの一言に組頭の銕蔵もうなずいた。

　翌日の払暁《ふつぎょう》、夷屋の隠居屋敷は、銕蔵配下の四人に助っ人の与力・同心、捕り方をふくめ総勢三十五人に取り囲まれ、一斉に踏み込まれた。

　菊太郎と銕蔵はまっ先に別棟に押し入った。

　厚戸を開けるや否や、異臭がつんと鼻を刺した。

　曲垣染九郎や岡田仁兵衛たちは、夷屋の隠居が住む母屋に雪崩《なだれ》込んでいった。

「きゃあ――」

「これはなんどす」

　先のは小女たちの叫び声。あとの嗄《しゃが》れ声は、隠居のお冬のもののようだった。

　住み込んでいるはずの多吉や安蔵など男たちの声がないのは、かれらは与力や同心たちの姿を見るなり、覚悟を決めたからだろう。

「この屋敷は捕り方によってすでに堅く取り囲まれておる。逃げても無駄じゃぞ」

仁兵衛の声が弾《はじ》けていた。

「そのままそのまま。母屋のほうで何が起こっていようが、そなたたちは寝ていたらよいのじゃ。そなたたちを召し捕りにきたのではございませぬわい」

菊太郎は驚いて破れ布団から半身を起こしかけた老婆を、優しい声でなだめ、また横にならせた。

身体を寄せ合って寝ていた年寄りたちが、不安そうな顔付きで菊太郎と銕蔵を眺め、外から届いてくる物音にきき入っていた。

「今日は物乞いに出かけなくてもよいのじゃ。すぐ飯を焚き、温かい味噌汁でも飲んでいただこう。なにか食べたい物があらば、遠慮なくもうし出るがよい。風呂を焚いてとらせるゆえ、順番に入ってくれい。また畳と布団を新しい物に取り替えさせてつかわす。まずはそれをするため、ご一同さまはしばらく母屋に移っていただかねばなりませぬな。銕蔵、同心や捕り方たちを呼び寄せ、これを早速、行わせるのじゃ」

「兄上どの、さように即断されても困りまする」

「ではこれだけの数のお年寄りや身体の工合の悪いお人たちを、どうするともうすのじゃ。このお人たちには、このまま屋敷をきれいに片付けて住んでいただく。そのために隠居のお冬から召し上げた銭を使う。その銭はもともとこのお年寄りたちが物乞いをして稼いだもの。使《つこ》うても文句はあるまい。本日の処置については、わしが後ほど町奉行に談判し、すべて了解を取り付けるつもりじゃ。誰にも否やをいわせぬぞよ。お上が弱いお年寄りたちになにをいたしたのじゃ。世の中になにがしか役立ってきたこのお人たちに安心して暮らしてもらうため、わしはなんでもするわい。そなた早く四条東洞院の夷屋に使いを走らせ、ここの手伝いに人をよこせともうしてまいれ」

菊太郎は広い別棟の悲惨な光景を目の当りにし、激怒していた。

かれの言葉は一つひとつが尤もだった。

「うちらのことをあれこれ考えてくれてはるあのお人は、どなたさまやろ」

こうささやく老婆たちの中に、北野天満宮の東門の脇で物乞いをしていたお徳の顔があった。

「さあ、さっさと歩くのじゃ——」

外から、お冬や見張りのならず者たちを町奉行所に引っ立てていく叱咤の声がきこえた。

夷屋の隠居お冬の糺《ただし》（審理）は、菊太郎の言葉通り、十日とかからなかった。

裁許（判決）は間もなく下された。

隠居屋敷は闕所《けっしょ》（没収）、お冬には立ち番を付けたうえ、二十日間の物乞いが命じられた。

これはお上の手落ちがあって起こった事件。お冬に遠島をもうし付けるのは年を考えると不憫。彼女の行為は欲にかられたものだが、一面、そうばかりでもないというのが、結論として裁許に斟酌《しんしゃく》されたのである。

　夷屋にはなんのお咎めもなく、お冬が物乞いの刑をすませたら、温かく迎えて大人しく暮らさせるようにともうし渡された。

「三条大橋の袂に坐っているお蔦はんが、今度の事件の犯人、夷屋のご隠居さまじゃそうな。けどああしているお顔を見ると、お多福さまみたいに福々しいやないか。身寄りのない年寄りに物乞いをさせ、ひどい暮らしをさせていたお人とは思われしまへん」

「人は見かけによらんというさかいなあ」

「それにしても、今度は大岡裁きみたいな粋《いき》なお裁きやったと思わへんか」

「なんでも、とんでもないお人が指図しはったというわいな」

「とんでもないお人とは誰やな」

「そんなん、わしが知るはずがないやろ」

　遠くから眺め、こうささやいている人々の目に、お冬の前に十歳ぐらいの少女を従え、屈み込む儒者髷姿の侍が見られた。

　お清を連れた菊太郎だった。

「夷屋のご隠居さまよ。そなたにはわしが誰かわかるまい。今夜は夷屋に戻って寝るのか」

「いやお侍さま、そうではございまへん。うちは町番屋の地べたに莚を敷き、寝させてもろうてます。ここで物乞いをしてて、うちはしてはならぬことをしていたのやと、いまつくづく後悔してますねん」

彼女は福々しい笑みをたたえて答えた。

「そなたの心根に感じ、これは多いが、一朱銀を特別につかわそう」

「どなたさまか存じませぬが、ありがとうございます」

彼女は丁重に背を折って礼をのべた。

鴨川の河原から、わあっと子どもたちの歓声がひびいてきた。

# 商売の神さま

# 一

桜の蕾《つぼみ》が目立ってふくらんでいる。

今年の冬は比較的暖かかったが、それでも冬は冬。梅の季節がすぎると、町の人々の表情には、厳しい寒さから逃れたせいか、ほっとした気配がうかがわれた。

「日毎に楽になってきましたなあ」

「寒いのは身体にも悪く、冬は陽も短こうて鬱陶しゅうおすわ。炭や薪やと、なにかにつけて物要りでもおますさかい——」

禁裏御所に近い大倉町に、扇問屋「菊屋」が大きな構えを置いている。

その前を初老の二人が、弾んだ声で話しながら通りすぎていった。

菊屋は烏丸《からすま》通りに面しており、二軒北は丸太町通り。店の斜め北の堺町御門内には、閑院宮《かんいんのみや》家《け》や摂家、九条左大臣家などの豪壮な屋敷の甍《いらか》が、春の陽射しに光って見えていた。

扇問屋だけに、菊屋には絶えず客や職人たちが出入りし、広い土間も帳場も大忙しであった。

帳場の横、畳敷きの広間では、扇職人が運び込んできた扇の出来工合を、手代や小僧たちがそれぞれ念入りに改め、選《え》り分けている。

広い土間では、諸国の注文先に送り出すため、一本ずつ箱詰めにされた扇を、小僧たちが数えながら木箱に入れ、菰包《こもづつ》みにしていた。

「もっとしっかり縄をかけとかなあきまへんえ――」

新入りの小僧に手代の弥之助が声をかけ、自ら縄をかけ直してみせていた。

「こう縛《しば》ったら、簡単には解けしまへんやろ」

「へえ、ようわかりました」

弥之助から直《じか》に教えられた小僧は、硬い表情でうなずいた。

扇はいうまでもなく竹と紙で作られている。

一見、単純な品だが、これを仕上げるまでには多くの工程が必要とされた。

扇骨削り、要《かなめ》開けなどのほか、多量の依頼ともなれば、扇絵師と絵柄の相談もしなければならない。扇紙の手配と裁断、貼り合わせや扇骨の差し込みなどざっと八つほどの分業で出来上がるのであった。

菊屋の主《あるじ》は松兵衛といい、若い頃は小さな扇屋に奉公する普通のお店者《たなもの》だった。やがて独立して扇の担ぎ売りからはじめ、六十をすぎたいまでは、京都で屈指の扇問屋に成り上がっていた。

当初、かれは各藩が京都に構える京屋敷に目を付けた。

扇は武家にとって大小の差し料と同じく、必須の携帯品。また贈答品としても多く用いられていた。

それゆえ、かれはまず勤番侍に取り入ったのである。

「お国許でご子息さまがご元服とは、おめでたいことでございます。祝着《しゅうちゃく》でございました」

「松兵衛、そなたはさようよろこんでくれるが、わしらごとき微禄の武士は複雑な思いじゃ。息子が元服いたすからともうし、祝いのため江戸より更に遠い藩家に戻れはせぬのでなあ。わしの任期が明け、国許に帰ってからにいたせばよいものを。舅《しゅうと》どのが口煩《くちうるさ》くうながされ、十三歳で元服させるのじゃ。わしは入り聟《むこ》、舅どのの思うままにいたさねばならぬのよ」

元服は貴族や武家の男子が成人したしるしとして、衣服を改め、髪を結い変えて冠をかぶる儀式をいう。

普通、十二から十六歳までに行われ、元服加冠といわれていた。

「祝いの場への出席など、どうでもよろしゅうおすがな。そうどしたら、わたくしが一役買わせていただきまひょ。元服親やご親戚の方々、関係者のお人たちにお贈りする扇子を、全部、わたくしに用意させておくれやす。いいえ、お代金なんか要りまへん」

松兵衛は胸を叩いて引き受けた。

かれは日常、出入りする京藩邸の武士たちが用いる扇を、ただ同然の値段でととのえてやるほか、誰に対しても贈り物を欠かさなかった。

「このたび藩家では、お世継ぎさまの誕生祝いが行われる。ついては上士の方々に、引出物として扇を下されるとのお話じゃ。その扇、松兵衛の奴に納めさせてはどうであろう」

武蔵川越藩・京都留守居役の一声でこれが決ったのが、松兵衛の開運のはじまりであった。

それから松兵衛は紆余《うよ》曲折、ようやく一軒の店を構え、月日を経るごとに、その規模を拡大した。

いまでは禁裏御所に近い大倉町に、大店《おおだな》を構えるまでになったのである。

菊屋はいまや総番頭を筆頭に番頭二人、手代四人、手代見習い五人、小僧八人がいる大世帯に育っていた。

家族は妻のお国に跡取り息子の幸兵衛と娘お美津の三人。お国は糟糠《そうこう》の妻だけに、なにかと松兵衛には口喧《くちやかま》しかった。

最初の店を構えたとき、桶屋をしていた彼女の実家から、金を出してもらっていたからだった。

「うちの旦那さまは物堅いお人。同業者の付き合いで、川魚料理屋ぐらいには行かはりますけど、茶屋遊びなんか決してしはらしまへん。お店《たな》さま（女主人）の目が恐いからどっしゃろけど、ほかに旦那さまの気をそそるものがあるからどす」

「菊屋の大旦那さまの、それはなんどす。きかせとくれやすか――」

「書画骨董《こっとう》品を集めはることどす。女子《おなご》はんのおいど（尻）より、古い壺を撫でてはるほうが、ええといわはるほどの骨董好きなんどすわ」

手代の弥之助が、同業者の手代と酒をともにしたとき、漏らしていた。

骨董とは種々雑多な古道具。希少価値や美術的価値を有する古道具をいい、要するに古美術品の総称であった。

「へえっ、菊屋の大旦那さまは骨董好き。同業者やほかの商人《あきんど》たちから、商売の神さまといわれてはるほど実利を重んじはるお人が、それは意外どすなあ。この京都で裕福な暮らしのお人たちは、茶湯《ちゃのゆ》道具ぐらい集めて楽しんではります。けど菊屋の大旦那さまがそうとは、まるで知りまへんどした。女子はんのおいどより古い壺を撫でてはるほうがええとは、並みのお好きではありまへんなあ」

「へえ、ほんまにお好き。商売のほうは若旦那の幸兵衛さまに半分お委《まか》せになり、始終、市中の茶道具屋や古道具屋へお出かけどす。なにか目ぼしい物はないかと、お探しになってるのが、唯一の道楽なんやそうどす。母屋のそばに小さな別棟をお建てになり、暇があると、そこでご自分が集めた骨董品を取り出し、楽しんではります」

「それほどの骨董好きなんどすか」

「お店さまは、花街の芸者や芸妓にうつつを抜かすより、まあましやというてはります。仁清《にんせい》や乾山《けんざん》はもとより茶道具の名品、光悦さまや宗達さまの書画、古い物では白鳳仏やら天平仏。天子さまのご宸翰《しんかん》から下々の良寛さまの書や、美濃の陶工が拵《こしら》えたやき物まで、ない物はありまへんやろ」

「そうすると、古筆《こひつ》家さまとは比べられんにしても、相当な目利きというわけどすな」

「さあ、そこのところはわたしみたいな者にはわからしまへん。けどそれに近いといえるのではありまへんやろか」

弥之助はここで言葉を曖昧《あいまい》に濁した。

古筆は古人の筆跡をいうが、古筆家とは人の姓氏、古筆鑑定の専門家であった。

初代は了佐《りょうさ》といい、本名は平沢弥四郎、近江の人だった。連歌と茶道に長じて近衛前久《このえさきひさ》などに書画の鑑定を学び、関白秀次から「古筆」の姓と〈琴山〉の金印をもらい、それを極印《きわめいん》に用いていた。

徳川幕府は同家を寺社奉行の許に置き、古筆の真偽を鑑定することに従事させた。

この古筆家から優れた鑑定家たちが輩出され、神田道僖、朝倉茂入、藤本了因、時代が下ると、川勝宗久、井狩源右衛門、大倉了恵、小林了可などが現れ、絵画、器物にも鑑定書を出していた。

かれら古筆家に関わる人々は、専門的研究は行わなかったものの、いわば美術史研究の嚆矢《こうし》といえる存在であった。

刀剣の鑑定には本阿弥家が当った。

だが歴代の中には金が必要になると、しかるべき無銘の古刀に、「正宗」とか「吉光」など高名な刀鍛冶作との鑑定書を乱発し、顰蹙《ひんしゅく》を買った者もいた。

いくら骨董好きとはいえ、さすがに菊屋松兵衛は、武士の表道具といえる刀剣にまでは手を出さなかった。買い求めているのは、専《もっぱ》ら茶道具となる陶磁器や書画の類《たぐい》に限られていた。

だがそれが佳《よ》い物かどうか、妻のお国やほかの誰にもわからない。一代で大店を築き上げた松兵衛の買い物だけに、この茶入は二十両だったといわれれば、それだけの価値があるのだろうと、なんとなく納得していた。

「あんな口のひん曲がった織部《おりべ》茶碗が、三十両もしたんやて——」

「お母はん、あれは沓形《くつがた》茶碗いうて、ああした形の物どすわ。織部とは利休七哲のお一人で、古田織部というお武家さま。そのお人の指導で作られたやき物を、織部と呼ぶんどす。三十両ぐらいの金、お父はんがなににお使いやしても、ええやおまへんか。女子はんに入れ揚げてたら、後にはなにも残らんどころか、どんな厄介が舞い込むかもしれまへん。そやのに高価な茶道具が残るんどすさかい、あんまり苦《にが》い顔をせんときなはれ。なあ、そうどっしゃろ」

平明に育った若旦那の幸兵衛は、近頃、なにかと苦い顔をする母親のお国をなだめていた。

「そやけどおまえ、あの人はこの間、千利休さまが削らはったという茶杓《ちゃしゃく》を、五十両も出して茶道具屋の『柊屋《ひいらぎや》』から買《こ》うてきはったんどすえ。柊屋の旦那がお父はんの供をして、それを届けにきはりました。そのとき、お父はんは夷《えびっ》さまみたいな顔になって、ええ出物があったらまた回しておくんなはれと、頼んではりましたわ。いくら利休さまが拵《こしら》えはったというても、茶杓一本が五十両。お抹茶みたいなもの、竹篦《たけべら》でもなんででも掬《すく》えまっしゃろ」

「お母はん、それをいうたら身も蓋《ふた》もありまへんがな。千利休さまの拵えはった茶杓を用い、楽《らく》茶碗かなんかでお茶を点《た》てる。水指《みずさし》は乾山、床には一休和尚さまの一行物でもかけてたら、お父はんは幸せなんどっしゃろ。それでええのと違いますか」

「おまえはそういいますけど、この頃、お父はんの道楽は目に余りまっせ。茶道具屋の柊屋との付き合いも、指折り数えると、十七、八年にもなります。柊屋が持ってくる物どしたら、お父はんは値切りもせんと、ほくほく顔で買うてはります。うちにはそれがええ物かどうか判断はできしまへん。そやけど値段をきいて物を見せてもろうたら、値段に見合うかどうかぐらいわかりますわ。お父はんが気前よう道具を買わはるもんどすさかい、柊屋はそれに付け込み、法外な値をふっかけているのと違いますやろか」

「お母はんがそないに疑ってはるとは、難儀どすなあ。そやけど考えてみれば、その見方にも一理あるかもしれまへん。なにしろわたしらには、扇の善《よ》し悪《あ》しはともかく、茶道具や骨董品の値打ちなんか、さっぱりわからしまへんさかい——」

「幸兵衛、そうどっしゃろ。柊屋は薄汚い茶碗を金襴《きんらん》で拵えた仕覆《しふく》に入れ、ありがたそうに持ってきます。これは太閤秀吉さまが使うてはった飯茶碗でございますと、桐箱《きりばこ》から取り出して見せますわなあ。そやけどそんな物、ほんまかどうか、うちらにはわかりようがありまへんがな」

「そら、その茶碗を使うてはったお人にしかわからしまへんやろ。古筆家さまの誰に鑑《み》てもろうたかて同じ理屈。仮に古筆家のご当主さまが、本物やと鑑定した極状《きわめじょう》が添えられていたかて、その鑑定書だけが本物で、茶碗は偽物かもしれまへんわなあ」

「おまえにもそれくらいの道理はわかってますのやな」

「そら、当然どすわ」

「うちはお父はんが道楽でお使いやすお金を、決して惜しいとは思うていいしまへん。けど仮にお父はんが、茶道具屋の柊屋におだてられて騙《だま》され、偽物や高い物ばかりを買いつづけさせられてるのどしたら、黙って引っ込んでられしまへんわ。幸兵衛、そこのところを一遍、なんとか確かめなあかんのと違いますやろか。ともかくもう十七、八年どすさかい――」

お国は自分の疑惑を発展させ、話を一気にそこまで持っていった。

「お母はんがそないに案じてはるんどしたら、それは改めてみななりまへんわなあ」

「お父はんが柊屋から買わはった茶道具を、二つか三つこっそり持ち出し、どこぞの茶道具屋に見てもろうたら、どうどっしゃろ。そしたら本物なのか偽物なのか、また値打ちのほども知れまっしゃろ」

「そやけど、そうまで疑わなあきまへんか――」

「うちもそんなんしとうありまへん。けどこの頃、お父はんの買いっ振《ぷ》りには、なんや危ないものを感じてなりまへんのや。少し惚《ぼ》けてきはったのやないかと、思うほどどすえ。きのうも桐箱に入れられた二本の箸を、大切そうに抱えてきて、これは後醍醐《ごだいご》天皇さまがお使いになってはった黒柿の箸やというて、ありがたげに見入ってはりました」

「そ、そんな代物をどすか――」

幸兵衛は呆れた表情で母親の顔を見つめた。

後醍醐天皇は鎌倉末期、南北朝時代の天皇。後宇多《ごうだ》天皇の第二皇子。天皇親政を志して北条氏を滅ぼし、建武親政を果された。だがほどなく足利尊氏に離反され、吉野に入って南朝を樹立し、これによって南北朝時代が出現した。

黒柿はカキノキ科の常緑高木。台湾やフィリピンに自生し、材の芯部は黒色。緻密《ちみつ》で黒檀《こくたん》と同様に高級家具の材料とされ、銘木といわれている。

「幸兵衛、そうどすえ――」

「後醍醐天皇さまがお使いになってた黒柿の箸が本物としても、黄金製ならともかく、たかが木箸。それだけのもんどすがな。口上ぐらい、なんとでも述べ立てられまっしゃろ。いかさまめいたそんな物を、摑《つか》まされてよろこんではるとは、お父はんはもうとんでもない道楽に陥《おちい》らはったとしかいいようがありまへんなあ。それなら、女道楽のほうがよっぽどましどすわ」

「これ幸兵衛、女道楽のほうがましとは、なんちゅうことをいうのどす。少しはお母はんの身にもなってくんなはれ。骨董道楽のうえに女道楽がはじまったら、菊屋の商売や身代は滅茶苦茶になりますえ。おまえはこの店の跡取り、二代目なんどすさかい――」

お国は興奮気味に幸兵衛を叱り付けた。

「お母はん、落ち着いてくんなはれ。ちょっと口を滑らせただけどすがな。お母はんの気持ぐらい、わたしにもようわかってます。骨董道楽は別として、あの物堅いお父はんに、女道楽ができるはずがおまへんやろ」

「おまえがそういうてくれ、うちは安心しました。お父はんも年どすさかい、今更、女道楽でもありまへんわなあ。骨董道楽はあるいはお父はんの生き甲斐《がい》かもしれまへん。そやけど、もしかしたら偽物を摑まされ、嬉々としてはるとも考えられます。そこをやっぱり一度、しっかり確かめななりまへんわ。なにが後醍醐天皇さまがお使いになっていた箸どすな。大概にしておいてもらわなななりまへん」

「そら、そうどす。そしたらお母はん、機会を見てお父はんに、膝詰め談判をしはったらどないどす」

幸兵衛は母親のお国に勧めた。

「うちがどすか――」

「へえ、そうどすがな――」

「おまえ、それはうちやのうて、おまえがするのが筋どっしゃろ。おまえはこの菊屋の二代目を継がななならんお人なんどすさかい。おまえがお父はんに意見をせな、どないなります。この秋には、紙問屋『竹田屋』のお糸はんと、祝言《しゅうげん》を挙げる身どっしゃろ。いつまでもお母はんに、もたれていてもろたら困ります。お父はんはいまでこそ骨董に目を眩《くら》ませてはりますけど、扇屋奉公から独り立ちしたあと、鮮やかな商いぶりを発揮してきはりましたえ。紙や竹の目利きで、名も無い町絵師を上手に探して育て、立派な扇絵を描かせてきはりました。同業のお人たちから、商売の神さまやと評判されていたほどのお人どす。お母はんとしては、おまえにもそうなってほしおすわ」

お店さまのお国は厳しい表情でいった。

「わたしとお父はんを同列に並べ、そない文句を付けんでも、よろしゅうおすやろな。祝言は祝言。この件とは別どす。お母はんがお父はんに意見をするのが嫌どしたら、わたしがなんとかいたします」

幸兵衛はいくらか気弱そうな顔になり、それでも母親に声を強めて反発した。

「お店さま――」

そのとき、居間の外から声がかけられた。

手代の弥之助であった。

「弥之助、なんどす――」

「へえ、二条富小路の柊屋はんの旦那さまが、珍しい物が手に入ったさかい、旦那さまにお目にかかりたいときてはりますけど、いかがいたしまひょ」

かれは主の松兵衛とお店さまのお国とが、近頃、骨董をめぐってぎくしゃくしているのを、なんとなく察していたのである。

「旦那さまは風邪を引いて臥《ふ》せってはるといい、引き取っておもらいやす」

彼女は強い声でいい放った。

「ではそのようにさせていただきます」

弥之助は二人に辞儀をして表に去っていった。

庭から老鶯の囀《さえず》りがきこえてきた。

## 二

「二条富小路の柊屋か——」

公事宿「鯉屋」の主源十郎が、店の表で客を見送り、苦笑いをして帳場にもどってきた。

かれの顔を仰ぎ、田村菊太郎がつぶやいた。

「二条富小路の柊屋ではございまへん。大倉町の扇問屋の菊屋はん、そこの若旦那の幸兵衛はんどすわ。菊屋は菊太郎の若旦那と同じ菊の字。その因縁もありますさかい、この一件は若旦那に片付けていただきとうおすなあ」

「わしはかまわぬが、菊屋の若旦那は、自分で親父の松兵衛に意見をくわえたともうしていた。されどそれでも埒《らち》が明かず、人の伝《つて》でこの鯉屋に相談をかけてくるとは、なんとも情けない青《あお》瓢簞《びょうたん》じゃなあ。いくら商売の神さまと、同業者たちから呼ばれていた親父とはもうせ、それぐらいのこと、家内《いえうち》で解決できよう。贋物《がんぶつ》を摑まされているのではないか。また茶道具屋の柊屋におだてられての骨董道楽。それも有頂天になっているのではないかと危ぶむのなら、自分で大旦那の親父を、怒鳴り付けて押さえ込むぐらいの度胸があってもよさそうなものじゃ。わしはそう思うのだが――」

かれは首を左右にひねっていった。

「一応、苦情はいうたもんの、その効果がないさかい、鯉屋へ相談を持ち込んできはりましたのやがな」

「ああ、そうだろうな。それにしても後醍醐天皇がお使い召された箸が、一揃いで二十両とはあきれ果てる。尤《もっと》も天皇《みかど》自らの書き付けでもあれば別じゃが、そんな物のあろうはずがないでなあ」

菊太郎も苦笑いをして呆れ顔だった。

先程までかれと源十郎は、扇問屋菊屋の若旦那・幸兵衛から、客間で相談を受けていたのであった。

「親父の骨董道楽は、菊屋が大倉町に店を構え、その繁盛がゆるぎないものになって以来。彼《かれ》此《これ》十七、八年になりまっしゃろか。それまで骨董品などには目も向けなんだのに、どうしたことやらと、わたくしの母親も訝《いぶか》しんでおりました」

「いきなり骨董道楽に陥ったのじゃな」

「へえ、そんなようすでございます」

大店の若旦那らしく絹物を着た幸兵衛は、菊太郎の質問にすんなり答えた。

「最初の買い物はなんどした」

「千利休さまがお使いになっていたという高麗《こうらい》茶碗と、利休さまお手造りの竹花入だったそうでございます」

「佳い物なら高値だとてやむを得ぬが、もしそれが贋物となると、えらく高くつく道楽じゃわなあ。それから矢継ぎ早とは、いかにも不審じゃ。別棟を普請し、そこに骨董品ばかりを蔵しているとは、並みの執心とは思えぬわい。だがな幸兵衛どの、趣味や道楽とは、もともとそのようなものじゃぞ。中国の『書経』ともうす経典に、玩物喪志《がんぶつそうし》と記されておる」

「玩物喪志どすか。それはどないな意味どす」

「無用の物を愛玩し、大切な志を失ってしまうことじゃ。だがそなたの親父どのはそれに陥り、商いを疎《おろそ》かにされているわけではあるまい」

「そらそうどすけど、あんまりその程度がすぎてますさかい、こうして相談に寄せさせてもろたのでございます」

「菊屋の若旦那はん、人には誰にでも好みというか、趣味いうもんがありますわなあ。謡《うたい》とか碁や将棋の類もそうどすわ。盆栽に大金をかけているお人もいてはりまっせ」

「わたくしにもそれくらいわかってます。けど謡や碁や将棋には、それほど金がかからしまへん。金を惜しんでいうわけではございまへんけど、親父の骨董好きはいささか目に余ります。あるいは茶道具屋や骨董屋に騙されているのではないかと、心配でなりまへん」

「それで親父どのが贔屓《ひいき》にされている店は、何軒あるのじゃ」

菊太郎が肝心な点をただした。

「一番贔屓にしているのは、二条富小路の茶道具屋の柊屋。ほかに三軒ほどございますけど、金が嵩《かさ》むのは、やはり柊屋でございます」

「柊屋とは、諸大名の京都留守居役たちも贔屓にしている有名な茶道具屋ではないのか――」

「へえ、そうきいております」

「さような店が、贋物を買わせているとは思われぬがなあ」

「菊太郎の若旦那さま、頭から決め付けてかかってはあきまへんやろ。諸大名の留守居役たちが贔屓にしているいうのが、店の信用。それを利用し、目の利かへん客に贋物を摑ませる場合も、考えられますさかい」

源十郎は菊太郎を諭すようにいった。

菊太郎は鯉屋の居候《いそうろう》で相談役だと、菊屋の幸兵衛には紹介されていた。

「考えてみれば、骨董好きの客に贋物を摑ませる事件は、古くから数多くあるわなあ。幸兵衛どのはそれを案じられているのじゃな」

「はい、それが一番心配でございます。後醍醐天皇さまの使うてはった箸などとは、とんでもない。偽物に決ってますさかい」

「まあ、そうだろうなあ。さように考えると、菊屋の大旦那は、柊屋には葱《ねぎ》を背負った鴨になるわけか。されど、商売の神さまとまでいわれてきたそなたの親父どのが、いくら骨董好きとはもうせ、むざむざ茶道具屋ごときに、長年にわたって騙されるだろうか——」

菊太郎の一言で、源十郎も幸兵衛も黙り込んでしまった。

贋物に関わる事件はときどき発生していた。

古いところでは明暦元年（一六五五）十二月、所司代板倉周防守《すおうのかみ》が、計八人の人物を磔刑《たっけい》に処した事件が、いまも語り草になっている。

これは中国・南宋の臨済五世北澗《ほっかん》の墨跡を偽造し、それに大徳寺玉周和尚の「似せ状」まで巧妙に作り、売りさばいた事件だった。

京都市民の趣味的生活は多岐におよんでいたが、中でも骨董品はいずれも高価なため、事件はあとを絶たなかった。

延宝《えんぽう》三年（一六七五）三月には、禁裏御所の御殿医として高名な野間三竹の鷹峰屋敷の土蔵が破られ、多くの美術品が盗まれた。

こうした骨董・美術品の盗難は金になるだけに、いつの時代でも頻発し、被害に遭う主だつところは寺社であった。

金目の什器《じゅうき》が多いからである。

「それは別にしても、もし盗品でも買わされていたら、大事《おおごと》どすなあ。盗品と知らずに買うた道具屋も罰せられますけど、それを買わされてた客も、無事ではすみまへん。町奉行所の調べが入り、お店は大騒動になりまっしゃろ」

　源十郎が起こりうる心配をふと口にした。

　これをきいた幸兵衛の顔が、急に青ざめてきた。

「菊屋の若旦那、どないしはったんどす」

　源十郎がかれにたずねかけた。

「へえ、わたくしどもの別棟には、大小の屛風や掛け軸、壺や茶碗が、それは仰山納められてます。もしその中から、盗まれた物が発見でもされたら、店の信用はがた落ち。そないな事態をふと考え、急に恐ろしゅうなったんどす。もしかするとわたくしの母親は、口には出さへんもんの、それを恐れているのかもしれまへん」

「盗品と知らないで買っても、次第によっては連坐者として町預けか即刻籠舎《ろうしゃ》入り。さらに悪くすると、お店はお取り潰し。一家ともども山城《やましろ》国中追放となりかねぬからのう」

「菊太郎の若旦那さまとやら、そないにわたくしを脅《おど》さんといておくれやす」

「わしは好んで脅しているわけではないぞよ。そうならねばよいがと思うたまでじゃ。考えられる道筋じゃでなあ」

「菊屋の若旦那、数が多ければ多いだけ、そんな危険が増す理屈どす。骨董好きは恋の病《やまい》みたいなもので、おそらく死ぬまで治らしまへんやろ。大旦那も骨董好きが昂《こう》じ、変な欲を出し、危ない品物を買うたりしてはらなんだら、よろしゅうおすけどなあ。そこのところを、どないに思うておられます」

「鯉屋の旦那さままで、わたくしを脅さはるんどすか。そんなん、わたくしにはまるでわからしまへん。骨董品を仕舞い込んだ別棟には、親父さまのほか誰一人として、入ったことがありまへんさかい――」

菊屋の幸兵衛は悲鳴に似た声で答えた。

「されば尚更《なおさら》、心配じゃ。少々高価でも、親父どのが筋の通った明らかな品物を、買うておられればよいがのう」

菊太郎が大袈裟《おおげさ》に溜息をついていった。

「わたくしの親父は、日常の暮らしには吝嗇《りんしょく》どす。けど好きな骨董品にかぎっては、値切ったりなんかしてへんはずどす。もし値切って買うたりしたら、ええ品物を回してもらえへんどころか、次には相手はその分だけ高い値付けをしてくると、いつもいうてますさかい――」

「そのあげくが、後醍醐天皇の黒柿の御箸というわけか。いまそなたの話をきいただけで、親父どのは明らかに茶道具屋の柊屋に付け込まれておると、わしには思えるわい。別棟一つが骨董品でいっぱいとは、呆れ果てる。おそらくろくな物を買うてはおられまい。目利きに披露いたしたら、がらくたばかりともうすかもしれぬぞ」

菊太郎は苦笑して筒茶碗に手をのばした。

「わたくしはそれでもええと思うてます」

「親父どのが十七、八年かかって買い集めた物が、がらくたばかりでもよいともうすのじゃな」

「はい、さようでございます。親父が悪い夢を見ていたのやと考えたら、何千両もの金も決して惜しいとは思わしまへん。悪い夢から覚めてくれたら、それで納得できます。それにつけても、事実をはっきりさせななりまへん」

「若旦那はえらく諦《あきら》めのええお人なんどすなあ。もしわたしどしたら、茶道具屋の柊屋やほかの骨董屋を、ただではおかしまへん。たとえそれが千両でも二千両でも、全部買い戻させてやりますわいな」

源十郎は、高台寺の南・二年坂に隠居している父親宗琳（武市）の顔を、思い出して力《りき》んだ。

宗琳の骨董好きも、相当なものだったからである。

「これ源十郎、客が贋物であってもよいともうされているのじゃ。今更、ことを荒立てる必要もあるまい」

「菊太郎の若旦那は、そないにあっさりいわはります。けど十七、八年もかかって集めた骨董品が、がらくたばっかりやったと知らはったら、菊屋の大旦那もがっかりされまっせ。それをきいて、ぶっ倒れはるかもわかりまへん」

かれは憤りをまじえていった。

「源十郎、そなたが立腹したとてはじまらぬだろうが。悪い夢にいたせ、長年、甘い夢を見ていたと思えば、諦めが付くはずじゃ。だいたい後醍醐天皇がお使い召された黒柿の箸なるものを、二十両も出して買うているところに、事実は象徴されておる。当の箸を見ないでも、すぐ贋物とわかるわい。菊屋ではこの話をきき、誰も不審を覚えなんだのか——」

　菊太郎が幸兵衛を叱るようにただした。

「そら、わたくしかて不審に思うてました。それでも親父がうれしそうにしている姿を見ていると、阿呆《あほ》らしいと思いながらも、まあええかと黙認してきたんどす」

「そなたはよほどの孝行息子か、大ばか者、それとも金に無頓着な奴なのじゃなあ。箸が一揃いで二十両。二十両とは大金じゃぞ。それで贋物とわかっても惜しくはないのか——」

「そら惜しいとは思いますけど、親父のよろこびには代えられしまへん」

「まあ二人とも、力んで議論してんと、ここは冷静に考えなあかんのと違いますか——」

「源十郎、これに火を付けたのはそなたではないのか。この際におよび、わしの言葉を遮《さえぎ》るとはもっての外《ほか》じゃぞ」

「ともかくお二人とも、少し落ち着いておくれやす。こんなばかみたいな相談を持ち込んできたわたくしが、重々、悪うございました」

「今更詫びたとて、かように珍奇な話をきいたかぎり、わしらはもはや引っ込まぬぞよ。扇問屋の菊屋に災いがおよばぬよう、計らわねばならぬのじゃ。相談料は十分にもうし受けてとらせる」

菊太郎は胸を張り、幸兵衛にいいきかせた。

「こんな話を引き受けておくれやして、おおきに。ご相談料のほどは、弾ませていただきますさかい、どうぞお願いいいたします」

幸兵衛は菊太郎と源十郎に両手をついて頼んだ。

「ついては源十郎、なにを調べるにも、菊屋の大旦那が柊屋から買いつづけてきた品物を、まず改めることじゃな。それを二、三個、親父どのに内密に、わしらに見せてもらえまいか。それにはそなたがその物の値段をきいている品が、よいのじゃが――」

「はい、それなら心当りがございます。いずれも柊屋で買うた品物。真贋を確かめ、値段に見合うてるかを改めはるんどすな」

「書画や骨董品は誰でも好むものではない。いかなる名品といえども、好まぬ者には一文の値打ちもなかろう。だがそれが何両何十両にもなるとわかると、にわかに欲を出して得たがる類のもの。玩物には人それぞれの好みがあり、自分がほしいとなれば、他人が興味を示さぬ品でも、なんとしてでも手に入れようと思うのよ。茶道具屋や古道具屋は、客のそこの心理と懐《ふところ》工合、つまり足許を見透かし、自在に値を付けるのじゃ。しかしながら、およそ玩物にも相場があってなあ。法外な値段を吹っかけられておれば、すぐにでも判明いたす。さしずめ後醍醐天皇の箸など、見るまでもなくそれだといえよう」

菊太郎の言葉を、幸兵衛は一つひとつうなずいてきいていた。

「菊屋の若旦那はん、この菊太郎さまの親父さまは、いまはご隠居どすけど、昔は京都東町奉行所の同心組頭を務めてはりました。ご先祖さまが好んで集めてきはった画幅を、仰山お持ちのうえ、ご自分も円山応挙や与謝蕪村、伊藤若冲《じゃくちゅう》、曾我蕭白《しょうはく》などといった当代のお人たちの画幅を、買い求めてきはりました。それだけに、菊太郎の若旦那さまもそこそこ目利きができるんどす。それで相場にも通じてはりますのや。そやさかい、まあ安心して委せておいておくれやす」

「値段の不明なものには、それを明らかにしてくれる知己もいる。東町奉行所に仕えている腹違いの弟・銕蔵を引っ張り出せば、それはなお容易であろう」

「弟さまが東町奉行所に――」

「親父さまの跡を継いで同心組頭に就いてはりますのや」

「それは心強いことでございますなあ」

「そんなことより、わしが当初から気にしているのは、仲間内で商売の神さまとまでいわれているそなたの親父どのが、いくら職種が違うとはもうせ、茶道具屋ごときの口舌《こうぜつ》に、長年にわたり、なにゆえ惑わされているかという点じゃ。おそらく頭の切れる親父どのに、さようなことがあるのだろうか。そこがなんとも不審でならぬわい」

菊太郎は自問自答するような口調でつぶやいた。

つい先程まで、そんなやり取りが客間でつづけられていたのであった。

## 三

「ごめんやす――」

数日後、扇問屋菊屋の若旦那・幸兵衛が、胸に大きな包みを抱え、鯉屋にやってきた。

「菊太郎の若旦那さま、菊屋の若旦那はんが荷物を持って、なんや急いできはりましたえ。旦那さまは東町奉行所に、佐之助を連れてお出かけで留守。下代《げだい》の吉左衛門はんでは埒《らち》が明かしまへん。お店さまが若旦那さまに、朝寝坊してんと早う起きてもらい、お相手をお願いしなはれと仰せどす」

手代の喜六が、菊太郎の居間の障子戸を恐る恐る開け、布団の中で本を読んでいる菊太郎に、媚《こび》をふくんだ声をかけた。

「いま何刻《なんどき》じゃ」

「へえ、そろそろ四つ（午前十時）になりまっしゃろか」

「使いも寄こさず、朝からやってくるとは、扇問屋の幸兵衛は、よほど心を急かせているとみえる。それで東町奉行所に、誰か源十郎を迎えにやったのだろうな」

菊太郎は読んでいた本を伏せ、寝床から片肘《かたひじ》をついて起き上がりながらたずねた。

「へえ、吉左衛門はんが行ってくるといわはり、正太を供にしてお出かけになりました」

「それは手廻しのよいことじゃ」

「正太もよろこんで付いていきよりましたわ」

東西両町奉行所には、「詰番部屋」が設けられている。公事宿の主や下代、手代たちが役日を決め、順番にそこに詰めていた。

だがかれらは暇があると、ご用のためだと称し、たびたび出入りしていた。

公事に役立つ情報を、少しでも多く仕入れる目的からだった。また、出入物（民事訴訟事件）や吟味物（刑事訴訟事件）を扱う同心や吟味役たちの用を果し、誼《よしみ》を通じておくためでもあった。

「正太の奴が、なぜよろこんで吉左衛門に付いてまいったのじゃ」

「もちろん、詰番部屋が目当てではございまへん。おそらく東町奉行所の用人さまが出入りしはるお屋敷口を、のぞきにいきよりましたんやろ。そんなん、滅多に見られるものやなく、正太の奴もまだ子どももどすなあ」

「ああ、あれを見てみたいというのじゃな」

「へえ、そうどす。見てどうなるものでもありまへんけどなあ」

「それはそうだが、正太には興味があるのであろう。されば鯉屋での奉公を辞め、いっそ正太が草履取りになればよいのじゃ」

東町奉行所には用人が四人いた。

奉行所の庶務、会計などに当り、奉行についで重い役職とされていた。

その用人頭の神谷太郎右衛門《かみやたろうえもん》が、特技をそなえる草履取りを雇ったとの噂は、菊太郎も銕蔵からきいたことがあった。

どんな特技かといえば、外に出かける主の足許に、遠くから草履をさっと投げ、その草履が望ましい場所にきちんと揃うというのである。

草履取りが主に草履を投げるのは、乱暴に扱っているように思われる。だがそうではなく、当時は近付くのが恐れ多いとの意味からであった。

主が熨斗目麻裃《のしめあさがみしも》姿で出てくる。

玄関の式台にその姿が現れると、玄関脇にひかえていた草履取りが、二間余り離れた場所から草履を投げる。

草履取りはこの行為がうまくいくように、常に訓練を重ねていた。

これは常雇いの草履取りより、日雇いの者のほうがだいたい上手であった。

用人・神谷太郎右衛門に雇われた草履取りは、二間余り離れた場所から草履を投げても実に正確。まるで手で並べたように、左右の二つをぴたりと揃えるのだときいていた。

「正太の奴が生け垣に隠れてのぞいていたとて、ご用人さまは日に何度も外に出かけられぬ。さような場面、そうそう見られるはずがなかろう」

「そうどすけど、もし見られたら幸いやというて、勇んでいきよりましたわ」

「そんなものを見て喜んでいるより、いっそ自分で練習をしてそうなるほうが、わしは早いと思うのじゃが――」

「鯉屋の丁稚が、店にきはったお客はんに遠くから草履を投げ、きちんと揃えられたら、そら評判になりますわなあ。正太はそうなるつもりでいてますのやろか」

「正太の腹の内など、わしの知るところではないわい。喜六、自分が直接たずねてみたらどうじゃ」

「それも方法どすけど、あの正太、なかなか頑固な奴で、おそらく正直には打ち明けしまへんやろ。それより扇問屋の幸兵衛はん、どないにさせていただきまひょ」

喜六は身体を乗り出し、菊太郎にきいた。

「どうせすでに客間へ通しているのであろうが。わしがお相手をいたすともうし、お待ちいただいてくれ。源十郎もおっつけ戻ってくるであろう」

「ではそのように伝え、待っていただきます。そやけど若旦那、だらしのない恰好をせんと、きちんとしてきておくれやっしゃ」

「そなたにまで、さような注文を付けられては、わしももう終りじゃな」

菊太郎は両手をのばして大きな欠伸《あくび》をもらし、嘆かわしげに愚痴った。

「わたしはそんなつもりでいうたのではございまへん。菊太郎の若旦那さまのご品位にも関わりますさかい、ちょっと注意させてもろうただけどす」

「わしには品位もなにもないわい。見ての通り、朝寝はする、ときには朝酒も飲むだらしのない男じゃ」

「そんなんいうてたら、お父上の次右衛門さまや、義理の母上さまが嘆かれまっせ。鋏蔵さまはもう諦めてはりますやろけどなあ」

「親父どのは石頭。それにくらべ、鋏蔵の奴はさすがに東町奉行所同心組頭として、いくらか世情にも通じてきたとみえ、以前より苦情が少なくなったわい」

かれは寝床からゆるりと立ち上がり、衣桁《いこう》に近づいた。

そこには、「美濃屋」のお信が夜遅くまでかかって仕立ててくれた春物の袷《あわせ》がかかっていた。

博多帯をきりっと締め、菊太郎はぽんと腹の辺りを平手で叩いた。

台所の土間に下り、まず口を漱《そそ》ぎ、顔を洗った。

濡れを拭き取った手拭いを、女子衆《おなごし》のお与根に渡し、待ち構えていた喜六に先導され、客間に急いだ。

「お待たせいたし、もうしわけござらぬ」

「いいえ、とんでもない。お伺いもいたさず、突然、お訪ねしたわたくしこそ失礼をいたしております」

菊屋の幸兵衛が、坐布団から退いて両手をついたとき、店の表がちょっとざわめいた。

主の源十郎が東町奉行所の詰番部屋から、戻ってきたのであった。

「親父さまの留守の間に別棟に忍び入り、お指図通り、こっそり骨董品を持ち出してきました。

そやさかい、日時をあらかじめお約束できなかったのでございます」

幸兵衛は菊太郎に詫びるように告げた。

「それくらいわしらとて察していたわい」

「それでは持参いたしました品、ご覧くださいますか」

「ああ、見せていただこう。まず坐布団を当ててくれ。どうやら源十郎も出先から戻ってきたようじゃ」

菊太郎がいい終えぬうちに、客間の障子戸が開けられ、源十郎が現れた。

「これは鯉屋の旦那さま、お邪魔をいたしております」

幸兵衛は源十郎にも丁重に挨拶した。

「菊屋の若旦那はんも、気苦労なことどすなあ。大店の跡取りともなれば、なにからなにまで大変でございまっしゃろ。福者二代なしとか、長者二代なしとかいいますさかい。裕福な家を二代つづけるのはむずかしいうえ、そもそも親父さまの骨董好きで身代を潰されたら、二代目としては立つ瀬がありまへんわなあ」

源十郎は風呂敷包みを解きかけている幸兵衛を、慰《なぐさ》めるようにいった。

「あちこちの二代目は、初代の親父さまに負けまいとして、頑張って商いをしてはります。けどわたくしはそうではございまへん。親父さまが築かはった身代どすさかい、それを親父さまがどのように潰そうと勝手やと思うてます。そやけど、店の奉公人の身になったら、そうもいうてられしまへん。小さくてもええさかい、暖簾《のれん》分けをしてやりたいと思うている手代も、何人かいてます。それが親父さまの骨董好きで、ふいになってしもうたら、長年、奉公してきた者がかわいそうどすさかい」

「それはよい心掛けどすなあ」

菊太郎は喜六が運んできた湯気の立つ筒茶碗に口を付けていた。

源十郎は相槌《あいづち》をうち、かれの手許を眺めた。

菊屋幸兵衛が最初に取り出したのは、小ぶりの桐箱。鹿の皮で拵えられた紐が付けられ、表に「伊賀　伽藍香合《がらんこうごう》」と記されていた。

香合は香料を入れる蓋つきの容器。漆塗りや蒔絵《まきえ》を施した品、堆朱《ついしゅ》、陶器製のものもある。茶席で用いられる茶道具の一つだった。

「ほう、伊賀の伽藍香合か。伊賀らしく荒々しい趣《おもむき》。青翠色《せいすいいろ》の灰釉《かいゆう》が上蓋にかかり、なかなかの秀品じゃ。伽藍香合は伊賀の名物。あたかも古寺の伽藍石を思わせる風情があるゆえ、かように名付けられているのじゃ」

菊太郎は桐箱の中から布に包まれたそれを摘み出し、つくづくと眺めてつぶやいた。

香合は小さな四角形。心得がなければ、焼けたただの土の塊《かたまり》にも見えかねなかった。

「この伽藍香合の値段、そなたは存じているのか」

「はい、確か六十両ときいております」

「六十両なあ。佳い伽藍香合には相違ないが、それはあまりにも高いぞよ。さしずめ五、六両。買いようによれば、二分ぐらいで求められよう。尤も茶道具は伝世を尊ぶゆえ、織田信長や千利休など、著名な人物が所持していたとなれば別じゃ。されどそれらしき書き付けもなく、それが大枚六十両とはなあ。いかにも法外な代価じゃわい」

菊太郎は呆れ顔でいった。

「次はなんどす。若旦那はん、見せておくれやす」

「はい、これでございます」

幸兵衛がついで桐箱の中から取り出したのは、古仏の手だけであった。

古蒼《こそう》を帯びた桐箱の蓋には、金泥で「白鳳時代　薬師如来御手」との文字が読めた。

「この薬師如来の手は優麗、見るからに優れたものじゃ。されど奈良の飛鳥《あすか》か斑鳩《いかるが》の古寺にでもまいれば、いまならただ同然で手に入れられよう。まあ、強いてもうせば、かような物の美しさは金には代え難い。親父どのの道楽は、それなりに筋が通っているとはいえるのだがのう。それで値段はいくらであった」

「はい、百両ほどだったと記憶いたしております」

「木端《こっぱ》に似た白鳳仏の手が百両だと。骨董好きもここにいたると、もはや正気の沙汰ではないなあ。いくら美しくとも、それはあんまりじゃ」

「この木端が百両、わたしどしたら一朱でも要りまへんわ」

「鰯《いわし》の頭も信心からともうすであろうが。鰯の頭のようなつまらぬ品でも、信心する者にはひどくありがたいものなのじゃ。骨董好きもそれに似ている。しかしながら、骨董といえども流行廃《はやりすた》りがあり、それで相場が決まるともうす。およそ数寄者《すきしゃ》には、ものの値段の道理のわからぬお人が多いわい」

「鰯の頭も信心からどすか。確かにそういいますわなあ。それにしても、こんな物が家の中にごろごろしてたらたまりまへん。しかも店の敷地に建てた別棟の中に、ぎっしり詰まってるんどっしゃろ。そんな光景を想像すると、なんや背筋がぞっとしてきますがな。一つひとつどれだけ金を出して買うたかを、そろばんで合計したら、貸家が何十軒も建つ金額どっしゃろ」

源十郎は眉をひそめてつぶやいた。

「はい、わたくしもそれを考えると、目の眩《くら》む思いになります」

「大店の菊屋は、貸家や長屋ぐらい所持しているだろうな」

それをきいたのは菊太郎だった。

「お恥かしい話どすけど、そうしたものはわずか。事情を知らんお人には、菊屋は貸家も長屋も建てんと、金ばっかり溜めてるといわれてます。そのうち、どこぞのお城でも買う気でいてるのやろかと、ひどい噂も立てられてますわ」

「この京で扇問屋の菊屋というたら、誰でも知ってるお店どすさかい、そういわれたかて不思議ではありまへん。その金がすべて茶道具や骨董品を買うのに使われていると人がきいたら、仰天しますやろ。しかもえらく高い値段で買うてはるのどすさかい。どないにもなりまへん」

「素人のわたくしが考えてもそうどすさかい。それでやっと覚悟をつけ、こうして相談に寄せてもろうたのでございます」

幸兵衛の顔は、借金取りに追いかけられる人物のように、切なく緊張していた。

「その気持、わしにもわからぬではない。親父どのは大々名ではあるまいしのう。もうしては悪いが、分不相応な骨董狂いをしておられるわい。これを止《や》めさせるのは、跡取り息子として当然の務め。われらとて相談の乗り甲斐があるというものじゃ」

「菊太郎の若旦那、菊屋の大旦那は、いったいどれだけの金を、茶道具や骨董品を買うのに注ぎ込んだんどっしゃろ」

「うむ、いまはっきりとはわからぬが、おそらく何千両どころではなく、何万両にも達しているのではあるまいか」

「何万両どすか。どえらい道楽どすなあ。それだけあったら、一生豪勢に遊んで暮らしていけまっせ」

「わしはさような暮らしに興味はないが、世の中にはそう願う輩《やから》も多かろう。ところで、そこにある最後の箱はなんじゃ」

菊太郎は後に残された一つを目で指した。

「はい、これが後醍醐天皇さまのお使い召されたという黒柿の御箸でございます」

幸兵衛が両手で持ち上げた古びた桐箱も、やはり鹿皮の紐で結ばれていた。

「はてさて、これが後醍醐天皇の御箸か。されば遠慮なく拝見させていただくぞよ」

幸兵衛の手からその箱を受け取ると、菊太郎は慎重に畳の上に置き、蓋を開けた。

厚布に二列、細く美しい組紐《くみひも》が縫い付けられ、そこに黒柿の箸が動かぬように差し通されていた。

後醍醐天皇は熱烈な天皇親政論者。「朕《ちん》ノ新儀ハ、未来ノ先例タルヘシ」と発言され、天皇の覇気《はき》と自負は、絶対的権威として一時期は世に示された。

だが諸国の武士から猛烈な反発を招き、天皇の建武親政は、北条時行が信州において反旗を翻して頓挫《とんざ》してしまう。これにつれ、足利尊氏が反建武政府の立場を明確にした。

天皇は二度まで難を避けて比叡山・延暦寺へ行幸され、さらに光明天皇に神器を渡し、吉野に潜行して南朝を樹立された。しかし北朝の暦応《りゃくおう》二年（一三三九）八月、朝敵討滅・京都奪還を遺言して病没された。

黒柿の箸には、第百四十一代天台座主道円の極書が添えられていた。

「この道円ともうされるお人は、足利氏の花の御所が落成した年に、天台座主に就かれておる。北朝でもうせば永徳元年（一三八一）、南朝では弘和元年。あるいは後醍醐天皇が行幸された比叡山・延暦寺の厨《くりや》に残されていた箸に、座主が極書をしたためたものかもしれぬ。されど天台座主ともあろう人物が、かような極めをいたす道理がない。黒柿の箸も天台座主の極書も、ともに真っ赤な偽物だと断じてもよかろう。そなたの親父どのは、後醍醐天皇の御箸というのと、天台座主道円の名に惑わされ、その由緒を尊ぶあまり、ついこれを買うてしまったのだろうよ。この二本の箸、立派な品ではあるが、なににも転用できぬ役立たずじゃ。へし折って竈《かまど》に焼《く》べたとて、さして長くは燃えつづけまい。要するに笑止としかいいようのない買い物じゃ」

「それがほんまどしたら、銭を溝《どぶ》に捨てたようなもんどすがな——」

源十郎がじっと二本の箸に見入り、ついで菊太郎の顔を仰いでつぶやいた。

菊屋の幸兵衛は、がっくり肩を落してきいていた。

「されど幸兵衛どの、落胆するにはおよばぬぞよ。大旦那が買い込んだ茶道具や骨董品、別棟にぎっしり詰め込まれているそれらのすべてが、かように無惨な贋物ばかりとはかぎるまい。現に先ほど見せてもろうた伊賀の伽藍香合は、値段は高いとはもうせ、見事な逸品。どこの茶席に出しても恥かしくない品じゃ。それほど気落ちいたすまい」

「はい、妙な励ましを受けている気分どすけど、最初からなにをきかされても、がっかりせえへんつもりでいてます。そうどすさかい、遠慮せんとなんでもはっきりいうとくれやす。こうなったら、大倉町の町年寄や商い仲間（組合）にも、事情を打ち明けなりまへん。親戚や店の奉公人たちにも相談し、親父さまには隠居してもらいますわ。金の出し入れを、わたくしが厳しく管理せなりまへん」

今度こそ幸兵衛は、しっかりした口調でいった。

「それはもう当然どっしゃろ。それにしても菊屋の幸兵衛はん、わたしや菊太郎の若旦那には、松兵衛の旦那はんの骨董好きに、どうも腑に落ちかねるところがございます。茶道具屋の柊屋について、同業者にたずねましたけど、さほど悪い噂は立てられてへんようどす。松兵衛はんの金の使いようには、なにか事情があるのではございまへんやろか。その点をちょっと調べさせておくれやすか——」

源十郎が真顔になり、幸兵衛にいった。

「その通りじゃ幸兵衛どの。菊屋の松兵衛は商売の神さま。骨董好きにかこつけ、その金を用い、裏でなにか別のことをなしているのではあるまいか。但し、これはわしらの勘だがのう」

菊太郎は組んだ両腕を解き、幸兵衛に笑いかけた。

二条城の櫓《やぐら》から、正午《ひる》を告げる太鼓の音がひびいてきた。

# 四

菊屋の幸兵衛は、正午の太鼓を潮どきに帰った。

かれを店の表まで見送り、源十郎は客間に戻ってきた。

だがそこに菊太郎の姿がないのを見て、奥の台所に急いだ。

菊太郎はやはりそこにおり、お与根の給仕を受け、遅い朝飯をとっていた。

「菊太郎の若旦那、わたしにまで知らぬ顔の半兵衛を決め込んでおられますけど、この二、三日ずっとお出かけ。もうなにかこの件の事情を、摑んでおられるのではございまへんか。若旦那は、菊屋の大旦那をたびたび商売の神さまやのにというて、不審がってはりました。その裏がそろそろ取れているのではないかと、わたしは見ているんどすけどなあ――」

源十郎は鎌《かま》をかけるようなねっとりした口調で菊太郎にたずねた。

「商売の神さまか。そう評されるについてもいろいろあるわなあ。そなたも商売の神さま。わしが菊屋の松兵衛の身辺を探っているのを、ちゃんと知っているではないか――」

菊太郎は最後の一口を喉に通し、箸をお膳の上に置いた。

源十郎にまあそこに坐れとうながした。

お多佳がすかさず夫の許にお茶を運んできた。

「わたしに黙ってはっても、それくらいすぐわかりますわいな」

「そうじゃろうなあ。わしを伊達《だて》には居候させておらぬといいたいのであろう」

「若旦那、そんな嫌味をわざわざいわんでもよろしゅうおすがな。たとえ若旦那がなにもしてくれはらんでも、わたしや店の者は、若旦那が鯉屋にいてくれはるだけで、十分ありがとうおすさかい」

かれは苦々しげな口調で愚痴った。

「これはすまなかったわい。そなたがわしの動きを見透かしたようにもうすゆえ、思わず言葉を返してしまったのじゃ。許せ許せ――」

菊太郎は源十郎に笑いかけて詫びた。

「そんなん、改めて謝らはることはございまへん。わたしも公事宿の主。人の動きを見てたら、だいたい察しが付けられますわ。ましてや菊太郎の若旦那が、扇問屋菊屋の不可解な話をきき、じっと手をこまねいてはるはずがございまへんさかい。菊屋の若旦那が例の品物を持ってくるまでに、なんらかの探りを入れはるやろと、思うてましたわいな」

お多佳が運んできた筒茶碗に口を付け、かれも笑いかけた。

「そこまで読まれていたら、打ち明けぬわけにはまいらぬわい。扇問屋菊屋の松兵衛は、家内では好人物、謹厳な大旦那を装っているが、なかなかの食わせ者じゃ。尤も考えようによっては、家の中に波風を立てぬための処置かもしれぬがなあ。要するに、松兵衛の茶道具や骨董好きは見せかけ。別金を拵えるための方便にすぎぬようだわ」

「別金を拵えるためとは、どうしてどす」

源十郎は目を輝かせ、膝を乗り出した。

「家には跡取りの幸兵衛と、美しく育った娘がいるが、実は松兵衛には、別に双子の娘がいるのじゃ。しかもその二人のうちの一人は、茶道具屋柊屋から他家へ嫁に出ており、あとの一人も間もなくどこかへ嫁いでいくそうな」

「菊屋の大旦那は、別世帯を持ってはったんどすかいな。これは驚きました」

「大倉町に店を構えてほどなく、奉公していた若い女子衆に手を付け、孕《はら》ませてしまったのじゃ。お店さまのお国は糟糠の妻。下手に知られたら、大騒ぎに発展する。そこで思案したあげく、時おり出入りしていた茶道具屋の柊屋に、相談を持ちかけたのよ」

菊太郎も茶を飲みながらつづけた。

「女子衆には暇を取らせ、赤ん坊を産み終えさせてから、双子の赤ん坊を柊屋の安兵衛《やすべえ》に貰ってもらった。双子は柊屋の実子として育ったのじゃ。女子衆は乳母として雇われ、二人を立派に育て上げた五年前、風邪をこじらせて死んだそうな。商売も大切だが、こちらを丸く治めるためには金が要る。松兵衛としては正妻の子もかわいいが、女子衆に生ませた二人の子どもも放ってはおけぬ。そこで茶道具や骨董好きを装い、以来、ずっと人知れず金を拵えるため柊屋と手を組み、芝居をうちつづけてきたわけよ。これなら家内も円満にまいるのでなあ。松兵衛の苦労のほどが察せられるわい」

「ほう、そうでございましたか――」

源十郎は呆れ顔できいていた。

これはいわば合理的な財産の分与であった。

現在なら物品の売買につれて税金が課せられ、多くの場合、露見の恐れがあろう。

だが江戸時代においてなら、商い仲間としての上納金や町役としての課徴金を滞《とどこお》りなく払っているかぎり、絶対にばれなかった。

妾腹の子とはいえ、かわいい娘たちに財産の分与が十分に果される。さすがに商売の神さまと評判された松兵衛の遣《や》り口であった。

「世の中には、あちらを立てればこちらが立たずとの諺もございます。つづけて、双方立てれば身が立たぬといいますわなあ。やっぱり商売の神さまといわれていた松兵衛はん。見事な秘策どすわ。商いは順調につづけてはりますさかい、これならとんでもない骨董好きの悪評こそ立てられますけど、誰の心も痛めしまへん。そら、賢い仕様どすがな」

「だが骨董好きの装いも度がすぎ、いま剝《は》げかけているというわけじゃ。なにしろ後醍醐天皇がお使い召されたともうす箸まで、高値で買うにいたってはなあ。息子の幸兵衛も、これはちょっと変ではないかと気付いた次第じゃ」

「そやさかい伝を得て、鯉屋へ相談をかけてきはりましたんやろ」

源十郎はいささか得意そうな顔でいった。

「それにしても菊太郎の若旦那さま、それだけのことをお一人で短期日に、どうしてお調べになったんどす」

菊屋の大旦那・松兵衛が女子衆に手を付け、孕ませたすえの行為だときいたせいか、そばにひかえていたお多佳が、いささか険しい表情でかれにたずねた。

「茶道具屋ともうす商いは、客からの注文で画幅の表装を直すため、表具屋に渡りを付けたり、木箱を指物師《さしものし》たちに頼んだりもいたす。そこでわしは、柊屋に出入りしている表具屋に目を付けたのよ。表具屋は意外に顧客の内情に詳しいのでなあ。座敷に通して表具の相談などをするうち、ついあれこれ漏らしてしまうのであろう」

柊屋がいつも表装を依頼しているのは、三条御幸町に店を構える「寿泉堂」であった。

それを摑んだ菊太郎は、久し振りに父次右衛門の許を訪れ、それとなく寿泉堂のことをたずねた。

「寿泉堂なら知らぬ仲ではないぞ。そなたが思い出したように、わしとは昔からの馴染みじゃ。近頃でこそ、あまり用を頼んでおらぬがなあ。それでそなた、なにを表装に出すのじゃ」

「いや、表具を頼むわけではなく、ちょっとききたい事柄があり、会うてみようと思うているのでございます」

「ちょっとききたい事柄だと。用がなければ間が持たず、工合が悪かろう。わしの代理ともうし、仕事を携えていき、ついでに長話をしてくるにかぎるわい。寿泉堂の先代は仲蔵といい、そなたがまだ十五、六歳の頃、わしが折につけ頼んでいた画幅を、組長屋までよく届けてくれた男じゃ。あの仲蔵なら、知っているかぎりの話をしてくれよう。仲蔵はまだ壮健で仕事をいたしているときいておる」

「なるほど、その手でまいりますか――」

「仕事の手土産も持たずに行っては、相手もすんなり口を開いてくれぬぞ。わしの代理として、そなたが画幅の表装を頼みにまいれば、仲蔵もひどくなつかしがろう。そなたのきき出したい話を、こっそりいたしてくれるに違いないわい」

次右衛門は菊太郎の役に立てるのがうれしいのか、嬉々として勧めた。

「父上どの、されば寿泉堂へなにを持参いたしまする」

「おおそれか。円山応挙が晩年に描いた瀧図などいかがじゃ。本紙と中廻しの取り合わせがよくないのでな。中廻しを替えてもらいたいと思うていたのよ」

次右衛門は、仲蔵ならあれこれ細かな注文をせずとも、それにふさわしい表装をいたすと告げた。

本紙とは絵の本体。中廻しとは本体を取り囲む画幅の部分であった。

これらの調和が取れていないと、折角の絵が台なしになる。反対に本体と表具の裂地《きれじ》の工合がよい場合、絵は際立って引き立つのである。

表具屋は微妙な仕事であった。

夏でも四方の障子戸を閉めきったまま作業をつづけ、大切な預かり物は夜に行っていた。荒い風に当ると、引っ張りができ、表具に狂いが生じるからだった。

表具はこのように本紙と裂地の調和が大切で、荘重な書画は荘重な趣で表装し、瀟洒《しょうしゃ》なものは瀟洒に仕上げる。

菊太郎は父次右衛門から託された応挙の画幅を携え、三条御幸町の表具師寿泉堂の仲蔵をたずねた。

仲蔵は次右衛門より四つほど年下にすぎないが、まだ矍鑠《かくしゃく》として仕事をつづけていた。

「これは田村さまの菊太郎さま。お久し振りでございます。お家の跡を銕蔵さまにお譲りになり、武者修行の旅に出ておいでだときいておりました。そやけどお姿は、昔と少しもお変わりございまへんなあ。お父上さまのお使いで、この仲蔵をお訪ねくださいましたとは、ささどうぞ、上がっとくれやす」

かれは機嫌よく菊太郎を店の奥に招き入れた。

表具の依頼をすませ、肝心の話になった。

「ご贔屓さまが隠してはる話をするのは、出入りの者として心苦しゅうございます。けど扇問屋の若旦那さまが、それほどお困りどしたら、もうし上げんわけにはいかしまへんなあ。そやけどわたしからきいたとは、誰にもいわんといておくれやっしゃ」

仲蔵は菊太郎にこう口止めし、菊屋松兵衛と茶道具屋柊屋との関わりを、知るかぎりすべて語ってくれた。

「そうどしたんか。これでなにもかもはっきりわかりました。骨董好きの正体も、腑に落ちましたわ。所詮は女子の始末どしたんかいな」

源十郎はこれで気持がさっぱりしたといいたげな顔付きであった。

「それにしても、松兵衛も柊屋の安兵衛もなかなかやるものじゃ」

「なに、柊屋は商売の欲からどっしゃろ。松兵衛はんの子どもを実子として引き受け、これまでに菊屋から、どれだけ儲けたか知れしまへん。納めた半分は正真正銘本物としても、途方もない高値。あとの半分は、おそらくがらくたどっしゃろ」

「後醍醐天皇が比叡山にご滞在のみぎり、お使い召されたともうす箸など、そなたのいう後の半分に相当しよう。若旦那の幸兵衛からきくかぎり、松兵衛は実直、悪いお人ではなさそうじゃ。また柊屋に残る娘の一人も、近々どこかに嫁入りするときいた。まあそれを機会に、骨董好きと称して柊屋に金を貢ぐのも、もう終りにしてもらわねばなるまい。店の今後のありようを、しっかり思案する時期であろう」

「お店さまになにもかもぶちまけてやると、脅してやりまひょか」

「いや待て待て。この話、若旦那の幸兵衛にもしてはなるまいぞよ。何事も丸く治めてやるのじゃ。話をいたすのは、大旦那の松兵衛ただ一人。強いてもうせば、柊屋の安兵衛も加えてつかわしてもよかろう」

「さようどすか。あまりことを荒立てる必要はないと、若旦那はいわはりますのやな」

「いかにも、公事宿は揉め事を丸く治めるのが仕事。それを忘れてはなるまい」

「いわはる通りどす。そやけど、骨董好きの数寄者を装い、ともに苦労してきたお店はんや跡取り息子まで、長年にわたって欺《あざむ》いてきたとは、あんまりではございまへんか。なにか強いお灸《きゅう》を据えてやりたいと、若旦那は思われしまへんのかいな」

「さようなもの、わしは誰にも据えたくないわい」

「それならそれでよろしゅうおす。けどこの始末、わたしに付けてまいれと命じはるんどしたら、わたしは嫌どっせ。胸糞が悪うおすさかい――」

源十郎は忌々《いまいま》しげな顔でいい放った。

「菊太郎の若旦那さま、旦那さまが断らはるんどしたら、うちが出張《でば》っていき、菊屋の大旦那さまにお説教してきまひょか。息子の幸兵衛はんが鯉屋へ相談にきはったことから、菊太郎の若旦那さまが調べてきはった一切をもうし上げます。そしてもういい加減に、骨董品をえらく割高に買うて二人の娘に貢ぐのは、止めはったらどないどすというてきますわ」

二人のかたわらできいていたお多佳が、勝気にももうし出た。

「お、お多佳、おまえなにを突拍子もない――」

「うち、変なことはいうてしまへん。自分のできることをもうし出たまでどす。関わり合うて手間をかけたからには、いくらかでも銭にせなりまへんやろ。それがうちの商いどすさかい――」

お多佳は平然とした態度でいった。

「お多佳どのはさすがに鯉屋のお店さまじゃ。良い度胸をしておられる。源十郎、ではさようにしていただいたらどうじゃ」

菊太郎の一声でこれが決った。

翌朝、お多佳は下代の吉左衛門を供に従え、大倉町の菊屋に出かけていった。

一刻半（三時間）ほどあと、彼女は気負ったようすもなく戻ってきた。

「おまえ、どうだったんじゃ」

「話はしっかりしてまいりましたえ。足代として二十両を頂戴してきました。それにうちに八橋図象牙の櫛《くし》、旦那さまには後醍醐天皇がお使いになってた黒柿の御箸、菊太郎の若旦那さまには、伊賀の伽藍香合を、大旦那さまが納得した印としてくださいましたわ」

「おまえに象牙の櫛、わたしと菊太郎の若旦那には御箸と伽藍香合やと――」

お多佳が菊屋松兵衛からもらってきた櫛には、『伊勢物語』八橋の条で知られる橋と杜若《かきつばた》の画題が、鮮やかに彫り出されていた。

それは美しい櫛であった。

「菊屋の大旦那は気前のええお人やわい」

「これ、うちに似合いまっしゃろか――」

彼女は夫の源十郎と菊太郎に、髷《まげ》の上に白い櫛を挿《さ》しかけて見せた。

お多佳の器量が一段と上がったようだった。

「その櫛、まるであつらえたように、お多佳どのにぴったりでござる」

「こんな大層な箸で、わたしに飯を食えというのかいな――」

うれしそうなお多佳と、苦々しげな顔の源十郎の二人を、菊太郎は微笑して見比べ、伽藍香合を摑んだ。

# 奇妙な僧形

# 一

桜があちこちで咲いている。

いま満開の桜、五分咲き、蕾を大きくふくらませる桜。京都には枝垂《しだ》れ桜をはじめ、多様な品種の桜が数えられた。

北山、東山、西山など、馬蹄形《ばていけい》をなした盆地の方々に植えられているためと、同地は北が高く南が低い地形から温度差が大きく、一ヵ月余りにわたり、桜を愉《たの》しむことができるのである。

今日はどこそこの花見、明日はあの寺での花見と、連日、蒔絵を施した見事な弁当箱と酒瓶をたずさえ、出かける閑人《ひまじん》も珍しくなかった。

そんな閑人や年寄りに混じり、職場や商い仲間、あるいは町内や親しい人たちが誘い合い、花見に出かける場合もあった。

それらの人々が、特定の場所に集ったりすると、大層な賑わいになってしまうのが常だった。

「これでは桜を見物にきたのではなしに、人込みと酔っ払い、下手な音曲をききにきたみたいやがな。騒々しくて花見どころやあらへんわい」

「ほんまどすなあ。桜は静かなところでしみじみ見るのがよろしゅうおす。人と大騒ぎをして眺めるのが、花見らしゅうてええいうお人もいてはりますけど、わたしは静かなのが好みどすわ」

「仰山、人が見にくるところの桜は、どうにもならんわい」

「けったい（不可解）なことをいわはりますのやなあ。それはどないな意味どす。やっぱり人込みがお嫌いなんどすか」

「いや、そんな意味ではありまへん。人がよう見にくる桜には、はっきり媚《こび》が感じられてかなんのどす。見てみて、うちは美しく咲いてますやろ。どこの桜より綺麗どっしゃろというようにどす。桜の精がそうさせますのやろなあ。一方、誰も見にきいへんところでひっそり咲いている桜は、それは綺麗なもんどっせ。わたしは北山の猟師に案内され、栂尾《とがのお》の奥の小さな墓地にある桜を、見に行きました。町中《まちなか》の桜と全く違うて凛《りん》と開き、人を寄せ付けへんほどの美しさ。神々《こうごう》しいくらいで、弁当を食べたり、酒を飲んだりする気にはなれしまへんどした。両手を合わせ、ただ拝んで帰ってきただけどす」

「へえっ、そんなもんどすか――」

話をきいていた男は、急に神妙な顔になっていた。

「栂尾のそんな桜だけではのうて、何百年、ときには千年近くも植わっている樹がありますわなあ。お社《やしろ》やお寺の境内にも、そないな樹が見られます。それらがいつしか神木と崇《あが》められるようになるのは、なんでか知ってはりますか」

「いいえ、わたしにはまるでわからしまへん。教えとくれやすな――」

若い男が年嵩の男に頼んだ。

「それはどすなあ。人間や犬などの動物どしたら、我が身に危険が迫ってきたら、さっと逃げて生き延びられまっしゃろ。ところが山やあちこちに生えている樹には、それができしまへん。樵《きこり》が斧《おの》を持って近づいてきたかて、大風が吹いても火事が迫っても、そこに植わったまま、立ってなあきまへんわ。そうして百年も五百年も危険に晒《さら》され、自然の中でじっと生きつづけてきたのが尊いんどす。歳月を経るごとに、神性を帯びてくるのは当然どっしゃろ。人間はそこをよう考えもせずに、漠然と崇めてるのどす。ご禁裏さまについて、よく万世一系といわれますわなあ。ご禁裏さまの尊さの大本《おおもと》は、この万世一系。商人《あきんど》の中でも、老舗《しにせ》が仲間内から一目置かれるのは、先祖代々の業をしっかり守り継いでいるからどす。何事でも不退転の気持で長くつづける。ご尊像は目にできましても、神さまや仏さまは、ほんまのところ目に見えしまへん。樹どしたらはっきり見えますさかい、これらはご尊像と同じに尊いんどすわ」

東洞院《ひがしのとういん》四条に近い下駄屋の源七は、きのう同業者の一人と、方広寺の境内まで花見に出かけた。

後ろで花見をする人たちの中から、二人の男のこんな話がきこえてきた。

源七はきのうの会話を思い出しながら、ぼんやり居間に坐っていた。

「もうひと勝負じゃ――」

高い塗り塀越しに、木太刀《だち》を打ち合う音とこんな声が、また源七の耳に届いてきた。

広島四十二万六千石、浅野安芸守《あきのかみ》の京屋敷の庭で、京詰めの国侍たちが、太刀稽古をしている声であった。

「お父はん、今日も陽気がええさかい、身体がもぞもぞしはりまっしゃろ。あんな荒けない太刀稽古の音をきいてんと、どこぞへまたぶらっと、花見に出かけはったらどないどす」

店番をしていた息子の源市郎が、前掛けを締めたまま父親の居間に姿をみせ、源七に勧めた。

源七がここに店を構えたのは二十一年前。下駄の歯入れ屋から身を起こし、せっせと稼いで金を溜め、やっと小さな下駄屋を開いた。

その実直な商い振りが噂になって顧客が付き、十年後には売りに出された隣を買い増し、間口を広げた。

店はかれの生国が丹波のため、「丹波屋」と名付けられていた。

源七は六十五歳。店の跡を継いだ源市郎は、父親が桜の季節になると、今年もなんとか花見ができますわいなと口癖のようにいうのを、幼い頃からきいていたのであった。

父親は五年前に死んだ母親お鶴と苦楽をともにし、店をこれまでにしてきた。かれが大の花好き、殊《こと》に桜が大好きなのを知っていた。

「連日、わたしが花見に出かけたら、店の手代や小僧はんたちに悪いのと違いますか――」

「なにをいうてはりますのや。お父はんは丹波屋の大旦那なんどすえ。誰に遠慮することもありまへん。いまから急いで弁当を作るのもなんどすさかい、出かけて花見をしたうえ、どこぞでなんか旨い物でも食べてきておくれやす」

源市郎は苦労してきた父親を労《ねぎら》うつもりか、しきりにうながした。

「おまえがそないにいうてくれるんどしたら、どっかへ行かせて貰いまひょ。東山・高台寺の桜が、八分咲きやときいてますさかい、高台寺がええかもしれまへん」

源七は息子の勧めでその気になった。

実は退屈をまぎらすため、毎日でも花見に出かけたいが、店でせっせと下駄の緒をすげる職人や、客の相手をしている奉公人たちの手前、遠慮していたのである。

「陽気がきのうよりええみたいどすさかい、是非、行っといやす。お供に小僧でも付けまひょか」

「いやいや、そんなものは要《い》りまへん。丹波屋は、わたしが小僧を供にして出歩くほど、大店《おおだな》ではありまへんさかい。それにわたしは、まだ身体のどこも悪うしていいしまへん。一人で大丈夫どす」

わいいな。人に見られたら、ええ恰好しい（恰好をつける人物）やと笑われます
かれは一緒に立ち上がった源市郎にいい、急いで出かける身仕度をすませた。

遅がけに設けた源市郎は、この秋、二条夷川《えびすがわ》に店を構える同業者の娘を、嫁に迎えることになっていた。

女手のない家内《いえうち》は、掃除から御飯の仕度まで、すべて女子衆《おなごし》のお米に委《まか》せているありさまだった。

「どうぞ、ごゆっくり行ってきておくれやす」

「掏摸《すり》や喧嘩に気を付けなあきまへんねんで——」

手代や小僧、また源市郎たちに見送られ、印伝革の巾着袋《きんちゃくぶくろ》を提げた源七は、四条通りに出た。

さすがに四条通りは賑わっていた。

あちらを向きこちらを眺め、源七の目は下駄の歯入れ屋として辻商いをしていた往時をしのぶ色になり、いささか感傷的であった。

「下駄の歯入れ屋はん——」

当時、どこから声をかけられても、かれは声の主を正確に探し当てた。

町内で辻借りをして仕事をはじめる。

するとその姿を見て、客が次から次にと磨り減った下駄を持ち込んできてくれた。

下駄の歯板を鉋《かんな》で削り、枘《ほぞ》に木槌で叩き入れ、余分な部分を削り取る。

一ヵ所に腰を据え、場合によっては一日中、そこで仕事をつづける折もないではなかった。

やがて下駄の歯の磨り減り工合によって、客の性質や仕事の内容まで、およそわかるようになっていた。

こうして辻商いをしていると、近くの商家から、見苦しいから場所をほかに移してくれとか、やくざな男に、金目当てで文句を付けられる場合も少なくない。本来は短気な源七も、そこはぐっと腹立ちを堪《こら》え、たびたび小さな危険を避けてきた。

これがいつしか、かれの短気を矯《た》める結果となったほどであった。

商家の多い四条から三条の町中では、客が持ち込んでくる下駄の歯は、だいたい水仕事が多いため、濡れて固くなっていた。

——ここであの人に呼び止められたことがあったなあ。

——あそこの辻でわしを呼び止めてくれた若いきれいな女子衆はんは、お気の毒に押し込み強盗に刺し殺されてしまわはったわいな。

——ここの菓子屋は、息子はんが極道をして潰れてしもうた。ご隠居さまはもう死んでしまわはったやろか。

——みんなどうしてしまわはったんやろ。

源七は往時の客の顔をあれこれなつかしく思い出しながら、ゆっくり東に向かっていた。

せめて世話になった人の墓でもわかっていたら、ときには線香の一本も供えに出かけたい。そう思うのだが、歳月がすぎるにつれ縁が薄れ、消息も絶え、それはほとんど無理だった。

その代わり源七は、町筋で僧形に出会うと、必ず一朱銀一つでもお布施を差し出し、僧形に両手を合わせた。かれらも快く受け取り、敬愛の合掌をしてくれた。

お布施——とは、一に人に物を施しめぐむこと。二には僧に施しをあたえ、金銭または品物を包む行為をいう。仏法に帰依《きえ》し、それを支える仏教の基本的実践徳目の意味であった。

仏陀は僧俗ともに、これをいかなる者にもいたすべしと強く説いている。

京都は寺が多いだけに、僧形に出会うと、急いでお布施を出す老若男女も珍しくなく、むしろ日常的な光景であった。

こんなことを考えながら、源七が河原町通りまできたとき、南から草鞋《わらじ》をはいた若い僧が笠を片手に持ち、四条通りに上がってきた。

洗い晒した紺色の法衣。腰に薄汚れた太紐の帯を結び、胸には黒地に「北禅寺僧堂」と白く染め抜かれた頭陀袋《ずだぶくろ》を下げていた。

北禅寺は東山の一角に、大きな山門を聳え立たせる臨済宗の大寺。有名な南禅寺が近くにあり、南北朝時代、天皇の勅願によって七堂伽藍《しちどうがらん》をそなえ、応仁の乱でも辛うじて戦火から免れた寺だった。

室町時代には、各法流の著名な僧が、同寺の住持をつとめていた。

狩野永徳や探幽《たんゆう》の襖絵で知られ、小堀遠州作と伝えられる江戸初期の典型的な枯山水の庭もあった。室町時代の国師像や頂相《ちんぞう》などを数多く蔵し、塔頭《たっちゅう》は聖徳院、松鶴院など十院もそなえていた。

禅宗の僧侶は、一休禅師がそうであったように、だいたい魁偉《かいい》でふてぶてしい容貌をしているのが普通だ。だが源七がいま出会った若い僧は、清僧ともいえる容姿であった。

源七ははっとした物腰になり、急いで印伝革の巾着袋の口を開け、財布から一朱銀を一枚取り出した。

若い僧にお布施でございますがといい、恭《うやうや》しく差し出した。

このとき、思いがけない事態が起こった。

源七からお布施を出された若い僧は、とんでもないといいた気な表情で、そのうえ不快にもいやいやと手を小さく振り、それを断ったのである。

お布施を受け取ってもらい、互いが合掌し合う。そんな光景を、当然のこととして胸裡に浮べていた源七は、驚きうろたえた。

先程、死んでしまった縁のある人々に、線香一本供えられないと心で嘆いていただけに、なおさらだった。

「なぜでございます——」

源七は若い僧の前に立ちはだかるようにしてきいた。

「た、托鉢《たくはつ》をしているわけではございませぬ。だからでございます」

意外な返事をきき、源七は頭にかっと血をのぼらせた。

僧形が托鉢のとき以外、お布施をいただかないというのか。僧侶の心得に端《はな》から反している。町屋に女子を囲う不埒《ふらち》な僧侶も知っているが、これは不幸な境遇に置かれる女に、安息の場所をお布施として与えているのだともいえる。そう考えれば、いまのかれの断りは、僧侶としてそれより悪質な行為であった。

「な、なんでございますと——」

て右に折れた。

源七は再びたずねかけたが、若い僧はそれには答えず、迷惑そうな表情のまま、道をあわて
四条小橋を急ぎ足で渡り、木屋（樵木）町筋を北にたどりはじめた。

僧の態度に怒りを覚えた源七は、かれに向かい糞坊主と叫んだ。

周りの人々がその声に驚き、一斉に注視するのも気にならなかった。

若い僧からひどい仕打ちをされたように感じた。このところずっと矯めてきた短気が、むらっと頭をもたげ、このままではすまされない気になった。

「やい糞坊主、偽坊主――」

源七は花見に出かける予定だったことも忘れ、僧の後を追ってまた叫んだ。

この叫び声で、若い僧はさらに足を速めた。

「偽坊主、糞坊主――」

再度、源七はかれに罵声《ばせい》を浴びせ付けた。

自制心が一旦解き放たれると、もとは短気だっただけに、もう止めようがなかった。

僧侶がお布施を断るとはもってのほかだ。

前方を足早に去っていく若い僧は、本当に僧侶だろうか。偽坊主なのかもしれない。もしかすると、盗賊が変装しているとも考えられた。

いままで一度もこうした目に遭っていないだけに、疑いや驚き、さらには憤りの気持が、か

れの後を追うにしたがい募《つの》ってきた。

「糞坊主、偽坊主、なんのつもりなんじゃ」

源七は若い僧の後を追い、またまた大声で叫んだ。

二条から下ってきた高瀬船の乗客たちが、一斉に二人の姿を注視した。

木屋町筋を行き交う人々も、罵声を浴びせながら、若い僧を追う源七の執念深そうな姿に、目を凝らした。

相手は有名な北禅寺の僧形らしい。なぜ俗体の男が、僧侶に雑言《ぞうごん》を浴びせ付け、しかも追いつづけているのだ。よほどの椿事《ちんじ》があったとしか考えられなかった。

「やい、おまえみたいな糞坊主は、地獄に堕《お》ちるがええ。そして悪い行状を、きれいさっぱり吐いてしまうんや。糞坊主、止まらんかい」

息を切らせながら、源七はまた怒鳴った。辺りの人々の目も気にならなかった。

あんな坊主は捨ててはおけない。かれが足を止めたら胸座《むなぐら》を摑《つか》み、その場に引き据え、仏法がいかなるものかを、説いてやるつもりだった。

老いたりとはいえ、自分にはそれくらいの膂力《りょりょく》は残っている。

「お坊さま、しかも北禅寺のお人に、あの年寄りはなんというきき苦しい言葉を浴びせ付けてるんやろ」

「気でも変になってるのとちゃいますか——」

「ほんまにけったいな年寄りやわいな。お坊さまが迷惑そうにしてはったがな」

若い僧形と行き違った二人連れが、ついで後を追う源七の憎悪を剝《む》き出しにした顔を見て、ささやき合っていた。

「あの調子やったら、三条大橋を越え、北禅寺までおそらく追っかけていくつもりやろ」

「あの坊さまも足を止め、年寄りの腹立ちをなだめてやったらええのになあ」

「なにがあったのかわからへんけど、そんな度胸もなさそうなお坊さまどしたわ。きっとあのまま北禅寺の塔頭か僧堂に逃げ込み、年寄りをますます怒らせますのやろ」

「途中であの年寄りが、疲れて諦めたらええけどなあ。坊主と炭団《たどん》のおこったのは、手が付けられへんというさかい――」

この諺は昔、僧兵が横暴であったため、炭団の真っ赤に熾《おこ》ったのと怒ったとを、かけていっていた。

「そやけど、坊主の生まれ変わりは牛となるというさかい、あの北禅寺のお坊さまは、ひょっとすると、後を追うてる年寄りの娘か孫にでも、なにか悪さをしたのかもしれまへん」

一人が尤《もっと》もらしい顔で、なおも糞坊主、偽坊主などと叫び、執拗に僧形の後を追う源七の姿を、振り向いて遠くに眺めながらつぶやいた。

坊主の生まれ変わりは牛となるの言葉は、やはり古くからの諺。僧侶は淫欲の深い者であるとされるところから、淫欲の強いといわれる牛にかけ、こんな諺が生まれたのだ。

「そうどしたら北禅寺のお坊さまにかて、糞坊主、偽坊主といえますわなあ。そしたらこの後、どうなりまっしゃろ」

「さてなあ。おそらく北禅寺まで追いかけていっても、そこで腕っ節の強い修行僧に取っ捕えられ、追っ払われてしまいまっしゃろ。そうに決ってますわ」

二人連れが三条木屋町を右に曲がり、視界から失せた若い僧形と年寄りの今後の結末を話し合っていた。

源七の目に、三条大橋の擬宝珠《ぎぼし》が左右に二つ大きく見えていた。

お布施を断った若い僧は、橋にさしかかると、逃げるように一層、足を速めた。

「やい糞坊主、偽坊主、そないに逃げんと、足を止めてわしに説教でもしたらどうやな。それができへんのやったら、わしがおまえの不心得をよう諭したるわい。さあどうや、そこの糞坊主、偽坊主——」

三条大橋の欄干に沿い、身をすくめるようにして足を急がせる相手に向かい、源七は一段と大きな声で叫びかけた。

往来の人々が、僧形に罵声を浴びせかける源七を、ぎょっとしたようすで見守っていた。

しかし、もはやただではすまないのが察せられた。大橋の東から、市中見廻りの同心二人がやってきたからである。

かれらは急に目付きを鋭くさせ、若い僧形と源七を見据えた。

一羽の鷺《さぎ》が、三条大橋の上をゆっくり飛び廻っていた。

鴨川の流れに舞い下りると、別の一羽がぎゃっと不吉な声で鳴き、反対に空高く飛び立っていった。

北山の稜線《りようせん》が、春の空にくっきり鮮やかであった。

東山三十六峰の一つ、南禅寺山のかたわらに、北禅寺の伽藍も大きく見えていた。

## 二

「糞坊主、偽坊主——」

また声を張り上げた源七の目に、腰に帯びた十手を抜き取り、身構えた同心たちの姿など、まるで入っていなかった。

「これ、そこなる僧形どの、待たれませい——」

年嵩の一人が、若い僧の前に十手をひらめかせて立ち塞がった。

もう一人が源七を睨み付け、駆け寄ってきた。

「な、なんどすな——」

急に町同心に立ちはだかられ、源七ははっと我に返った。

「そなた、ありがたい北禅寺のお坊さまに、なにゆえ悪口《あっこう》を浴びせかけ、後を追うておる。不審の廉《かど》があり、その行いの理由を問い糺《ただ》しているのじゃ」

「わたしに不審とは慮外どっせ。ありがたい坊さまに、誰が好んで悪口を浴びせて追っかけますかいな。わたしは四条東洞院の近くで、下駄屋を営む丹波屋源七という者どす。大店ではございまへんけど、そこそこの店の歴とした主《あるじ》。そやさかい、わたしにもそれなりの世間体《てい》がございます。決して無体をいいかけ、後を追うているわけではございまへん。ここでお役人さまに止め立てしていただき、好都合どした。是非、きいていただかなならん事情がございます」

源七は、息子の源市郎と似た年恰好の若い同心に、怖《お》じけたふうもなく答えた。

「ほう、そなたにも世間体があり、あの僧侶に無体をいいかけているわけではないともうすのじゃな」

年嵩の同心が、僧侶の足を慇懃《いんぎん》な態度で留《とど》めさせているのを眺め、若いかれはうなずいた。

「はい、さようどす。あの坊主と対面させていただいたら、わたしからいうてやりたいことがございます」

「なにをもうしたいのか、いまはわからぬが、いずれはそなたが望む通りになろうよ」

橋の上での小さな騒ぎに、足を止めた人々が、なり行きをうかがっていた。

若い僧形を留めさせた年嵩の同心は、なにか答えているかれに、ご尤もといいた気に小さくうなずきつづけている。

相手が僧侶だけに、一目置いている態度だった。

かれは東町奉行所の同心組頭・坂井長左衛門。甥の坂井七郎助が、このほどほかの同心組頭の支配に置かれた。

長左衛門は、七郎助に同心としての心得をあれこれ教え込むため、休日を利用し、その町廻りに随行していたのであった。

その途中、三条大橋で北禅寺の修行僧が、年寄りの町人から糞坊主呼ばわりされ、逃げるように東にくるのに出会ったのである。

「伯父上、あれはなんでございましょう」

最初に気付いた七郎助がたずねた。

「北禅寺の修行僧らしいが、町人ごときに雑言を浴びせられ、まるで逃げる体でくるのは、なんとも訝《いぶか》しいのう」

「なにがあったのでございましょう。町人は偽坊主とも呼んでおりまする」

「偽坊主とは、きき捨てにできかねる言葉じゃなあ」

「いかにもでございます。ここは二人を留め、その事情を糺さねばなりますまい」

「互いの役儀から、そういたさねばなるまいわなあ。俗世の人から敬われるべき僧形が、あべこべに罵声を浴びせられ、追われているみたいじゃ。白昼、こんな光景に出会《でくわ》すのはわしも初めて。椿事ともうせるわい」

「では二人に足止めを命じ、その理由を詮索いたしまする。糞坊主ではなく、偽坊主が正しく、意外に盗賊が坊主に化けているのかもしれませぬ」

「それをわしとそなたが引っ捕えたとなれば大手柄。厄介に出会したと思わずに、そういたすとするか。わしが僧形に待ったをかけるゆえ、そなたは年寄りの町人の足を、留めさせるがよかろう。二人を近くの番屋にでも連れてまいり、双方からこの事情をきかねばなるまい」

「さようにいたすべきでございまする」

坂井七郎助は強い口調で断言した。

「行い澄ました清僧にも見えるがのう――」

同心組頭とはいえ、坂井長左衛門は厳しさにいくらか欠ける好人物。若い甥の七郎助のほうが正義感が強く、覇気《はき》に富んでいた。

「あの僧形に声をかけているのは、東町奉行所で同心組頭を務めるわしの伯父じゃ。もうし分があらば、わしに付いてまいれ。大橋の向こうにある番屋で、互いの話をきいてつかわす」

「さようにしていただけたら、幸いでございます」

坂井七郎助にうながされ、源七が僧形とともにいるかれの伯父の許に向かいかけたとき、驚くべき事態が起こった。

それまで長左衛門と静かに対していた僧形が、いきなり長左衛門を突き飛ばし、脱兎《だっと》の勢いで東に駆け出したのである。

「うわあっ――」

びっくりしたのは、どうなることやらと見守っていた見物人たちであった。

長左衛門は仰向けに昏倒《こんとう》し、すぐに立ち上がれなかった。

甥の七郎助が、僧形を追うのを咄嗟に見切り、伯父に走り寄った。

「だ、大丈夫でございますか」

かれとともに駆け寄った源七が、七郎助より先に長左衛門に声をかけ、頭を抱え上げた。

「伯父上、どこもお怪我はございませぬか」

七郎助が両膝をつき、かれの顔をうかがった。

「ああ、どうもないようじゃが、いきなり突き倒され、いささか頭を打ったみたいじゃ」

目眩《めまい》を起こしているらしく、かれは頭を少し振り気味にしてつぶやいた。

相手が北禅寺の僧形だけに、失礼があってはならぬと遠慮気味にたずねていたところ、いきなり強く押し倒されたた。

長左衛門は突然のことに面食らったのと、後頭部を橋板で打ち、頭をくらっとさせていたのだ。

「あの坊主、血迷うてなにをいたすのじゃ」

伯父に怪我がないとみて、七郎助は立ち上がり、遁走《とんそう》していく僧形の後ろ姿を目で追った。

僧形は早くも牛車や荷車、人で混雑する三条から建仁寺道、次には伏見街道につづく縄手通りに、走り込もうとしていた。

「ちぇっ、これだけ見物人がいて、誰一人あの坊主を追い、捕えようといたす者はいないのか」

七郎助は周りを見廻し、見物人たちを罵《ののし》った。

伯父を助け起こしている源七に後を頼み、三条大橋西詰めの町番屋で待っていてくれといい、さっと駆け出した。

「あの若いお役人さまは、わしらにあない毒づかはったけど、なにしろ相手は北禅寺のお坊さま。相手が相手だけに、おいおまえなにをするのやと、横着者に対するみたいに、飛びかかれへんわなあ」

「そらそうや。わしらにはなにがあったのやら、まるでわからへん。味方するんやったら、やっぱりお役人さまよりお坊さまいうことになるわい」

「お坊さまは特別なお人。ましてや北禅寺のお坊さまともなると、そら崇めなあかん。下手に手出ししたら、罰が当るさかいなあ。お役人さまもお偉いけど、それだけのもんや。そんなお役人さまの許から、お坊さまが逃げたかて、自ずと二の足を踏み、犬畜生を追うようにはいかんわいさ」

七郎助が縄手通りを急いでいる。

見物人の中から、こんなささやき声が源七の耳に届いてきた。

「おまえはんたちはなにを勝手なことをいうておいやすのや。あの坊主は胸に北禅寺僧堂と記された頭陀袋をかけてる。けどほんまは偽坊主で、盗人の手先かもしれまへんねんで。わたしはそない疑ったさかい、糞坊主、偽坊主というて、後を付けてきたんどすわ。ほんまに北禅寺に戻り、塔頭の一つか僧堂に入るかどうか、確かめるつもりどした。その途中で町奉行所のお役人さまに出会い、お取り調べになりそうになりました。そしたら思った通り、お役人さまを突き飛ばし、逃げていきよりましたのやがな。あれは頭を丸めてはいるもんの、盗人の手先に相違あらしまへん」

源七は、橋板に手をつき、立ち上がりかけている坂井長左衛門を気遣いながら、見物人の誰にともなく抗弁した。

「おまえさまはどないして、あのお坊さまが偽者やと気付かはったんどす」

見物人が散らばりかける中、物好きな男たちが数人そこに留まり、源七にきいてきた。

「それはどすなあ。わたしがお布施を差し出そうとすると、あの坊主が驚いた顔で、托鉢をしているわけではございまへんさかいと、受け取らなんだからどすわ。そんな坊主はいてしまへん。それだけでちょっと変どすやろ」

「折角のお布施を受け取らへんとはなあ」

「そら確かに変やで。托鉢をしてんでも、お布施を断る坊さまなんかどこにもいてへん。そんな話、わしは初めてきいたわい」

「そうすると、あの坊さまはやっぱり糞坊主で偽坊主か。そしたら飛びかかって取り押さえないかなんだのやなあ。人間、どうしても身形《みなり》で相手を見てしまうさかい――」

「北禅寺の坊さまに対し、わしらには格別な思いがあるのやわ」

一人の男が溜息をつくようにいった。

「わしとてそんな思いがあったゆえ、辞を低くしてうかがいを立てており、迂闊《うかつ》をしてしもうたのじゃ。これは全くわしの落ち度。誰も咎《とが》められるものではないわい。いやいや、そなたたちにも心配をかけた。この通りじゃ、許してくれい。町奉行所に仕える身として、わしはまことに恥かしい」

好人物の長左衛門は、身分も考えず、かれらに率直に詫びた。

「町奉行所のお役人さま、お詫びなど滅相もございまへん。わしらこそなにも協力せんと、手をこまねいて見物しているばかりどした。謝らないかんのは、こっちのほうどすわ」

「そうもうしてくれてありがたい。されば人目も、わしにも世間体がある。もうすんだこととして散ってくれ」

坂井長左衛門は残っている人々に、頭を小さく下げて頼んだ。

「下駄屋の源七とかもうしたな――」

「へえ、四条東洞院で丹波屋という店を営んでいる源七でございます」

「ならば源七、偽坊主を追いかけていった七郎助がもうし置いたように、向こうの町番屋で、奴が戻るのを待つといたそう。それにしても源七、わしに肩を貸してはくれまいか」

「肩をでございますか。糞坊主に押し倒された拍子に、足でもねじられたんでございますかいな」

源七は案じ顔で長左衛門の足許を眺めた。

「いや、そうではない。草履の緒を切らしてしまったのじゃ」

「町奉行所のお役人さまが、わたしごときの肩を借りてお歩きでは、工合が悪うおます。わたしの草履をはいておくれやすな」

素早く源七は足袋裸足《たびはだし》になると、二つの草履を長左衛門の前にそろえた。

「そこまで案じてくれてありがたい。古草履　捨てられてあり　雪の道。こんな句（俳句）が書かれていたのを覚えておるが、あれはどこでだったろうな。雪道で草履の緒を切らしたら、草履は雪で濡れてほとびり、緒のすげようもない。古草履ともなれば、捨ててしまう気にもなろうわなあ。それにしても、草履を捨てたご当人は、雪の道をどう歩いていったのだろう。人に背負われたのだろうか。それが若い女子となれば、色っぽい道行きが想像されるわい」

「そんなん、どうでもよろしゅうおすがな」

「ああそうじゃ。この句はわしが昔、組頭として仕えていた田村次右衛門さまのご嫡男、いや、その実は町方の女子に産ませられた田村菊太郎どのが詠まれたもの。公事宿の『鯉屋』で居候をいたされているあのお人が書かれ、店の中暖簾《なかのれん》そばの短冊掛けに、かけられていた句だったわい」

「こんなとき、ようもそんな呑気《のんき》なことを考えておられますなあ。わたしは若いお役人さまが、あの偽坊主を捕えられたかどうかを気にしてます。雪の道をどう歩こうが、いまそんなん問題ではありまへんやろ」

「いやいや、人には遊び心が大切でなあ。それがなければ、世の中がますますぎすぎすいたす」

「心に余裕を持たなあかんと、いうことどっしゃろか」

「それそれ、まさにそれよ。悪人を引っ捕える。罪状を吐かせるにしても、ただ強く責めるだけが能《のう》ではない。互いに人として尊んで接すれば、いくら悪人とはもうせ、こちらの情にほだされ、本当のことをぼろっと吐いてしまうものだわい。逃げた偽坊主にもいろいろ事情があり、あのような事態になったのであろう。せめて盗人の仲間入りをしておらず、北禅寺の偽坊主として、食いつないでおるだけならよいのじゃが。やがてはまっとうな仕事に就けようでのう」

源七と長左衛門の話は、三条大橋西詰めの町番屋に腰を下ろしても、なおつづいていた。

坂井七郎助はどこまで偽坊主を追っていったのやら、なかなか戻ってこなかった。

すっかり長くなった春の陽が暮れはじめ、三条大橋を東から渡ってくる旅人の姿が、ちらほら目に付きだした。

どの顔にもほっとした色がうかがわれた。

# 三

「御室《おむろ》の桜も、今日ぐらいで見頃が終るんどっしゃろか」

鯉屋の手代喜六が、店の表を掃いていた。

同じ姉小路に店を構える「石川屋」の下代《げだい》弥左衛門が、町奉行所の公事溜《だま》りにでも出かけるのか、小僧の蓑助《みのすけ》を伴って通りかかり、かれに声をかけてきた。

「へえ、そうどすなあ。きのう今日のぽかぽか陽気で、まだ咲いてた桜も、一斉に散りはじめまっしゃろ」

「ああ、名残りの桜ももうぱあになってしまうんどすなあ。すぐ青葉若葉の候いうわけどす」

「わたしゃお多福　御室の桜　花（鼻）は低うとも　人が好くと、御室の桜は歌われて親しまれてます。それもとうとうお仕舞い。ついで躑躅《つつじ》や菖蒲《しょうぶ》の季節どすか」

喜六は箒《ほうき》の手を止め、弥左衛門に答えた。

御室の桜とは、京都の西、双ヶ丘《ならびおか》の近くに伽藍を置く仁和寺《にんなじ》境内にある桜をいう。

同寺は真言宗御室派の総本山。仁和二年（八八六）、光孝天皇が発願《ほつがん》されて建立がはじめられたが、同三年に天皇が崩御《ほうぎょ》されたため、宇多天皇が翌年に完成させられた。光孝天皇一周忌と落慶《らっけい》法要が同時に営まれ、年号に因《ちな》んで寺名が付けられた。

御室の桜には、山桜やソメイヨシノなどもあるが、里桜の品種で有明《ありあけ》、御車返《みくるまがえし》、稚児桜《ちござくら》、殿桜などが主だった。これらの桜は、表層土が浅くて痩せているため丈が低く、下から枝分れが多いのが特徴。花はやや大ぶりの八重が多く、まさに俗謡通りの桜で、四月中旬から下旬が見頃であった。

京都の各地で約一ヵ月にわたり咲き競った桜も、この御室の桜をもってようやく終り、ついで若葉の季節に入るのである。

東山はすでに薄い青葉若葉に包まれていた。

「ところで鯉屋はんでは、どこぞへ花見に行かはりましたんかいな」

石川屋の弥左衛門が、喜六にたずねかけた。

「へえ、店を休むわけにはいかしまへんさかい、店の者がそれぞれ半分ずつ、旦那さまとお店《たな》さま（女主《おんなあるじ》）の組に分れ、八瀬《やせ》に行かせてもらいました。そこでかま風呂にも入ってきましたわいな」

「ほう、それは豪勢どしたんやなあ」

「へえ、極楽を堪能《たんのう》させてもろうてきました」

得意そうな顔で、喜六は弥左衛門にいった。

八瀬のかま風呂は、比叡山の西麓、八瀬川畔に営まれる蒸風呂。土饅頭《どまんじゅう》の空洞で青松葉を焚き、内部が十分熱せられた頃に火を引き、水を撒《ま》く。そこに塩分をふくませた筵《むしろ》を敷き、横たわって温まるのである。

中世以来、湯治によく利用され、公家の日記にも多く記されている。壬申の乱（六七二）で背に矢傷《やきず》を負った大海人皇子《おおあまのみこ》（天武天皇）が、ここで疵を癒されたと伝えられている。

それだけに、桜を見物してかま風呂に入るとは、かなり贅沢《ぜいたく》な花見だった。

「鯉屋の手代はあないにいうてるけど、あれはほんまやろか。見栄を張り、みんなが口裏を合わせているのとちゃうやろなあ」

遠ざかる弥左衛門が、お供の小僧につぶやく声が、喜六の耳にも届いていた。

「ちぇっ、ほんまも嘘もないわい。石川屋の旦那は、爪に火を点《とも》すと噂されるほど、ど吝嗇《けち》なお人や。そやさかい、鯉屋の旦那さまとお店さまが、奉公人を二手に分け、八瀬に出かけて花見をし、かま風呂にも入ったときいたかて、羨《うらや》ましすぎてすんなり信じられへんのやろ。下代の弥左衛門はんまでが、疑いとうなるのもわからんではないわ。あの弥左衛門はんも旦那に似て、根性が少しひん曲っているさかい——」

喜六は箒と塵《ちり》取りを両手に持ち、店の外に出てきた鶴太にぼやいた。

「手代の喜六はん、いつも旦那さまがうちらに諭さはりますがな。世間のお人たちは、いいたいようにしかいいわれしまへん。どないにいわれようが、一つひとつに腹を立てんと、放っておいたらええのやと、戒《いまし》められてますやろな」

かれはあっけらかんとした表情でいった。

「そやけど、正直に答えてるのに、あれはほんまやろかとは、なんちゅういい草どす。腹が立ち、後ろから箒でどづい（撲っ）たろかと思うてしまうわい」

「そんな手荒、喜六はんがしはったらあきまへん。長年、鯉屋にご奉公して手代にまでならはった苦労が、無になりかねしまへんで。石川屋の手前、お暇を出されるかもわかりまへんさかい。どうしてもしたいんどしたら、うちに命じておくれやす。丁稚《でっち》のうちどしたら、大事《おおごと》にはならしまへん。石川屋の下代はんになにをしたのや、土下座して謝ってこいと叱られ、それさえしたら、それで片付いてしまいまっしゃろ。うちはそんなんも、丁稚の務めの一つと思うてますさかい」

「鶴太、おまえはわたしみたいな者に、泣けることをいうてくれるんやなあ。いつもわたしを軽んじて見ているように思うてたけど、そないにまでわたしの身を案じてくれているとは、ついぞ知らなんだわい。おおきに、おおきになあ。そやけどよう考えてみると――」

喜六はここで言葉を濁した。

「そやけどよう考えてみるとは、なんどす」

箒を握りしめ、鶴太は詰問《きつもん》の口調になった。

「おまえが調子を合わせ、わたしにおべんちゃら（お世辞）をいうてるのやないかと、ふと疑問に思うたんや。言葉通りに受け取ってたら、危ないさかいなあ」

かれはにやついた顔で答えた。

「喜六はん、うちになにをいわはりますのやな。石川屋の弥左衛門はんの代わりに、うちは喜六はんを箒で思い切り叩きとうなってきましたわ。そら、あんまりなお考えとちゃいますか」

かれに向かい、鶴太は表情を硬くさせて居直った。

「つ、鶴太、すまんこっちゃ。つい皮肉な考えをしてしもうて堪忍や。相手の気持も配慮せんと、心に浮んだままをうっかり口に出してしまうところが、わたしにはあるさかい。旦那さまや下代の吉左衛門はんに、そこがおまえの欠点、これから改めなあきまへんのやでと、いつも諭されてます。それがまた出てしもうたのや。ほんまの気持やないさかい、堪忍してほしいわ」

「まあ、堪忍や辛抱どしたらどれだけでもしますけど、謝ってもらうだけでは、胸が収まらしまへん。いつかそばの一杯でも、ご馳走しておくんなはれ」

「そらそうや。詫びの印にそれぐらいやったらさせてもらいます」

かれが鶴太にこういったとき、それまで気付かずにいたが、店先に田村銕蔵の姿が現れた。

「これは銕蔵の若旦那さま――」

二人は低頭してかれを迎えた。

銕蔵の後ろには、かれと同役になる東町奉行所同心組頭の坂井長左衛門と、甥の七郎助がつづいていた。

「手代の喜六どの、またお邪魔をいたす」

長左衛門が喜六に一声かけた。

「よくおいでくださいました。どうぞ、中に入っておくんなはれ」

喜六は手にしていた箒を鶴太に渡し、店の表戸の脇に立った。

「菊太郎の兄上どのはおいでだろうな」

「へえ、まだ寝てはりますけど。ゆうべは遅いお帰りどしたさかい——」

「そなたは兄上どのの言い訳までいたすのじゃな。遅いのは夜だけではあるまい。朝帰りのときもあろうがな」

「まあ銕蔵どの、そうまでもうされずともよいではございませぬか。気儘《きまま》なのが菊太郎どのの身上。なればこそ、此度《こたび》の奇妙な事件にも、首を突っ込んでいただけたのでございます」

「そうでございますわい。さればとて、それがしはなにも、兄上どのを非難しているわけではございませぬぞ。いつもこんな工合。いわば互いに心から気を許し合うているのだと、心得ておいてくだされ」

銕蔵は明るい顔で弁解した。

「ならばようございまするが——」

坂井長左衛門は人の好さそうな顔に、ほっとした笑みを浮べた。

「さあ、客間のほうにお通りくださいませ」

先に床に上がった喜六が、端座して三人に案内の声をかけた。

「ではまいらせていただくぞよ」

「主の源十郎と下代の吉左衛門は、ともに留守だとみえるな。わしらは源十郎に呼ばれてきたのだが——」

「お二人とも今日は珍しくおそろいで、町奉行所の公事溜りへお出かけになりました。そやかい、雨にでもなるのではないかと、噂してたんどす。それはともかく、そうどしたら旦那さまは、間もなくお帰りでございまっしゃろ」

「雨になるかもしれぬとな。長左衛門どの、この鯉屋は奉公人の手代が、かような口を利けるほど、気楽とはもうしませぬが、まあ風通しのよい店。主の源十郎が、身分の隔たりなく、自由に意見をいわせているからでござる。それゆえいざとなれば、心を一つにしてことに当るのでございます」

「それがしが若い頃にお仕えしておりもうしたお父上の田村次右衛門さまも、さようなお人でございました。よほど因縁が深いのか、朋輩《ほうばい》とはもうせ、その次右衛門さまのご子息のそなたさまや、兄上の菊太郎どののお手を煩わせるとは、思うてもおりませなんだわい」

「わたくしとて同じ思いでおりまする」

今度は坂井七郎助が、客座敷に入りながら殊勝な顔でいった。

かれと伯父の長左衛門は、奇妙な僧形を取り逃がした後、町番屋で下駄屋を営む丹波屋源七から、だいたいの事情をきき終えた。そして東町奉行所に戻る途中、鯉屋の近くで田村次右衛門夫婦に出会ったのである。

「これは坂井長左衛門どの――」

浮かぬ顔で歩いていた長左衛門は、思いがけず次右衛門から声をかけられ、ぎょっとした表情で立ち竦《すく》んだ。

なにかあったのかとたずねられ、あげく次右衛門にうながされ、鯉屋に連れ込まれた。

主の源十郎や、折よく居合わせた菊太郎たちに、先程、三条大橋で起こった不可解な一件を、語る結果になったのであった。

「菊太郎の若旦那、北禅寺の修行僧がお布施を断って逃げ出すとは、全く妙どすなあ」

「下駄屋の源七とやらが、糞坊主、偽坊主と叫び、後を追うてお説教の一つでもいたしてくれようと思う気持、わしにもわからぬではないわい。僧侶として断じて許されぬ不心得じゃでなあ。下手な芝居を見ているより、面白い場面だったに違いない」

「若旦那はそない茶化していわはりますけど、これは大変なことどっせ。北禅寺の体面にも関わりますがな」

「だからこそ、面白いともうしているのじゃ。わしがその場に出会わしたら、その僧形をなんとしてでも引っ捕え、お布施を受け取らなんだ理由を糺しておろうが、下駄屋の年寄りでは無理だわなあ。長左衛門どのとて相手が北禅寺の僧形ゆえに遠慮され、不意を食らって突き倒されたのでございましょう。折角のお布施を断るには、それだけの理由があるはず。父上、やはり偽坊主だったからでございましょうか――」

「いや菊太郎、そうではなかろうよ。偽坊主なら偽者であるのを隠すために、むしろ恭しく受け取ったに相違あるまい」

「そういたさずに逃げ出すとは、なぜでございましょうなあ」

「訝しいのはそこじゃ。それでそなたなら、それをどう明らかにいたす。これはそなただけではなく、未だお若い坂井七郎助どのにも、おたずねもうしていると解していただきたい」

次右衛門はかたわらに坐る源十郎とうなずき合い、菊太郎と七郎助に問いかけた。

かつて自分の手下《てか》だった坂井長左衛門に強いて問わないのは、かれがほどなく東町奉行所から致仕するときいていたからであった。

菊太郎は七郎助と互いの顔を見合わせた。

「さて七郎助どの、そなたならいかがいたされる」

父親の次右衛門にいわれたに似た言葉を、今度は菊太郎が七郎助に投げかけた。

「さようおたずねになられましたとて――」

七郎助は重ねての質問にその返事に窮し、表情を翳《かげ》らせた。

「いささか意地の悪い問いかけをいたしてしまいました。せっついてきかれたとて、そうすんなり答えられませぬわなあ。そこでだが、それがしならその北禅寺の僧形が本物か偽者かを、まず詮索いたしまする。お布施を断って逃げたからといい、偽坊主と決め付けるのは、父上が指摘された通り、やはり早計の感がないでもない。それでどうかな、七郎助どの。それがしとともに北禅寺にまいりませぬか。僧堂の師家《しけ》にでも、それらしい修行僧が居るかどうかを、たずねてみてはいかがでござろう」

「僧堂の師家にたずねる。それは妙案でございます。幸いわたくしは逃げた僧形の顔を、しっかり覚えておりまする。顔は面長、鼻筋が通り、鼻孔の右脇に大きな黒子《ほくろ》が一つございました」

「顔は面長で鼻筋が通ったうえに、鼻孔の右脇に黒子がござるのか。それで十分でございましょう」

「どちらかともうせば、気弱な感じの若い男でございました」

坂井七郎助は、俄《にわ》かに勢い付いた気配を全身にただよわせた。

師家とは学徳のある禅僧、特に坐禅の師を指していう。禅宗だけではなく他宗派でも、不埒な僧侶の詮索や処罰については、一山（総本山）の会議でだいたい決められるが、ことと次第によっては寺社奉行の関わりになり、事態が大きく発展してしまう。

今回の一件などは、こっそりまず師家にたずねるのが、穏当な方策であった。

「当山の修行僧が、お布施を断って誰何《すいか》から逃げましたのじゃと。それはきのうのことでございましたか。さようにたずねられれば、そのような人相の慈明ともうす修行僧がおりまする。されどその慈明、きのうから当山に戻っておりませぬわい。いかがしたのやらと案じておりましたが、さては慈明の奴、修行が嫌になり、逃げ失せたのかもしれませぬな。要らざるご面倒をおかけしたのと、当山の僧に帰依の志をくだされた源七どのともうされるお人に対して、まことに失礼をいたしました。歴代住持になり代わり、拙僧がお詫びつかまつりまする。何卒、師家のそれがしの過ちとして、お許しくだされい」

翌日、菊太郎と坂井七郎助は、詮索のため北禅寺の僧堂を訪ねた。

慶存と名乗った同寺の師家は、墨染めの袖をさばき、二人に両手をついて詫びをいった。

「やはり偽者ではなく、北禅寺の僧侶でございましたか。一夜留守にいたし、いまもってお戻りでないとは、ご心配でございますなあ」

「いささか案じておりまするが、実のところ、厳しい修行に耐えかねて逃げ出す僧も、ときどきございましてなあ。師家を務めるそれがしには、頭の痛いことでございますわい」

五十前後と見受けられる慶存は、剃刀《かみそり》を当てたばかりらしい頭に手をやり、困惑した顔でつぶやいた。

「その慈明坊どのは、修行を怠っておられましたか——」

きいたのは七郎助だった。

「いやいや、参禅にはほかの修行僧よりずっと熱心。お布施を断って逃げるとは、全く考えられぬ変事でございますわい。確かに気弱なところもございますが、修行僧としては文句の付けようのない男でございました」

「それで慈明坊どのは、当山にどれくらいおいでてございます」

「二年、いや二年半ほど前から、参禅いたしておりまする」

「いかなる出自のお人でございまする」

今度は菊太郎がずけっとたずねた。

「ご存知ではございましょうが、禅家にかぎらずあらゆる宗派の僧門において、僧形の前世についてては、軽々しくおきかせいたすわけにはまいりませぬ。寺社奉行さまからのお沙汰でもあれば、別でございまするが。どうぞ、その点をご理解くださりませ」

「さようなこと、わきまえた上でおたずねいたしましたが、やはりお明かしいただけませぬか」

「いかにも。何卒、ご容赦くださりませ。但し慈明について、家は京の商家、年は二十七とだけはお話しもうします」

慶存は顔に苦渋の色を浮べて告げた。

「そこでまた一つお願いでございまする。もし慈明坊どのが当山にお戻りでございましたら、面倒でも町奉行所にではなく、大宮・姉小路の公事宿鯉屋まで、師家さまが内々にお知らせくださりませぬか。今更、とやかく責め立てるつもりはございませぬが、下駄屋の源七どのがさし出したお布施を断り、どうして町同心を突き倒して逃げたのか、その理由を是非とも知りたいからでございまする」

菊太郎は慶存に穏便にすませていただきたいともうし入れたうえ、両手をついて頼んだ。

「いかにも、慈明がもし当山に戻りますれば、それだけは糺し、しかと伝えさせていただきまする」

北禅寺の師家の慶存は、菊太郎と坂井七郎助にはっきり約束した。

だが新緑の季節が訪れたというのに、北禅寺からはなんの連絡もなかった。

ただ一件だけ妙な話が、東町奉行所の坂井長左衛門から菊太郎に伝えられてきた。

「北禅寺僧堂と染め抜かれた頭陀袋が、祇園・新橋の白川筋にある葉桜の枝に、引っかけられていたそうでございます。なんのつもりでございましょうなあ」

「全く不可解。白川や鴨川に飛び込んだとて、増水している折ならともかく、あれだけ浅くては、死ねるものではございませぬ。慈明坊はなにを考えているのでござろう」

鯉屋源十郎と菊太郎は、ともに眉をひそめてこの話をきいた。

だが源十郎は、菊太郎が誰の手も借りず、一人でこっそり慈明坊の行方を探しているのを知っていた。

その源十郎が、東町奉行所の坂井長左衛門と甥の七郎助、ならびに銕蔵に、店まできてもらえないかと連絡を取り、三人は急いで訪れたのであった。

「菊太郎の若旦那さま、旦那さまも町奉行所からお戻りになられました。早う起きて顔を洗ってきておくれやす。朝寝が昼寝になってしもうてる頃合いどっせ。わたしらも菊太郎の若旦那さまではなく、寝太郎の若旦那さまと呼ばななりまへんがな」

客座敷で待つ三人の耳に、喜六の声が届いてきた。

「もうちょっとお待ちやしておくんなはれ」

このとき、こういいたげに猫のお百がにゃあと鳴き、菊太郎のために出された坐布団にゆっくり坐り込み、ごろんと寝そべった。

「兄上どのが可愛がっている猫のお百でございます」

銕蔵が長左衛門と七郎助に、お百を引き合わせた。

「お百どのでございまするか——」

七郎助が頓狂《とんきょう》な声でたずねた。

# 四

夜が更けるにつれ、少し寒くなってきた。

時刻は九つ（午前零時）近く、公事宿がずらっと軒を連ねる大宮・姉小路界隈もひっそり寝静まり、人通りが全くなかった。

「兄上どのはその恰好のままで——」

鯉屋の上り框に腰を下ろしていた銕蔵は、奥から現れた菊太郎の姿を見て、土間に立ち上がりながら眉をひそめた。

かれとともに上り框にひかえていた坂井七郎助も、驚いた顔だった。

二人とも野袴《のばかま》をつけ、足拵《あしごしら》えも厳重にしていた。

「さして大事にはなるまい。わしまで勇み立ち、身拵えいたさずともよかろう。この一件は、わしら三人と鯉屋の者が知るだけで、内々に片付けるしかないとわしは思うている」

菊太郎はまだ袷《あわせ》のきものの帯に、無造作に刀を差し込んだ。土間に下り、草履をひろった。

源十郎と喜六が、燭台の火で薄く照らされる帳場のかたわらに坐り、そんなやり取りを交わす三人を眺めていた。

丁稚の鶴太と正太も、こうしたかれらの姿を、きっと店のどこからか息を詰めて覗いているに違いなかった。

「兄上どのは気楽に構えておられまするが、願人《がんにん》坊主たちは北禅寺の慈明坊を快く思うていないはず。いつなにが起こるかわからぬと、昼間には仰せられたではございませぬか――」

「いうたにはいうたが、それは今夜とは限るまい。このまま長くいまの状態がつづいたら、いずれそうなろうともうしただけじゃ」

「されど清水寺や八坂の法観寺、また六波羅蜜《ろくはらみつ》寺や祇園社などに詣でる願人坊主の中には、慈明坊に害をなす者が必ずいようと、はっきり仰せられましたぞ。それにしては、あまりに無防備なお姿ではございませぬか」

「いかにもじゃ。慈明は願主から一文の金も受け取らず、ただ寝る場所の確保と、飯だけ食わせてもらえればよいとしている。そんな慈明の存在は、願主にはありがたいものの、多くの願人坊主たちには商いの邪魔。厄介な奴としか映るまい。奴らにとって殺してやりたいほど、居てほしくない男に決っておる」

菊太郎は上り框に腰を下ろし、喜六が盆にのせて差し出した筒茶碗に手をのばし、銕蔵にいった。

願人坊主——とは、祈願者や願主たちに金で雇われてなり代わり、夜中、社寺に百度石を廻りに出かけたり、千日詣でをしたりする坊主たちをいう。

別名、行人《ぎょうにん》坊主とも呼ばれていた。

かれらは若い頃こそまじめに仏法を学ぶため、しかるべき寺に属して修行に励んでいたが、当初の志を失ってしまい、巷間《こうかん》に落ちこぼれた人物たちだった。

あるいは社寺の雑役に従っていたさまざまな人たちや、ぐれた考えを抱き、願人坊主として暮らすことを思い付いた市井《しせい》の者たちもいた。

世の中には、病気で寝付いたままの人も、歩行が困難となった人々もいる。

願人坊主たちは、そんな人々の依頼を受け、願主になり代わる、いわば代行業者であった。

願主はさまざまな願いごとを持っていた。

自分の病気平癒はごく一般的だが、ときには邪《よこしま》な願いごとを依頼する人もないではない。千日詣でをして憎い相手を祈り殺してくれなどと、こっそり頼むのである。

勿論、こんな依頼には大枚の金が要され、固い口止めがなされた。

京都の北西に聳える愛宕山は海抜九百二十四メートル。丹波国との境界をなしている。

この山に鎮座する愛宕神社は、火難除《よ》けの神として崇められているが、ここへの百日詣でを、願人坊主に依頼する人までいるくらいだった。

「飯代は別にして二十両で引き受けたけど、毎日毎日、急な長い石段を登り下りするのは、ほんまにきついわ。金欲しさに気安う請け負うた自分を、呪いたくなるわいな」

「そんなもん、登った振りをして、どっかで昼寝でもしてたらええねん。金持たちは金さえ出したら、願人坊主ならなんでも代わりにやってくれると考えていよる。いくら金にものをいわせたかて、すべて思い通りにはいかへんわい。わしらかて生身の人間やさかいなあ」

中には不心得な指嗾《しそう》をする者もいた。

「そやけど元俊坊、願主はわしがほんまに愛宕詣でをしているかどうか、ひそかに監視させてもらいますというてるねん。そやさかい、隠れて怠けもできへん」

「愛宕山への百日詣でなんか、死ぬ気にならなできへんねんで。健脚の者が、山へ登り下りするだけで小半日。山までの往復もあるさかいなあ。しかも百日いうたら三ヵ月余り。たった二十両の金で、おまえは命を売る気かいな」

願人坊主たちの間では、こんな計算高い話が交わされるほどだった。

願人坊主といっても、信仰の正道から落ちこぼれた者たちばかりではなく、やくざな男たちも多く混じっている。それだけに打算的な勘定をする者が少なくなかった。

菊太郎がひそかに探っていた僧侶、鼻筋が通り、鼻孔の右脇に大きな黒子のある男は、こんな願人坊主たちの間に紛れ込んでいた。同心組頭の坂井長左衛門を突き倒して逃げたあと、男は北禅寺にはとうとう戻らなかったのだ。

願人坊主たちが多く住処《すみか》とするのは、清水寺の参詣道に当る五条橋、現在の松原橋東の界隈に営まれる「坊主宿」だった。

坊主宿は参詣道の裏に点々と構えられ、粗末な建物に竈《かまど》が付いているにすぎず、木賃宿よりみすぼらしかった。

旧五条橋の松原橋は、清水橋、勧進橋とも称されている。

清水橋の名は『百錬抄』の保延《ほうえん》五年（一一三九）六月二十五日の条に、「清水寺橋供養也」とあり、『梁塵秘抄《りょうじんひしょう》』には「何れか清水へ参る道、京極くだりに五条まで、石橋よ、東の橋詰め四つ棟六波羅堂」と記され、『沙石集』や『名月記』にもその名が見られる。

この五条橋の東詰めに建ち並ぶ坊主宿にもぐり込んだ北禅寺の慈明は、妙恵と名を改め、願人坊主をはじめていたのであった。

かれらの身形はだいたい白一色。四国遍路をする人たちに似ており、脚絆《きゃはん》も白いものを用い、顔も白い布で覆っていた。

こんなかれらの中で、飯と住処だけ提供されたら、どんな願行でも引き受けるという慈明は異端。坊主仲間に厄介視されていた。

慈明が最初に引き受けたのは、御飯を食べる間は別にして五日四晩、不眠直立して合掌、念仏を唱えながら清水寺の音羽ノ滝に打たれつづける荒行だった。

慈明はそれを立派にやりとげてみせた。

「どうにもかなわん奴がいたもんやわ。こんなんでは、わしらの稼ぎにいちゃもん（文句）を付けられたようなもので、放っておくわけにはいかへん」

「妙恵の奴にそれを頼んだのは、頭痛病みのどこかの婆さま。五日四晩の荒行のあと、婆さまの頭痛がぴたっと止んだときくわいな。そやさかい今度は、丑《うし》ノ刻、清水寺への百日詣でを頼むというありさまじゃ。願主がなにを思うての依頼かは知らんけど、もしそれが功を奏しでもしたら、わしらの稼ぎがわやくちゃ（無茶苦茶）になってしまう。生業《なりわい》をおびやかす奴やわいな」

「あの妙恵という糞坊主、いったいどこの寺からはぐれてきたんやろ。弱々しげな顔をしているくせに、意外にど根性がありそうな男やわ」

かれの噂はたちまち広がり、二年坂で隠居している鯉屋源十郎の父親宗琳の耳に届いた。

それが菊太郎にきこえ、かれの探索がはじめられ、慈明の居所が明らかにされたのである。

「北禅寺の慈明はなにを恐れ、源七からお布施を受け取らなんだのであろう。そのまま北禅寺に戻れば、その理由を糺され、師家から厳しく咎められるに決っておる。それゆえ奴は、北禅寺をあっさり捨てたのだろうが、それにしても願人坊主になってしまうとはなあ。全く奇妙な男じゃわい」

今日の昼間、菊太郎は鯉屋に呼び寄せた銕蔵や坂井長左衛門、七郎助たちにいっていた。

「いまは丑ノ刻に、清水寺へ百日詣でに出かけているのでございましょうか」

「ああ、おそらくなあ。僧形としての不心得は咎められるべきじゃが、さして悪事をなしたわけではない。それを同心組頭どのを突き倒して逃げ、あげくどうして願人坊主になってしまったのか。そこのところを、わしはなんとしてでも知りたいものじゃ」

「菊太郎どの、それはそれがしとて同じでございまする」

坂井長左衛門がいい、甥の七郎助もうなずいた。

「妙恵と名を改めた慈明が、願主から銭を受け取らぬのを、快く思うていない願人坊主どもが多くいるそうな。それはまあ、奴らの生業からして当然だろうが、中には慈明を坊主宿から叩き出してやると、憤っている連中もいるときいた。丑ノ刻、清水寺への参詣の途中、さような願人坊主どもに、殺《あや》められでもいたせば大変。早速、今夜にでもわれらの手で慈明坊を引っ捕え、ことの次第を明らかにいたさねばなるまい」

菊太郎のこうした提案に従い、今夜の勢揃いになったのである。

慈明坊を大騒ぎして捕えれば、北禅寺の名を汚すことになる。ひっそり捕え、誰もが不審に思っているお布施の断りと、尋問の相手を突き倒して逃亡した理由を明らかにできれば、それで十分だった。

結果、真夜中の九つすぎ、菊太郎と銕蔵、坂井七郎助の三人が、鯉屋の潜り戸からひっそり夜の町に出かけた。

丑ノ刻までには、まだ一刻（二時間）ほどの余裕が残されていた。

三人は姉小路を少し下ると、道をすぐ左に折れ、御池通りを東に向かった。

京都の町並みが、薄闇の中に沈んで大きく広がっている。背後には、二条城がずっしりした構えを黒々と見せていた。

「銕蔵、かような真夜中、足音を忍ばせて歩くのも、よいものだのう。どこからか梔子《くちなし》の花の匂いがただよってくるわい」

菊太郎が晴れやかな声でつぶやいた。

「いかにも、もうそんな季節なのでございますなあ」

「こうしていると、盗賊の気持がわからぬではない。どこかにふと押し入ってみたくなってくる」

「兄上どの、冗談にもいたせ、物騒なことを仰せられますまい」

「ちょっと戯言《ざれごと》をもうせば、すぐ諫言《かんげん》か。わしは懐の寂しい男の胸中を想像したまでよ。闇が気持をそそるのじゃ。わしにそれだけの度胸はないわい」

「度胸のあるなしではございませぬ」

「まあ、分別のあるなしだろうな。ともかく銕蔵、そうかっかと怒るまい――」

「七郎助どの、兄上どののいまの言葉、何卒、おきき棄《す》てくだされ」

「それくらい、十分にわきまえております。伯父の長左衛門が、今夜の始末をよしなにともうしておりました」

「お身体の工合はどうなのじゃ」

「三条大橋の上で慈明坊に押し倒され、頭と背骨を打ってから、どうも動きがぎくしゃくといたすとか。今夜も足手まといになってはいかがなものかと、はっきりもうせば、それがしが勝手に控えさせていただきました」

七郎助が声をひそめて詫びた。

「それでよいのよ。妙な僧形に突き倒され、いささか背筋を痛められたのであろう。その僧形は、世間からなんとなく疎《うと》まれる願人坊主に身を落しおった。されど願人坊主になるとは、一面、賢い生き方かもしれぬなあ。規矩《きく》に従わず勝手気儘。四国八十八ヵ所詣でを頼む願主でもいたら、わしとていっそそうなりたいわい」

人通りの絶えた町筋を歩きながら、菊太郎は普段の声でいった。

ほどなく本能寺の境内を突っ切り、高瀬川筋に出ようとしていた。

「兄上どのはとんでもないことを仰せられまする」

「なにがとんでもないのじゃ。鈴を鳴らして四国八十八ヵ寺を巡る巡礼の旅。あれはよいぞよ。わしが願人坊主になるといい出したら、決して止め立ていたしてはならぬぞ」

「ふん、それができますやらどうやら――」

鋏蔵はばかばかしいといいたげな表情で、鼻先で笑った。

祇園・新橋の白川畔で団子屋を営むお信の姿が、胸裡を過《よぎ》ったからである。

だが菊太郎ならなにもかも棄て、願人坊主になってしまうかもしれないと思うと、にわかに背筋に寒気を覚えてきた。

三人は急に無口になり、高瀬川沿いの道を下りはじめた。

三条についで四条をすぎる。

ゆっくりきたつもりだが、丑ノ刻にはまだ半刻（一時間）ほどあった。

清水寺への参詣道になる五条橋（松原橋）まで、あとどれだけの距離もなかった。

「兄上どの、お調べになられた慈明が寄宿する坊主宿は、どこでございまする」

ここから参詣道は東のやや南に向き、愛宕寺、十王堂の前をすぎて東山に出る。急に勾配《こうばい》が強くなる山道を一町ほど登り、ようやく清水寺の山門にたどり着くのである。

「慈明が泊る坊主宿は、愛宕寺の向かい、六波羅蜜寺の東脇にある一軒じゃ。ひどい安普請でなあ」

鋏蔵と七郎助の二人は、菊太郎の話をききながら五条橋を渡った。

行く手の山の中腹に清水寺の伽藍が見え、小さな明かりがまたたいていた。

「兄上どの、その坊主宿に踏み込みまするか――」

「いや待て、それよりじゃ」

菊太郎は銕蔵と七郎助を制し、急に小声になった。

闇を透かし見ると、前方で白衣姿の願人坊主たちが十数人、六尺棒をたずさえて蠢《うごめ》いていた。

「銕蔵、どうやら先客があるようじゃ。奴ら、これから清水寺へ百日詣でに出かける慈明坊を、お待ちかねの体じゃわい」

「それはよいところへ来合わせたものでございます」

「ならず者にひとしい願人坊主たちに、慈明坊を叩き殺されでもしたら、わしらのききたいことがきけぬ事態となる」

「いかにもでございます」

七郎助が凛とした声でいい放った。

その声が耳に届いたのか、願人坊主たちが一斉に菊太郎たちのほうに険しい目を向けた。

「おい、お侍はんたちよ。丑ノ刻に近いこんな真夜中、いったいどこに行かはりますのやな」

濁った声の男が、菊太郎たちにたずねかけてきた。

「おお願人坊主どのか。ここは清水寺の参詣道。こんな時刻に歩いている理由は、おてまえたちなら自ずとわかられよう」

菊太郎が笑いをふくんだ声で答えた。

「わしたちに銭をくれはったら、どれだけでも代参させていただきますのに。身分ありげなお武家さまたちが、わざわざそろって丑ノ刻参りとは、けったいどすなあ」

「そなたたちに金を払ったとて、必ずしも代参してくれるとはかぎるまい。その金で酒を飲み、賽子《さいころ》でもいじられていたら、かなわぬからのう」

菊太郎の言葉は、明らかにかれらを挑発していた。

「な、なんやと――」

「わしらをばかにしてるのか――」

「ああ、そうかもしれぬなあ。そなたたちは一文の得にもならぬのに、寝食だけかなえられたらよいとして、篤信者の代参を引き受けている妙な願人坊主を、邪魔者扱いしているのであろう。奴を懲《こ》らしめるため、坊主宿から出てくるのを、待ち構えているに相違あるまい」

菊太郎は一歩前に進み出ていった。

「これは変な因縁を付ける侍やわい。そやけどわしらがその通りやというたら、どないするねん」

そのとき、濁った声をした男の六尺棒が、いきなりうなりを立て、菊太郎に向かい振り下ろされてきた。

「さあ、みんなで叩きのめしてしまうんや」

一斉に声が上げられたが、菊太郎に振り下ろされたはずの六尺棒は、かれの手でがっしり摑み取られていた。

濁った声の願人坊主は、菊太郎にどうされたのやらもんどりを打ち、路上に叩き付けられていた。

「手向かいいたせば容赦はせぬぞよ。鳥辺野《とりべの》はすぐ先。命を失ったら、丁重に葬ってつかわす」

「なんやと、生意気な口を利きよってからに――」

あとはもう乱闘だった。

「銕蔵、斬るなよ。峰打ちで十分じゃ」

十数拍、激しいやり合いがつづき、乱闘はすぐに終った。

そのあとの静寂の中から、低いすすり泣きがきこえてきた。

清水寺へ百日詣でに向かおうとして、坊主宿を出てきた慈明のものだった。

「北禅寺僧堂の慈明坊どのでございまするな」

「はい、慈明でございます」

「北禅寺から遁走、願人坊主になられるとは、思い切ったお覚悟じゃ。篤信の男がさし出したお布施を断り、不審をたずねようとした町廻り同心を突き倒しての逃走。どうしてもその理由を、おききせねばなりませぬ。ようございますな」

「それがしの顔を覚えておられまするか——」

坂井七郎助が進み出、かれの前に片膝を付いてたずねた。

「は、はい、覚えておりまする」

「ならばそれをきかせてもらいたいものじゃ」

鋲蔵と七郎助が慈明に対しているとき、菊太郎は峰打ちで倒れた願人坊主たちに活を入れ、蘇生させていた。

「慈明坊どの、手短かにもうされるのじゃ。あとはわれらが、ご相談に乗らせていただきましょうぞ」

菊太郎から叫ばれ、慈明は土下座のまま姿勢を正した。

「拙僧の家は西陣で質屋を営み、父親は貧しい者からでも、一文の銭さえ容赦なく取り立てる吝嗇な人物。わたくしは次男。そんな父親や家業が嫌でたまりかね、銭は見たくも触りたくもないとして僧侶になりました。ところが四条河原町でひょいとお布施を出され、あまりの思いがけなさに、つい逃げたのでございます。糞坊主、偽坊主と叫ばれ、追いかけられているときは、本当に恐ろしゅうございました。これが北禅寺に知れたら、もう僧堂には戻れませぬ。僧がお布施を断ってはならぬことは、よくわきまえておりまする。だからこそ願人坊主になったのでございます」

かれは涙を拭い、こう明かした。

「慈明坊どのは、まじめなお人でございますなあ。それがしなど、爪の垢を煎じて飲ませていただかねばなりませぬわい。下駄屋の源七どのも、その理由なら納得いたされましょう」

菊太郎は真相をきき、胸の中でちぇっ、そんなことだったのかと、舌を鳴らした。

だがなぜか粛然とするものを感じていた。

かれに活を入れられ、意識を取りもどした願人坊主たちが、わしどうなってますのやろといいながら、立ち上がりかけた。

「少しはまともに暮らすのじゃ」

小さな問題だが、金銭は人間にとって大きな命題。菊太郎は自分にも男にも無性に腹が立ち、男の横っ面をばしっと張りとばした。

# あとがき

五月末日の新聞を読んでいたら、アマゾン地域に住み、現代社会と全く隔絶した暮らしを送る部族を、空から写した写真が掲載されていた。

全身を黒く塗った人物。赤く塗った二人が、自分たちを撮影しているであろう飛行機に向かい、矢を射かけている。

日本でなら縄文人に近いといってもいい先住部族民が、ブラジルには現在でも七十近く存在し、公式に確認されているのは二十四部族だという。

新聞では飛行機と書かれていたが、この姿を撮影したのはおそらくヘリコプター。双方の距離はどれだけも離れていないだろう。

現代の文明社会とかれらの原始的な生活。別々に経てきたその歳月は、何千年にも及ぶのだろうが、ここでの距離はわずか何百メートルのはずである。

この乖離にわたしは衝撃を受けた。

人類の「叡智」の一つは火星にまで到達し、宇宙ステーションでは、日本の有人宇宙施設の組み立てがはじめられている。

アマゾンに住む先住部族民の原始的生活と、宇宙ステーションなどに象徴される現代の時空との差の大きさに、わたしは呆然とさせられたのだ。

中国・四川省の大地震。軍事政権に支配されるミャンマー（旧名・ビルマ）では、巨大なサイクロンに襲われ、被災者が困窮している。ケニアの食糧不足。地球の温暖化。バイオ燃料生産によって、トウモロコシなどの穀物が高騰し、食糧危機が世界の諸国に迫っている。それにも拘わらず、農産物市場や石油市場に流れ込んでいる投機資本。拝金主義と犯罪の頻発と多様化は、いまや日常のこととなっている。

人間はどうなってしまったのだ。

アマゾンの先住部族民から、現在の人類に発展するまでの間に、われわれ人間は実に多くの別の「叡智」を失ってしまったのは確かである。

それがなにかを、哲学が厳しく検証しなければならないはずだが、その哲学も指導力を発揮できないでいる。

われわれは人間の復活のために、どうすべきなのだろう。その答えは簡単に出る。それは人をはじめ生き物への優しさと、自ら謙譲の慎みを持つことだが、卑俗の塊と化した人間には、それができなくなってしまった。

日本の政府・高官もだらけ切っている。

いかなる理由があろうとも、後期高齢者とはよくも名付けてくれたものだ。後期高齢者の次は末期高齢者、さらには死期高齢者とでも名付けたいのか。
これからいうなら、わたしは六十一歳で初期高齢者、ほどなく中期高齢者と呼ばれるのだろう。

かれらのそれはボキャブラリー（語彙）の少なさからではない。精神の貧困、人への労りのなさ、無知な無神経さからに相違ない。

作家の古井由吉氏が某紙で「後期高齢者とは何か」と題され、縷々《るる》述べられた後に、「老年に就くのはたやすいことではない。老年はその存在だけでも、世に有益なもののはずなのだ」と書かれていたのが、ひどく印象に残った。

日本の戦後復興はこの後期高齢者や、わたし流にいっての末期・死期高齢者の方々の努力によってなされてきたのである。

政・財界をふくめ、社会のあらゆる分野で腐敗した巧妙な談合や、自分たちの利益だけを図ろうとする構造が出来上がってしまっている。これを少しぐらい恥じて改めねば、この国の行く末はあるまい。

この作品集に収められた「商売の神さま」は、世界的企業のトップが、実際に行っていた実話。本来なら多額の贈与税を払わねばならなかった。また「奇妙な僧形」は、僧侶がお布施を断るところまでの前半は、潤色して書いた実話で、後半は全くのフィクション。後半の事実はああではなく、大寺の禅僧はお布施も受け取らず、平然と去っていった。

この『千本雨傘』で「公事宿事件書留帳」も百一話になった。これを書きはじめた某出版社が、文芸から一時的に撤退したため、幻冬舎に引き取られたのだが、当時、某出版社の雑誌編集長をしておられた堀江律治氏に、改めてここで嚆矢の機会を与えてくださったお礼をもうし上げたい。その後をつづけさせていただいている幻冬舎、ならびに担当編集者の森下康樹氏や常務取締役の小玉圭太氏に、深く感謝している。

平成二十年初夏

澤田ふじ子

# 「公事宿事件書留帳」作品名総覧・初出

※本シリーズは、第一集〜第十三集までは幻冬舎文庫として、
第十四集〜第十六集までは単行本として小社から刊行されています。
本総覧は、二〇〇八年七月現在のものです。

## 公事宿事件書留帳一「闇の掟」

1 火札（小説City／1990年6月号）
2 闇の掟（小説City／1990年8月号）
3 夜の橋（小説City／1990年10月号）
4 ばけの皮（小説City／1990年12月号）
5 年始の始末（小説City／1991年2月号）
6 仇討ばなし（小説City／1991年4月号）
7 梅雨の螢（小説City／1991年6月号）

## 公事宿事件書留帳二「木戸の椿」

8 木戸の椿（小説City／1992年2月号）
9 垢離の女（小説City／1992年3月号）
10 金仏心中（小説City／1992年4月号）
11 お婆とまご（小説City／1992年5月号）
12 甘い罠（小説City／1992年6月号）
13 遠見の砦（小説City／1992年7月号）
14 黒い花（小説City／1992年8月号）

公事宿事件書留帳三「拷問蔵」

15 拷問蔵（書き下ろし／1993年12月）
16 京の女狐（書き下ろし／1993年12月）
17 お岩の最期（書き下ろし／1993年12月）
18 かどわかし（書き下ろし／1993年12月）
19 真夜中の口紅（書き下ろし／1993年12月）
20 中秋十五夜（書き下ろし／1993年12月）

公事宿事件書留帳四「奈落の水」

21 奈落の水（小説CLUB／1996年10月号）
22 厄介な虫（小説CLUB／1996年12月号）
23 いずこの銭（小説CLUB／1997年6月号）
24 黄金の朝顔（小説CLUB／1997年9月号）
25 飛落人一件（書き下ろし／1997年11月）
26 末の松山（書き下ろし／1997年11月）
27 狐の扇（書き下ろし／1997年11月）

公事宿事件書留帳五「背中の髑髏」

28 背中の髑髏（小説CLUB／1998年6月号）
29 醜聞（小説CLUB／1998年9月号）
30 佐介の夜討ち（小説CLUB／1998年12月号）
31 相続人（小説CLUB／1999年3月号）
32 因業の瀧（書き下ろし／1999年5月）
33 蝮の銭（書き下ろし／1999年5月）
34 夜寒の辛夷（書き下ろし／1999年5月）

公事宿事件書留帳六「ひとでなし」

35 濡れ足袋の女（小説CLUB／1999年12月号）
36 吉凶の蕎麦（小説CLUB／1999年9月号）
37 ひとでなし（小説CLUB／1999年6月号）
38 四年目の客（書き下ろし／2000年12月）
39 廓の仏（書き下ろし／2000年12月）
40 悪い錆（書き下ろし／2000年12月）
41 右の腕（書き下ろし／2000年12月）

## 公事宿事件書留帳七「にたり地蔵」

42　旦那の凶状（書き下ろし／2002年7月）
43　にたり地蔵（書き下ろし／2002年7月）
44　おばばの茶碗（書き下ろし／2002年7月）
45　ふるやのもり（書き下ろし／2002年7月）
46　もどれぬ橋（書き下ろし／2002年7月）
47　最後の銭（書き下ろし／2002年7月）

## 公事宿事件書留帳八「恵比寿町火事」

48　仁吉の仕置（星星峡／2002年11月号）
49　寒山拾得（星星峡／2002年12月号）
50　神隠し（星星峡／2003年1月号）
51　恵比寿町火事（星星峡／2003年2月号）
52　末期の勘定（星星峡／2003年3月号）
53　無頼の酒（星星峡／2003年4月号）

## 公事宿事件書留帳九「悪い棺」

54 釣瓶の髪（星星峡／2003年5月号）
55 悪い棺（星星峡／2003年6月号）
56 人喰みの店（星星峡／2003年7月号）
57 黒猫の婆（星星峡／2003年8月号）
58 お婆の御定法（星星峡／2003年11月号）
59 冬の蝶（星星峡／2003年12月号）

## 公事宿事件書留帳十「釈迦の女」

60 世間の鼓（星星峡／2004年1月号）
61 釈迦の女（星星峡／2004年2月号）
62 やはりの因果（星星峡／2004年3月号）
63 酷い桜（星星峡／2004年4月号）
64 四股の軍配（星星峡／2004年5月号）
65 伊勢屋の娘（星星峡／2004年6月号）

## 公事宿事件書留帳十一「無頼の絵師」

66 右衛門七の腕（星星峡／2004年9月号）
67 怪しげな奴（星星峡／2004年10月号）
68 無頼の絵師（星星峡／2004年11月号）
69 薬師のくれた赤ん坊（星星峡／2004年12月号）
70 買うて候えども（星星峡／2005年1月号）
71 穴の狢（星星峡／2005年3月号）

## 公事宿事件書留帳十二「比丘尼茶碗」

72 お婆の斧（星星峡／2005年4月号）
73 吉凶の餅（星星峡／2005年5月号）
74 比丘尼茶碗（星星峡／2005年6月号）
75 馬盗人（星星峡／2005年7月号）
76 大黒さまが飛んだ（星星峡／2005年8月号）
77 鬼婆（星星峡／2005年11月号）

公事宿事件書留帳十三「**雨女**」

78 牢屋敷炎上（星星峡／2005年12月号）
79 京雪夜揃酬（星星峡／2006年1月号）
80 幼いほとけ（星星峡／2006年2月号）
81 冥府への道（星星峡／2006年3月号）
82 蟒の夜（星星峡／2006年5月号）
83 雨女（星星峡／2006年6月号）

公事宿事件書留帳十四「**世間の辻**」

84 ほとけの顔（星星峡／2006年8月号）
85 世間の辻（星星峡／2006年9月号）
86 親子絆騙世噺（星星峡／2006年10月号）
87 因果な井戸（星星峡／2006年11月号）
88 町式目九条（星星峡／2006年12月号）
89 師走の客（星星峡／2007年1月号）

公事宿事件書留帳十五「**女衒の供養**」

90 奇妙な婆さま（星星峡／2007年3月号）

91 牢囲いの女（星星峡／2007年4月号）

92 朝の辛夷（星星峡／2007年5月号）

93 女衒の供養（星星峡／2007年6月号）

94 あとの憂い（星星峡／2007年7月号）

95 扇屋の女（星星峡／2007年8月号）

公事宿事件書留帳十六「**千本雨傘**」

96 千本雨傘（星星峡／2007年11月号）

97 千代の松酒（星星峡／2008年1月号）

98 雪の橋（星星峡／2008年2月号）

99 地獄駕籠（星星峡／2008年3月号）

100 商売の神さま（星星峡／2008年4月号）

101 奇妙な僧形（星星峡／2008年5月号）

幻冬舎 澤田ふじ子作品（単行本）

# 女衒《ぜげん》の供養

公事宿事件書留帳

お定のもとに、二十五年ぶりに帰ってきた夫・又七の変わり果てた姿は何を意味しているのか？ 菊太郎が又七の身の上に鋭く迫る表題作ほか全六編収録。傑作人情時代小説シリーズ最新刊。

四六判上製 定価1680円（税込）

幻冬舎 澤田ふじ子作品（文庫本）

（価格は税込みです。）

**木戸のむこうに**

職人達の恋と葛藤を描く時代小説集。単行本未収録作品を含む七編。

560円

**公事宿事件書留帳一 闇の掟**

公事宿の居候・菊太郎の活躍を描く、人気時代小説シリーズ第一作。

600円

**公事宿事件書留帳二 木戸の椿**

母と二人貧しく暮らす幼女がかどわかされた。誘拐犯の正体は？

600円

**公事宿事件書留帳三 拷問蔵**

差別による無実の罪で投獄された男を救おうと、奔走する菊太郎。

600円

**公事宿事件書留帳四 奈落の水**

仲睦まじく暮らす母子を引き離そうとする極悪な計画とは？

600円

**公事宿事件書留帳五 背中の髑髏《どくろ》**

子供にせがまれ入れた背中の刺青には、恐ろしい罠が隠されていた。

600円

**公事宿事件書留帳六 ひとでなし**

誘拐に端を発した江戸時代のリストラ問題を解決する菊太郎の活躍。

600円

**公事宿事件書留帳七 にたり地蔵**

「笑う地蔵」ありえないものが目撃されたことから暴かれる人間の業。

600円

**公事宿事件書留帳八 恵比寿町火事**

火事場で逃げ遅れた子どもを助けた盗賊。その時、菊太郎は……？

600円

**公事宿事件書留帳九 悪い棺**

葬列に石を投げた少年を助けるため、菊太郎が案じた一計とは。

600円

## 公事宿事件書留帳十 釈迦の女
知恩院の本堂回廊に毎日寝転がっている女。その驚くべき正体。
600円

## 公事宿事件書留帳十一 無頼の絵師
一介の扇絵師が起こした贋作騒動の意外な真相とは？
600円

## 公事宿事件書留帳十二 比丘尼《びくに》茶碗
尼僧の庵をうかがう謎の侍。その狙いとはいったい何なのか？
600円

## 公事宿事件書留帳十三 雨女
雨に濡れそぼつ妙齢の女を助けた男を見舞った心温まる奇談。
600円

## 惜別の海（上・中・下）
秀吉の朝鮮出兵の陰で泣いた、名もなき人々の悲劇を描く大長編小説。
（上）630円
（中）680円
（下）680円

## 螢の橋（上・下）
豊臣から徳川へ移った権力に翻弄された人々の悲劇！ 長編小説。
（上）560円
（下）560円

## 黒染の剣（上・下）
武蔵に運命を狂わされた剣の名門・吉岡家の男たち女たち。長編小説。
（上）630円
（下）630円

## 高瀬川女船歌
京・高瀬川のほとりの人々の喜びと哀しみを描く、シリーズ第一作。
560円

## 高瀬川女船歌二 いのちの螢
高瀬川沿いの居酒屋の主・宗因が智恵と腕で事件を解決する。
560円

## 高瀬川女船歌三 銭とり橋
故郷の橋を架けかえるため托鉢を続ける僧と市井の人々の人情譚。
560円

## 高瀬川女船歌四 篠山《ささやま》早春譜
「尾張屋」に毎夜詰めかける侍たちと、京の町を徘徊する男の関係とは？
600円

## 幾世の橋
庭師を志す少年の仕事、友情、恋に生きる青春の日々。長編小説。
880円

## 大蛇《おろち》の橋
恋人を殺された武士が、六年の歳月を経て開始した恐るべき復讐劇。
600円

## 雁の橋（上・下）
生家の宿業に翻弄される少年。その波乱の半生を描く、傑作長編。
（上）560円
（下）560円

初出

千本雨傘　「星星峡」二〇〇七年十一月号
千代の松酒　「星星峡」二〇〇八年一月号
雪の橋　「星星峡」二〇〇八年二月号
地獄駕籠　「星星峡」二〇〇八年三月号
商売の神さま　「星星峡」二〇〇八年四月号
奇妙な僧形　「星星峡」二〇〇八年五月号

本作品は「公事宿事件書留帳」シリーズ第十六集です。

〈著者紹介〉
澤田ふじ子　1946年愛知県生まれ。愛知県立女子大学(現愛知県立大学)卒業。73年作家としてデビュー。『陸奥甲冑記』『寂野』で第三回吉川英治文学新人賞を受賞。著書に『螢の橋』『木戸のむこうに』「公事宿事件書留帳」シリーズ、「高瀬川女船歌」シリーズ、『大蛇の橋』『惜別の海』『黒染の剣』『雁の橋』『幾世の橋』(いずれも小社刊)、『亡者の銭 足引き寺閻魔帳』(徳間書店)、『神書板刻 祇園社神灯事件簿』(中央公論新社)他多数。

GENTOSHA

千本雨傘　公事宿事件書留帳
2008年7月25日 第1刷発行

著　者　澤田ふじ子
発行者　見城 徹

発行所　株式会社 幻冬舎
〒151-0051 東京都渋谷区千駄ヶ谷4-9-7

電話:03(5411)6211(編集)
03(5411)6222(営業)
振替:00120-8-767643
印刷・製本所:中央精版印刷株式会社

検印廃止


ISBN978-4-344-01541-8 C0093
幻冬舎ホームページアドレス　http://www.gentosha.co.jp/

この本に関するご意見・ご感想をメールでお寄せいただく場合は、
comment@gentosha.co.jpまで。